JN049726
月面着陸編・下
牧野圭祐
ill.かれい
月とライカと吸血姫《ノスフェラトゥ》
Луна, Лайка и
Носферату

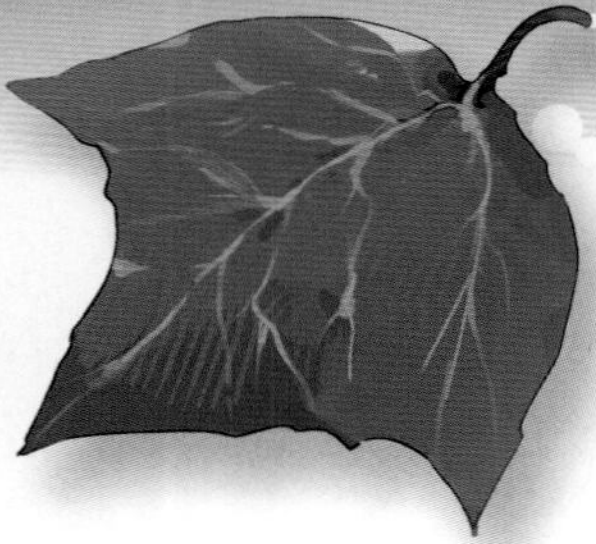

Contents

Луна, Лайка и Носферату

●Cover & Logo design／Junya Arai + Bay Bridge Studio

イリナ
レフ・レプス

1960年10月　ノスフェラトゥ計画が発令。レフとイリナが出会う。
1960年12月　イリナが史上初の有人宇宙飛行を達成。
1961年4月　レフが有人宇宙飛行を達成。「月を目指す」宣言。
1961年8月　バートがDルームに配属され、カイエと出会う。
1961年9月　連合王国のアーロンが有人宇宙飛行を達成。

1962年5月　核戦争が迫る中、万国博覧会で四人が出会う。
1966年1月　コローヴィンが病に倒れる。
1966年4月　ミハイルとローザが強制的に結婚させられる。
1966年11月　ミハイルが事故死。共和国の有人宇宙開発は中断。
1966年12月　連合王国で死亡事故。『ハイペリオン計画』は中断。

1967年1月　共和国の暴露本が発行される。
1967年12月　『サユース計画』第一ミッション成功。
1968年1月　『サユース協定』が締結。正式に二国で月を目指す。
1968年2月　バートとカイエが共和国に渡航。
1968年3月　レフとイリナが連合王国に渡航。
1968年9月　『サユース計画』第二ミッション成功。リュドミラが死亡。

そして――――

Road
to the Moon

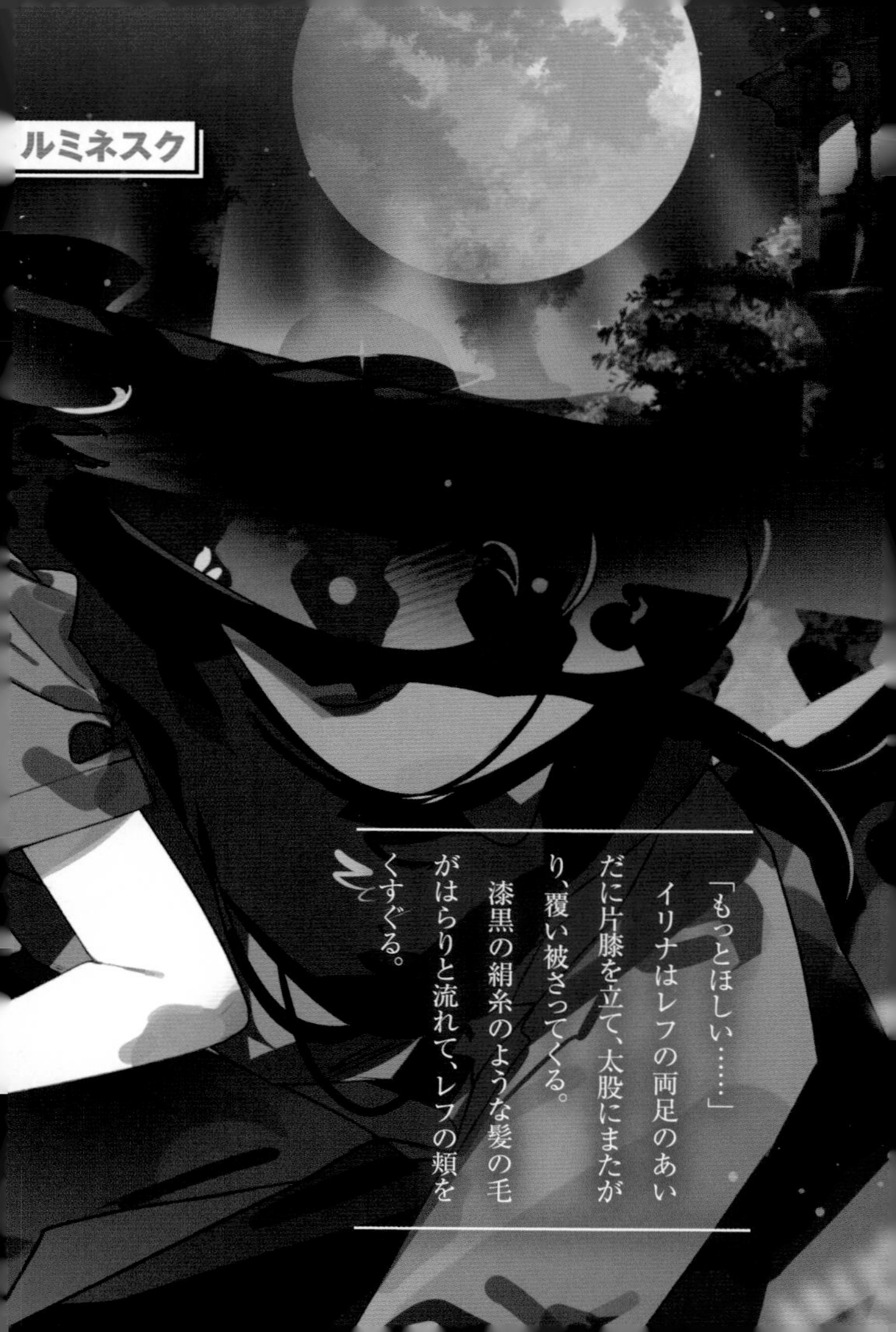
ルミネスク
「もっとほしい……」
イリナはレフの両足のあいだに片膝を立て、太股にまたがり、覆い被さってくる。
漆黒の絹糸のような髪の毛がはらりと流れて、レフの頬をくすぐる。

月とライカと吸血姫《ノスフェラトゥ》7

月面着陸編・下

牧野圭祐
ill.かれい

人物紹介 Луна, Лайка и Носферату

■レフ・レプス …… 共和国宇宙飛行士。最終ミッション・船長。

■イリナ・ルミネスク …… 吸血鬼。史上初の宇宙飛行士。最終ミッション・司令船操縦士。

■セミョーン・アダモフ …… 共和国宇宙飛行士。第三ミッションに搭乗。

■スラヴァ・コローヴィン …… 共和国宇宙開発の設計主任。月着陸共同計画の陰の発案者。病に倒れた。

■フョードル・ゲルギエフ …… 共和国の最高指導者・政府首班。

■アレクセイ・デミドフ …… ゲルギエフの側近。リュドミラの後任。

■エニュータ …… 吸血鬼。イリナの育ての親。

■バート・ファイフィールド …… 連合王国、コンピューター部門の技術者。

■カイエ・スカーレット …… 新血種族の才媛。連合王国、コンピューター部門の技術者。

■アーロン・ファイフィールド …… バートの兄。第三ミッション・船長。

■ネイサン・ルイス …… 連合王国宇宙飛行士。最終ミッション・月着陸船操縦士。

■オデット・フェリセト …… 連合王国宇宙飛行士。新血種族の女性。イリナの予備搭乗員。

■トマス …… 第三ミッション・司令機械船の操縦士。

■ダグラス首相 …… 連合王国首相。

■丘咲ミサ …… 星町天文台の新人職員。

КОНФИДЕНЦИАЛЬНО

Союз
Цирнитровых
Социалистическ
Республик
旧リリット国
[閉鎖行政領域体]
ライカ44
宇宙開発都市:コスモスク
首都:サングラード
ツィルニトラ共和国連邦
クレミヤ制御試験場
アルビナール宇宙基地

United Kingdom of Arnack
グランブリッジ工科大学
首都:エリクソン特別区
HQ
万博会場
マリンシティ
アーナック連合王国
ロケット開発センター
航空研究所
Imprisoned Island
『囚われの島』
ニューマーセイル市
〈ライカ·クレセント〉
~Like a Crescent~
ロケット発射センター
有人宇宙船センター
三日月区
月影区
RESERCH CENTER
FLIGHT CENTER
MISSILE RANGE

第六章　吸血鬼

藍の瞳　Очи индиго

一九六八年九月二七日、共和国の首都サングラードの城塞区画《ネグリン》に、連合王国旗が凛々《りんりん》と翻る。『サユース計画』第二ミッション成功の記念式典に合わせて、連合王国のダグラス首相が公式訪問するため、歓迎の意を表しているのだ。城塞区画に連合王国旗が掲揚されるのは建国史上初めてであり、世界中の人びとが新時代の到来を予感している。

ダグラス首相は国賓として遇され、サングラード空港を出発する。路傍の犬番紅花《コルチカム》を揺らす爽《さわ》やかな秋風と共に、高級車が列をなして城塞区画へ向かう。経路は、かつてレフが史上初の宇宙飛行士として凱旋《がいせん》パレードを行った道と同じだ。

記念式典は両国の宇宙飛行士が主役となり、その後、首脳会談が予定されている。主な議題は宇宙開発と軍縮、そして経済協力。核戦争の危機も今や昔、宇宙開発競争が共同事業に成り代わっただけではなく、すべての冷たい争いが終わろうとしている。

城塞区画内の控え室で、儀礼服に身を包んだレフは式典の開始を待つ。窓の外から聞こえてくる大観衆の声を耳にしながら、ここに至るまでの数々の苦難を思い出し、深い感慨を抱く。

しかし、まだ完全な平和が訪れたわけではなく、月面着陸も達成していない。

二国の現在の関係性は、信頼ではなく利害で成り立っており、ふとした拍子《ひょうし》にあっさりと瓦解《がかい》しそうな脆《もろ》さを感じる。今回のダグラス首相の来訪についても、友好的なのは表向きだ。連合王国側は盗聴を警戒し、首相の乗る車をわざわざ空輸した。もっとも、長年いがみ合ってきたふたつの国がいきなり親友にはなれないので、少しずつでも関係が改善すれば良いと思う。その反面、リュドミラの死による影響は不明で、レフは胃の奥底に錆びた釘が刺さっているような異物感を抱いている。


歴史的な式典が挙行される大広場には、大勢の市民が詰めかけ、各国の記者団も招待され、レフの凱旋式典以来の熱気が渦巻いている。

今回の式典には、共和国の宇宙飛行士たちは全員が登壇する一方で、連合王国からは第二ミッションの搭乗者のみがやってきた。これは共和国政府が制限したわけではなく、式典を開く国が逆になれば、登壇する人数も逆になるだけのことだ。

式典が始まると、レフは演壇の後方に並ぶ。隣に立つイリナは日傘を差して日除けのフードを目深に被《かぶ》っており、レフから表情は見えない。今朝、彼女は「昼間の太陽の下に立ちつづけるのはつらい」と文句を垂れていたが、想いが天に届いたのか、空は分厚い雲に覆われた。

演壇の中央で、第二ミッションに搭乗した宇宙飛行士たちが抱擁を交わす。観衆は盛大な拍手で、東西の融和を祝福する。実際のところ、国内には融和に反対する者もたくさんいるが、この場からは排除されている。報道される風景は、祝祭の大広場だけを切り取ったものだ。

艶々《つやつや》した血色のゲルギエフは、微笑を浮かべるダグラス首相とがっしりと握手をすると、全世界へ向けて朗々と挨拶《あいさつ》を放つ。

「宇宙開発における国際協力は、科学を発展させるうえで、大変重要であります。平和を愛する二国で手を取り合い、地球という宇宙船を未来へ導いていきましょう！」

向日葵《ひまわり》のような笑顔を弾《はじ》けさせるゲルギエフの姿は、六〇年代初期の栄華を誇った季節を思い起こさせる。

ダグラス首相は負けじと胸を張り、大広場を埋め尽くす共和国市民を相手に、威風堂々と挨拶をする。

「これまで、地球は見えない壁によって分かたれていたが、まもなく、真にひとつになれるときがやってくる。やがて訪れる二一世紀に向かって、世界をリードする我々が平和な未来へと先導していきましょう！」

聴衆は熱烈な拍手で賞賛する。レフも拍手を送るが、内心では、ふたりの首長の言葉は、空虚な美辞麗句に感じてしまう。もし一〇年前の自分だったら——無知で純粋な空軍中尉であれば、共同事業がうれしくて飛び跳ねていただろう。

しかし、真実を知りすぎてしまった。

　リュドミラが語っていた野望が脳裏をよぎる。『共和国連邦の解体と再構築』、そして『東西二国による世界の支配』。彼女の発言は嘘《うそ》ばかりなので鵜呑《うの》みにはできないけれど、このふたつの壮大な計画が本当だとしたら、いったいどこまで進んでいるのだろうか。

　祝祭の裏で、彼女の死はぴりぴりとした緊張感を生んでいる。

　国営通信《ТАЦС》の報じた病死を疑う者は多い。毒殺の首謀者はいまだに不明——というよりも、隠蔽《いんぺい》されて毒殺自体が不問とされたのだとレフは疑う。首謀者の正体は、おそらくはヴィクトール中将が予想したとおり、『リュドミラの属していた組織の者』だろう。また、側近を失ったゲルギエフが平然と式典に出席していることからして、『首謀者は政府に深く食い込んでいる』という推測も正しく思える。

　リュドミラ亡き今、ゲルギエフの右腕の位置に立つ人物は、政府指導部の高官アレクセイ・デミドフ。老いて小柄なデミドフは、委員会では影の薄い人物で、レフとは接点がない。

　不穏な気持ちを抱くレフの目の前で式典は順調に進み、第三ミッションに搭乗するセミョーンが威勢良く挨拶をする。これまで、このような公式の場で披露される挨拶は、漏れなくリュドミラによって検閲されてきた。今その役目はデミドフが担っている。

　セミョーンの挨拶を聞きながら、レフはデミドフに接触しようと決意する。この先、最終ミッションに進むまでのあいだ、予期せぬ事態が起きたときに冷静に対処するために、裏にいる者たちの真意を少しでも知っておきたい。無論、『サユース計画』がどのように利用されているとしても、最終ミッションに挑戦する意志は変わらない。イリナが納得できる形で、前人未踏の月面着陸を達成する。

レフの隣に立っているイリナは、気だるそうにフゥと軽く息を吐く。こういった式典は、昔から彼女はあまり好きではない。

──レフと月へ行く！

七年半前の凱旋《がいせん》式典で、彼女がこの壇上から宣言した『新しい夢』が、レフの頭の奥に木霊《こだま》した。当時は地球からせいぜい一〇〇キロメートルあたりを飛行したに過ぎず、月は遥か彼方《かなた》にあった。それが、手の届くところにまで近づいている。競争の犠牲を思うと胸が痛み、権力者の掌《てのひら》の上で転がされてきたという不快さは消え去らない。しかし、命を捨てる覚悟で国家に嚙《か》みつき、切り開いてきたこの道は、何があろうと死守し、最後の最後まで前に進む。


式典が終わると、レフは屋内に急ぐイリナを横目に、デミドフを摑《つか》まえる。

「少し話したいことがあります。お時間をいただけませんか？」

枯れた松のような風貌《ふうぼう》のデミドフは、露骨に嫌そうな顔をする。

「また今度でいいだろう」

のらりくらりとかわされそうなので、レフは彼の耳もとで囁《ささや》く。

「リュドミラの毒殺を、連合王国《アーナック》の三流新聞《ニューズ》に売っていいですか？」

「貴様……」

デミドフは睨《にら》みを利かせてくるがリュドミラのような怖さはなく、レフはまったく動じずに笑顔を向ける。

「お話をお願いします」

すると、デミドフは口を歪《ゆが》め、閣僚会議館の小会議室に来るように告げて、去って行った。

☽☽☽

窓のない小会議室にレフが入ると、整髪料の匂《にお》いが鼻をつく。室内には、デミドフひとりが腰かけている。目に見える人物がひとりというだけだ。相手が指定した部屋である以上は、確実に盗聴器が仕掛けられている。それをレフは念頭に置きつつも、遠慮していたら情報は引き出せないので、恐れずに訊《たず》ねていく。まずは何よりも、宇宙開発の今後だ。

「『サユース計画』は、第三ミッション以降も条件は変わらず、最後まで継続するのでしょうか？」

有人月面着陸が共同事業として成立したのは、リュドミラが裏で動き、連合王国と交渉したからだ。

「計画の方針は変わらない。君は与えられた使命を果たせばよい」

デミドフは断言した。つまり、両国の上層部で構成される『サユース特別委員会』においても、彼は力を持っているのだろう。

つづいて、やや危険な領域について訊《たず》ねる。デミドフとリュドミラは同じ組織に属しているのかという点だ。いや、そもそも、そのような組織が存在するのかどうかも定かではない。

そこでレフは鎌を掛ける。

「リュドミラが死んだ今、あっちの『計画』はどうなるんですか?」

「あっちの?」

「共和国連邦の解体と再構築、そして東西二国による世界支配です」

「んっ……?」

眉《まゆ》がぴくりと動いた。明らかに何か知っている。レフはデミドフを見据える。デミドフは松の枝のような顎髭《あごひげ》を引っ張り、何度か指で机を叩《たた》いたあと、指先をレフに向ける。

「その話は、ほかの誰かにしたのか?」

否定しないということは、組織の存在を認めたと同義だ。

「誰にも話していません」

とレフは答えたが、リュドミラの話をイリナも一緒に聞いていた。彼女の名を出すか迷うが、隠しごとはあとで大事になるかもしれないので、レフはその旨を正直に明かす。

「なるほど……吸血鬼にまで漏らすとは、まったく口の軽い女だ」

この男には、リュドミラに対する敬意や哀悼の欠片《かけら》もない。おそらく、命を奪った毒物も野《の》鼠《ねずみ》を殺すような調子で盛られたのだろう。これは他人事《ひとごと》ではなく、レフ自身も目に余る行動を取れば狙《ねら》われる可能性はある。だからこそ内情を知っておきたい。

「同志。計画について、くわしく教えていただけませんか」

「待ちなさい。確認を取る」

デミドフはそう言い残して退室した。リュドミラに比べると慎重で事務的だ。推測するに、身勝手なリュドミラに代わり、組織に忠実なデミドフが置かれたのだろう。つまり、ゲルギエフを操る人物が変わっただけだ。

一〇分ほどするとデミドフは戻ってきて、滑らかな口ぶりで話し始める。

「計画を教えよう。まず、我々は『新世界秩序』の理念に基づき、活動をしている。便宜上、組織名はその略称を用いてＮＷＯとしている」

「新世界秩序……」

理念はくわしく知らないが、両国の政治家や知識人たちがその言葉を使うところを、レフは何度か聞いたことがあるように思う。

——新世界へ導いてくれる革命家。

ふっとレフの頭の奥で、今は亡きリュドミラの声が響いた。そして彼女がレコードで流した交響曲『新世界』の扇動的な旋律が蘇《よみがえ》り、猛々《たけだけ》しい金管楽器の叫びが心を揺すぶる。

「同志レプス」

トン、とデミドフは指でテーブルを叩《たた》き、レフの注意を引く。

「子細はこれから話す。君には、月へ到達した最初の人類として最終ミッション後も協力してもらう予定だ。異論はないだろうか？」

「……異論はありません」

いつのまにか、計画に組み込まれていた。とはいえ、レフは史上初の宇宙飛行士となったときから自由な人生は捨てたので、今さら驚くほどのことでもない。『サユース計画』も同じだ。巨額の資金によって宇宙開発がなされている以上は、相応の責務を果たさねばならない。もちろん、ＮＷＯとやらが戦争や大虐殺のような悪行をやる気なら、死んでも手を貸すつもりはないが――

「我々の目的は、人類の平和と繁栄である」

デミドフの口から出た意外な言葉に、レフは面喰らった。毒殺という恐ろしい行為とは到底結びつかない。

「いったい、何をやるのですか……？」

警戒しながらレフが訊《たず》ねると、デミドフは大学の教授が教えるように語る。

「六〇年代の前半、連合王国の総合研究機関はこのような報告書を出した。『共和国連邦は現在のシステムをつづければ、近い将来に崩壊する』と。国内外の状況を見るに、高い確度でそうなるだろうと我々は考える。その崩壊を、指をくわえて見ているわけにはいかない。連合王国が力を持ちすぎれば、人類が破滅する可能性がある」

人類が破滅？

意味がわからず、レフは混乱して聞き返す。

「ええと、なぜ人類が滅びるのですか？」

「核戦争の危機が再勃発する恐れが高いのだよ。一国が力を持てば、その支配に対する憎悪や、異なる主義への不満が爆発する」

「それを解決する手段が、東西二国による世界支配だと……？」

デミドフは深く頷《うなず》く。

「ご存じのとおり、歴史上、一国で世界を統治できた例はない。そして、これまでは地道な戦争で覇権が移り変わってきたが、科学の発展により、国家を一発で葬り去るほどの、恐るべき兵器が産み出されてしまった。もし核兵器の打ち合いが起きたらどうなる？」

「人類のほとんどが消滅し、地球そのものが壊れてしまう……」

レフが答えると、デミドフは眉間《みけん》に皺《しわ》を寄せる。

「愚かな人類は、時として暴走する。ひとつの地球に住む人類の分裂によって、破滅がもたらされる恐れがある。これは全人類が取り組むべき課題であり、NWOは破滅を防ぐための調整を推し進めている」

「つまり、二国が同盟を組んで世界を支配すれば、戦争は起き得ないと……？」

「理屈ではそうなる」

ようやくレフは理解が追いついてきた。新世界秩序とは、先の大戦後に勃興した『世界政府構想』と同じ類のものだ。

核兵器の恐ろしさを体感した有識者たちは、戦後になって一様に、「核戦争を回避するには、国家の上に存在する世界政府が必要だ」と提言しはじめた。連合王国の元首相は引退後に、「東西の分断をなくし、統一された共同体となるべき」と表明し、二〇世紀最大の物理学者と名高い人物は「世界政府の樹立を第一目標にすべし」と訴え、さらに「世界政府は、連合王国と共和国という軍事力を持つ二大国のみで設立されるべき」と説いた。おそらくNWOという組織はその系譜に属する。

世界政府という考え方は、平和の思想に基づいたものだ。ただ、レフは、デミドフの話はどうもしっくりこない。『東西二国による世界支配』は、核戦争の回避という目的は同じでも、根幹が大きく異なるのではないか？

もう少し探ってみようと、レフは訊《き》く。

「崩壊が予測されるこの国を、どうやって立て直すんですか」

デミドフはしわがれ声で饒舌《じょうぜつ》に語る。

「先ほども言ったが、計画はすでに進行している。この国は建国して五〇年が経ち、良いところと悪いところがはっきりとしてきた。そこで、連邦が崩壊する前に、悪い部分を切り捨てて、政変が起きないように軟着陸させ、新体制への再構築を図る。その一方で、共和国の製造した有人宇宙船で月への飛行を実現し、科学力を誇示して超大国の威厳を維持する。数年前までは、両国の有人月面着陸は中止になる想定で動いていたが、同志チーフの秘密の計画書と、地下出版《サミズダート》での暴露により、良い方向に裏切られた。ありがとう」

「いえ……」

返答にレフが迷っていると、デミドフはニタリと額に皺《しわ》を刻む。

「ともかく、我々の行動目標は、連合王国と力の均衡を保ち、対等かつ友好的な関係を維持することだ。ただし、維持だけではいずれ衰退する。適度に競争を行い、双方の国力を底上げしながら発展させていく」

「世界政府構想に似たようにも感じますが……」

レフの問いかけに対して、デミドフは渋い顔で首を横に振る。

「あんなものは理想論だ。世界をひとつにするのは不可能だよ。何十年、何百年経ってもできないだろう。まず何より、人びとの選択肢がひとつしかないというのは不健康だ。異なる主義や主張を共存させて、不満が弾《はじ》ける前にガス抜きをする。我々NWOは、それを裏から調整する」

あまりに支配的に感じて、レフは疑問を呈する。

「そんなことが可能なのですか？　我が祖国は政府の一存ですべて決められても、連合王国は難しいように思います」

「連合王国の最高支配層にも、組織に属する者が何人もいる。あの国は、世論を操作すれば民衆は動く。ところで、同志レプス。NWOに参加しているのは二国だけではないよ。我々の考えに賛同してくれる力ある者は世界中にいて、毎年一回、秘匿《ひとく》義務を持つ極秘の会議を開いている」

なるほど。しっくりこなかった原因をレフは理解した。世界政府の提唱者たちは真に未来を憂慮しているのに対して、デミドフの話は実利的で、核戦争の回避は副産物に感じる。NWOという組織の実体は不明だが、最高支配層である巨大財閥やメディア複合体などが噛《か》んでいるのなら、平和から滴り落ちる甘い蜜《みつ》を啜《すす》ることも目的だろう。冷戦で国交を断絶していた連合王国と関係が築かれていた点も、超国家的な組織が裏で手を引いていたならば説明がつく。

思い返してみれば、共和国内で違和感を覚える出来事はあった。

たとえば、六〇年代初頭に共和国が食糧危機に陥ったとき、敵対していた連合王国は小麦や農業機械を輸出して支援してくれた。当時、さまざまな憶測が飛んだが、じつは、両国は分断されているように見えて、機密情報を交換していたというわけだ。リュドミラがANSAに『サユース計画』の書類を送りつけて交渉したこともそれだ。ゲルギエフは最高指導者に就任して以来、旧政権の残党を排除して、連合王国に歩み寄り、ジャズなどの文化も開放してきたが、それらも軟着陸の一環だったのだろう。

レフが黙考していると、デミドフはじろりと覗《のぞ》き込んでくる。

「君は、今後の宇宙開発について興味あるだろう」

「ええ、ぜひ」

パッと顔を上げたレフに、デミドフは得意そうに言う。

「もちろん、宇宙空間は平和的に活用する。ひとつの例として、今は技術的に困難だが、衛星軌道上に複数の軍事衛星を配備する計画がある」

「軍事衛星を……」

「安心したまえ、攻撃に使うのではない。宇宙からミサイルを撃ち落とすための防衛用だ。これが実現すればミサイルという兵器は無効化され、この世から消え去るだろう」

確かに、そういう狙《ねら》いならば良いとレフは思う。実際、昔からロケットは宇宙に飛ばすためだけに開発してほしいと考えていて、かつてイリナにそう語ったこともある。当時は理想論に過ぎなかったが、ＮＷＯは本当に実現しようとしているのかもしれない。つい利潤の追求に引っかかってしまうのは、共和国で生まれ育ったからだろうか。

デミドフは指でテーブルを強めに叩《たた》く。

「話はもういいかね？」

「あっ、はい」

「では、せっかくなので最後にひとつ確認したい。君は最終ミッション終了後、政治家になる気持ちはあるかね？」

「ありません。宇宙開発に関わっていたいです」

レフが即答すると、デミドフは肩をすくめる。

「まあいい。確かに、その方が君には合っているだろう。ともかく、宇宙開発競争の恩恵で科学は大きく発展し、東西の二国は地球において絶対的な地位を獲得した。ああ、ところでレフ君、先日、『地球の出』が話題になったよね？」

第一ミッションで、宇宙飛行士が月周回軌道から地球を撮った写真だ。

「世界中の人びとが感銘を受けました」

「私もそのうちのひとりだよ。あれはすばらしい写真だ。そして君は、あの写真の遥か上を行く有人月面着陸に挑む。人類が月に上陸することで、人びとは科学の力をより重視するようになり、世界はいっそう豊かになる。地球の未来は君に懸かっていると言っても過言ではない。もちろん、食えない勲章以外にも、報酬を出す予定だ」

レフは少し考え、提案をする。

「報酬は結構です。べつのお願いを聞いてもらえませんか？」

「何だね？」

「共和国の宇宙船のコールサインを、俺に決めさせてください」

「コールサイン？」

「第三ミッション以降の宇宙船は、共和国から打ち上げられる『司令・機械船』と、連合王国から打ち上げられる『月着陸船』の二機になり、同時に飛行します。そうなると、コールサインがふたつ必要になってきます」

レフにはどうしても付けたい名前があった。連合王国側は名称を公募するという話が出ていたが、共和国で公募はありえない。もし、デミドフが命名に関わるほどの力を持っているなら、その権利を譲ってもらいたい。

「どうでしょうか?」

レフが重ねて頼むと、デミドフはしばらく髭《ひげ》を触り、得心が行ったように頷《うなず》く。

「善処しよう。まあ、君が名付けても問題はないだろうね」

「ありがとうございます」

「ではレフ君。今日話した内容は、他言無用で頼むよ」

デミドフはテーブルを指でトントンと強めに叩《たた》くと、すーっと影が消えるように退室した。

☽☽☽

小会議室を出たレフは、城塞区画《ネグリン》のすぐ傍《そば》に用意されたホテルに向かいながら、デミドフの話を思い返す。

東西二国による世界支配は、核戦争の回避を目的としている点は支持できる。レフ自身、もう二度と核戦争の危機は味わいたくない。

あのときは本当に生きた心地がしなかった。

しかし、「平和と繁栄のため」という言葉は建前だ。市民はNWOという目に見えない存在に支配される。

もとより、それ以前の問題として、ふたつの超大国を裏から操作しつづけることなど、本当に可能なのだろうか？　数年間は維持できても、いつか内部で腐敗や汚職が起きるのではないか。

「わからないな……」

力のないため息は涼しい夕風にさらわれていく。あれこれ考えたところで、相手は国際的な組織で、レフ個人の力が及ぶ範囲を超えている。

救いがあるとすれば、リュドミラに比べて、デミドフは話が通じる点だ。リュドミラの嘘《うそ》まみれで人を食ったやり方には不信感や苛立《いらだ》ちばかり抱いたが、彼のように明け透けに語ってくれれば心構えができる。もちろん、彼を心から信頼するつもりはないが、基本的には『サユース計画』の成功を願っているようで利害は一致しているため、無茶な介入はしてこないはずだ。想像するに、リュドミラは『サユース計画』が軌道に乗ったので、邪魔になって消されただとしたら哀れだ。

ふと、レフは思う。もしかしたら、彼女には嘘で隠していた別の野望があったのかもしれない。

いや、もうやめよう。世界からいなくなった人の真実を詮索《せんさく》しても空しいだけだ。レフは甘味ばかり食べていた亡霊を頭から振り払い、『サユース計画』について考える。

ＮＷＯの思惑を、最終ミッションの搭乗者であるイリナとネイサンに伝えるべきか迷う。しかし、デミドフに他言無用と釘を刺された以上は、ネイサンを安易に巻き込むのは避けるべきだ。ただ、イリナには伝えてもいいだろう。彼女はリュドミラの話を聞いていたので、気になっているはずだ。なるべく早めに、頃合いを見計らって切り出そう。

式典で賑《にぎ》わっていた大広場からは人がすっかりいなくなり、石畳が夕陽の橙色《だいだいいろ》に染まっている。レフは大広場の端に立ち、昼間に登壇していた霊廟《れいびょう》を眺める。

名もなき空軍中尉から史上初の宇宙飛行士となり、人生は大きく変わった。『月と猟犬』で真相を暴露し、宇宙開発の運命が変わった。そしてこの先、月面着陸を達成するかどうかで、地球の未来が大きく変わる。果たして、それが良い方向に変わるのか、あるいは、悪い方向なのか、レフには判断できない。

レフの望む未来は、イリナが望む未来が訪れることだ。ただ、彼女の本心がわかっていない今の状態では、進むべき未来がわからない。だからまずは、彼女としっかり向き合い、気持ちを確かめねばいけない。

幸いにして、明日からしばらく時間がある。長らく連合王国に渡っていたレフたち共和国の宇宙飛行士は、一週間の特別休暇を与えられた。最終ミッションまでの期間で、これが最後の長い休みになる予定だ。多くの者は帰郷し、家族や古くからの友人に会ってくるという。レフも久しぶりに両親に会いたい気持ちはあるけれど、今回はイリナとの関係改善を最優先にしたい。

連合王国で悩ましげだったイリナの表情をレフは思い出す。

彼女の赤い瞳《ひとみ》に、いったいこの世界はどう映っているのか。人間であるレフにはわかり得ないものがあり、そこがすれ違いの原因になっているように感じる。

彼女の心を本当に理解するには、吸血種族についてもっと理解を深めるべきではないのか。しかし、書物で得られる知識は上辺でしかなく、種族にくわしいアーニャとは連絡が取れない。かといって、イリナに直接話を聞こうとすれば避けられてしまう。せめて、身近に吸血種族がいたらよかったのだが、イリナ以外の民は、リリット国の山奥にあるアニヴァル村に隔離されている。

あれこれ考えながら大広場を歩いて行くと、レフの目の前で、地面がきらりと輝く。かつて、ミハイルと月への乗車賃を投げた『すべての道が始まる基点』だ。地面にはめ込まれた黄金色のプレートが夕陽を反射している。

レフはプレートの上に足を乗せ、沈み行く太陽を見る。月には行けても、さすがに太陽には行けない。地続きの共和国連邦内ならば、だいたいは行けるだろう。当然、レフの故郷にもつながっている。

「あっ……！」

ぱっと閃《ひらめ》いた。

道があるのだから、こちらからアニヴァル村に出向けばいい。イリナが一七年間を過ごした土地の空気に触れて、村人と話をしたら、少しは理解を深められるかもしれない。

アニヴァル村は遠く、西隣に位置するリリット国の山奥までかなりの長旅になるが、一週間もあれば十分に往復できるはずだ。それだけで貴重な休暇は潰《つぶ》れるけれど構わない。

村に行くならばイリナも一緒だといいのだけれど、それは難しいかもしれない。彼女は実験体として村を出て以来、八年以上も帰っていない。彼女自身が『宇宙を飛ぶという夢のために村を捨てて、村を焦土にした人間と科学の力を借りた』と罪の意識に苛《さいな》まれていて、『嫌われているから帰る場所などない』と言っていた。

村の掟《おきて》や種族の感情などレフにはいっさいわからないので、実際はどうなのか、想像さえできない。ただ、嫌われているというのは、彼女の思い込みに感じる。きっとイリナは子どもの頃から純粋で、真面目《まじめ》で、嫌われる要素などなく、死んでもいいから宙《そら》を飛びたいという熱情を胸に秘めていたことは、村の人たちも知っていたのではないだろうか。

今回の休みは、月に行く前の最後の機会だ。イリナは自分からはまず帰ろうとしないだろうから、断られることを覚悟で誘ってもいいかもしれない。

ホテルのレストランで夕食をとりながら、レフはイリナに休暇の予定を何気なく訊《たず》ねる。

すると。

「ここでずっと寝てるわ」

イリナは素っ気なく答え、イクラをプチプチと潰《つぶ》して食べる。

予想できた反応だ。

レフは軽く探ってみる。

「セミョーンとか、みんな帰省するみたいだけど、君は村に帰らないのか？」

「ええ、前も言ったけど、帰っても居場所がないから」

「嫌われてるからだっけ」

「そう、私は人間に近づいた裏切り者」

さらりと言うと、イリナは湯気の立つブリュシチを熱そうにすする。

まあ、これも予想していた答えだ。

「でも、それは君が思ってるだけで、実際は違うかもしれないんだろ？」

「そうだけど……」

イリナは目を伏せ、スプーンでブリュシチをゆっくりとかき混ぜる。この反応からすると、一緒に行こうと勧めるのは逆効果だとレフは思い、つぎで触れるのは最後にする。

「無理強いするつもりは全然ないけど、今回、もし村に帰らないまま月への飛行をしたら、本当に一生帰る機会を失ってしまう気がする」

イリナは上目遣いで、レフを訝《いぶか》しげに見つめる。

「あなた……まるで私を帰らせたいみたいね」

「ああ、まあね……」

イリナの瞳《ひとみ》に鋭利な光が宿る。

「どうして急にそんなこと。何かあったの」

隠してもしょうがないので、レフは単刀直入に告げる。

「休暇を使って、俺はアニヴァル村に行く」

イリナはスプーンを手にしたまま、動きを止める。

「……何しに？」

「吸血種族を、もっと理解したくて」

「なんで理解する必要があるのよ」

困惑するイリナに、レフは率直に気持ちを伝える。

「正直に言うと、最近、君とのあいだにちょっと壁があるように感じていて……。それは、俺が人間の視点しか持てないことが原因のひとつかなと思ったんだ」

「べつに、壁とか……」

イリナが気まずそうに目を逸《そ》らすので、レフは努めて明るく返す。

「いやぁ、ごめん。まあとにかく、君がもし帰るなら一緒に行きたかったんだけど、俺ひとりで行くよ」

イリナはエッと身を乗り出す。

「待って。ひとりで？」

「ああ」

「やめてよ」

「だって、ひとりで行くしかないし」

「やめてってば！」

イリナが大きな声を出したので、周囲の人びとに驚いて見られる。レフとイリナは同時にアハハと頭を掻《か》いて笑って誤魔化《ごまか》し、再び顔を見合わせる。

ほとほと呆《あき》れた様子のイリナは、炭酸水を一口飲んで、ため息をひとつ吐《つ》くと、レフに問う。

「あなた、本気なの？」

「嘘《うそ》を吐いても仕方ないだろ……」

想像以上に困らせてしまって、申し訳ない気持ちが湧《わ》いてくる。

「でも、村は軍によって隔離された地区よ。私用で気軽に訪問できる場所じゃないでしょ」

レフは声を潜める。

「公用にするために、ちょっと汚い作戦を使わせてもらった」

村に入るには通行許可が必要だとわかっていたので、城塞区画《ネグリン》からホテルに来る前に、政府の指導部に確認を取った。『民族融和を強調するための公式訪問』という政治宣伝をしたいと申し出たところ、「休暇を祖国のために使うとは素晴らしい心意気だ、さすが英雄だ」と感激され、あっさりと許可された。

レフはわざと悪い顔をしてみせる。

「ふだん嫌というほど利用されてるから、たまには使ってやらないとね。まあ公式訪問という扱いだから、護衛と監視役の〈運送屋〉や、記者もついて来るけど。それで、そのときイリナの同行は可能かどうか訊《たず》ねたら、故郷への凱旋《がいせん》として認めると言ってたんだ。ああ、でも、君が同行する件はなくなったと伝えておくから、安心して」

イリナは浮かない顔をする。

「……本当に行くのね……」

「俺が行くのはマズいのか？」

まさか、人間は恨まれているから、相手にされなかったり、酷《ひど》い目に遭ったりするのだろうか。

「私のいないところで、村の人にあれこれ訊《たず》ねられたら嫌なだけよ」

イリナが気恥ずかしげに言うので、レフはいやいやと手を振って否定する。

「誤解だよ。俺が知りたいのは、村の暮らしとか、有人月面着陸についてどう思うのかとか。そりゃ、君の子どもの頃についても知りたいけど、今回の目的は、君が生まれ育った村の空気に触れることだから」

「え、そうなの……?」

「それから、目的はもうひとつ。俺はこの地球を代表して月面に降り立つわけだから、村のひとたちに直接挨拶《あいさつ》をしたい。君の首飾りの宝石が示すとおり、吸血鬼は月の民という伝承があるだろ?」

「ええ、そんな話もあるわね……」

青く輝く首飾りの宝石をイリナはそっと手で覆い、静かに瞳《ひとみ》を閉じる。村のことでも思い出しているのだろうか。長い睫毛《まつげ》が切なげに揺れる。

そしてしばらくすると、イリナはパッと目を開けて、話しかけるのも憚《はばか》られるほどに黙々とブリュシチを食べ始めた。


食事を終えたレフは、イリナと一緒に客室フロアに移動する。部屋は別方向にあるので、エレベーターを降りたところでお別れだ。

「俺は明日さっそくアニヴァル村に向かう。つぎに会うのは連合王国へ戻る直前かな。それじゃ、おやすみ」

「……」

イリナは無言で、何か言いたげな顔をする。

「どうした？」

「……ついて行くわ」

消え入りそうな声でイリナは言った。

「え？」

突然の申し出に、レフはどぎまぎする。

「部屋に……？」

「馬鹿。村よ」

「村……って、アニヴァル村？」

心変わりにレフは驚き、イリナをまじまじと見る。

「どうしたんだ、急に……いや、もちろん大歓迎だけど」

「あなたの話を聞いてたら、けじめをつけなくちゃって思った」

「けじめ？」

イリナは真剣な顔で、こくりと頷《うなず》く。

「村の人に謝りたい気持ちはずっとあったのに、目を背《そむ》けてた。嫌われてるから帰らないなんて、ただの言い訳。でもあなたの言うとおり、月に行く前に会わないと、私は一生逃げつづける。だから、行こうと決めた」

「うん、俺もそれがいいと思う」

レフが笑顔を返すと、イリナは安心したように表情をほころばせた。

「じゃあイリナ、日中で悪いけど、朝の九時に待ち合わせしてるから」

「わかった。レフ、おやすみなさい」

イリナはくるりと背を向け、すたすたと廊下を歩いていく。その背中を見送っていると、レフは心がふわりと軽くなる。彼女は一歩を踏み出してくれた。村に戻るのは、村を出るときと同じくらい勇気がいるはずだ。

村のひとたちが、イリナを優しく迎え入れてくれることを切に願う。もしもなじられたり、批判されたりしたら、そのときは全力でイリナをかばう。

☽☽☽

リリット国の空港で飛行機を降りたレフとイリナは、大型の軍用車両でアニヴァル村に向かう。この旅には〔運送屋〕と公式記者が同乗しているので、レフもイリナも余計な雑談はせず、表向きは職務として遂行する。太陽光が苦手なイリナを守るために、運転席以外はカーテンで閉ざされており、景色はほとんど見えない。

座席がガタガタと揺れる未舗装の道を、何時間も延々と進む。尻や腰が痛くなってきた頃、運転手が「太陽は山の向こうに沈んだ」と言ったので、カーテンを開ける。

鬱蒼《うっそう》と茂った白樺《しらかば》の幹が宵闇《よいやみ》に浮かびあがっている。イリナは車窓を眺めて、静かにため息をこぼす。

険しい山々に囲まれた林道を進み、一般人ならば引き返す『立ち入り禁止区域』の看板を過ぎる。乳白色の谷霧が漂い、あたりを包む闇が一段と深くなってきたとき、いかめしい鉄条網が目に飛び込んできた。

アニヴァル村だ。

錆びた鉄門の脇にある軍の管理施設で、木こりのような軍人に通行許可証を見せ、門を開けてもらう。

車を降りた瞬間、レフの首筋を冷たい空気が撫《な》でる。深く息を吸い込むと、濃厚な森の香りが身体《からだ》いっぱいに満ちて、長時間の旅の疲労を軽くしてくれる。

イリナは車を出たまま立ち止まっている。声をかけようとしたレフは、彼女の表情がひどく寂しげなのを見て、口をつぐむ。

管理役の軍人がサッと敬礼する。

「案内します。暗いので足元にお気をつけください」

軍人は懐中電灯をレフたちに配り、山峡の奥へつづく石段へ進む。蟋蟀《コオロギ》の鳴き声が騒々しいほど響き、松毬《まつぼっくり》があちこちに転がっている。近くに渓流があるようで、さわさわと水の流れる音がする。ここでイリナが生まれ育ったのかと思うと、レフの胸に、得も言われぬ感情が湧《わ》く。

鉄柵《てっさく》で両脇を塞《ふさ》がれた石段をのぼりながら、軍人はアニヴァル村について語る。

「吸血鬼たちは人間の発明した科学を拒否し、電気も使わず、村の中に現代的な製品はひとつもありません。森と共に生きる、自給自足の暮らしをしています」

暗闇《くらやみ》に包まれた石段は不気味で、同行する記者たちは足取りが重い。レフは長らくイリナと一緒にいるので吸血鬼には慣れているというのに、今日ばかりはさすがに身構えてしまう。

「俺とイリナが月へ行くのは、村の人たちは知っているんですよね？」

「はい、私が読み終えた古新聞を、情報源として与えています」

「俺たちが村に来ることは、どういう反応でした？」

「ひどく驚いていました。しかし、ご安心ください。伝承と違って、凶悪ではありません。万が一のときは銃があります」

いつものイリナなら食ってかかりそうな物言いだが、言い返さない。ずっと物思いにふけっている彼女は、村に近づくにつれて、表情が硬くなっていく。

長い石段をのぼりきると、切り立った崖《がけ》に挟まれた谷間に出た。冬薦《ブルーシ》の絡んだ鉄柵の向こうにレフは目をやる。昼間でも日当たりが悪そうな奥まった場所に村がある。軍人は厳重に閉ざされた扉の鍵《かぎ》を開け、レフたちに入村を促す。

村に一歩足を踏み入れると、いっそう空気が重く、冷たくなる。ところどころにかがり火が焚《た》かれ、松脂《まつやに》の燃える匂《にお》いが漂う。繁茂した樹木に覆われるように、古びた石造りの家々が建っている。入り口の近くには、出歩いている村人はいない。

イリナはしんみりとつぶやく。

「何も変わってない……」

おそらく一番変わったのはイリナだろう。ノスフェラトゥ計画の実験体として村を出た少女は、今や人間社会でもっとも有名なうちのひとりだ。しかし、知名度や外見こそ変われど、心優しく平和を愛する彼女の本質は変わっていない。村の人たちにそれが伝われば、きっと受け入れてもらえるはずだ。

かがり火に囲まれた円形の広場まで進むと、リリット国の伝統衣装に身を包んだ者たち数十名が出迎えるように立っている。瞳《ひとみ》は赤く、耳は尖《とが》っている。老若男女、皆、吸血鬼だ。まるで違う世界に迷い込んだようで、レフの心臓はドキリとなる。記者たちは息を呑《の》み、居心地が悪そうに小さくなる。

村人の中から、灰色の髪を束ねた小柄な老婆がゆっくりと前に出てくると、イリナはハッと手を口に当てる。

「エニュータ……？」

エニュータと呼ばれた老婆は上品な微笑を浮かべて、少し欠けた牙《きば》を覗《のぞ》かせる。

「イリナさん、おかえりなさい」

その温かい声色と、潤んだ瞳《ひとみ》だけで、老婆の気持ちがレフに伝わってくる。イリナは嫌われてなどいない。むしろ皆から歓迎されている。

唇を結んで黙っているイリナは瞳に涙を浮かべ、村人からつぎつぎに声をかけられると、ほろほろと涙をあふれさせる。そして、エニュータに頭を撫《な》でられると、イリナは堪《こら》えきれなくなったように抱きつき、激しい嗚咽《おえつ》を漏らす。人目をはばからず泣きじゃくるイリナをレフは初めて見た。彼女の秘めていた想いが胸に迫り、レフの瞳にも自然と涙がにじむ。

今夜はイリナをひとりにさせてあげたい。そう思い、レフが同行者たちに声をかけようとしたとき、村人のひとりにおずおずと声をかけられる。

「レフ・レプスさん。もし許されるのでしたら、イリナさんと一緒に食事はいかがですか」

自分は邪魔ではないかとレフは考えるも、複数の村人に歓迎の視線を送られていることに気づく。誘いを断るのは失礼だ。

「はい、ぜひご一緒させてください」

レフは快く返事をすると、同行者の方を向いて、請う。

「今夜は俺とイリナのふたりで交流したいんですが、いいですか？」

居心地の悪そうだった同行者たちは、渡りに船とばかりに頷《うなず》き、管理施設へと戻っていった。

月の下、広場で行われる宴《うたげ》にレフとイリナは参加する。村人が食事の準備をしているあいだ、泣きはらした瞳のイリナは、少し気恥ずかしそうにレフに話す。

「エニュータが私を育ててくれたの」

戦渦に巻き込まれてイリナの両親が亡くなると、エニュータは三歳だったイリナを引き取り、読み書きから社会の常識から、何から何まで教えてくれたという。また、イリナが村を出ると決めたとき、彼女は自己犠牲の精神で実験体になったと勘違いして村人が引き留めようとする中、エニュータだけは無言で見送ったそうだ。

「きっと、私の考えは見透かされていたのね」

イリナは苦笑を浮かべる。レフは火をくべているエニュータに目を向けて、心の中で感謝をつぶやく。彼女を育てて、理解してくれてありがとう、と。

宴が始まると、村人の数名が伝統的な舞踏を披露する。しなやかで美しい動きは、イリナが氷の湖をスケートで滑ったときの妖精のような舞を思い起こさせる。

食事は焼き魚や根菜など、人間と同じだ。広場の中央でひときわ目立つ山羊《やぎ》の丸焼きは祝賀の料理だという。味覚のない吸血鬼の料理は、当然どれも味つけはまったくされていない。しかし自然そのものの旨味に溢《あふ》れていて、レフは味が物足りないとは思わない。

木製の盃《さかずき》に注がれたアニヴァル村の地酒は、真っ黒でとろとろの薬草酒で、芳醇《ほうじゅん》な匂《にお》いが複雑に絡み合い、独特の苦みがある。アルコール度数が高く、レフはすぐに身体《からだ》が熱くなる。飲もうか迷っていた様子のイリナは盃を手に取る。

「私も飲む」

「え、大丈夫か？　けっこう強いぞ」

村人の前で痴態をさらしたら大変だとレフは止めようとしたが、すでにイリナは盃に口につけていた。

「あっ……」

レフは酔っ払いのイリナに備え、身構える。

案の定、イリナはすぐに耳の先まで真っ赤になり、周りから心配される。それでも、いつもほどへろへろにならず、意識をしっかり保っている。地酒が身体に合っているのだろうか。ともかく助かった。

食事をしていると、村人たちから「すっかり大人だ」「美しくなった」という感心や感嘆の声が聞こえてくる。ほろ酔いのイリナの耳もとで、レフは囁《ささや》く。

「嫌われてなんかなかっただろ」

「そうね、あなたの言うとおりだった。悪い想像ばかりしてた自分が馬鹿みたい」

ホッとした様子のイリナは、隣に座っているエニュータの肩をトンと叩《たた》く。

「ねえエニユータ。私が『レフと月に行く』と宣言したの、みんな知ってるんでしょ？」

「ええ、知ってますとも」

「そのとき、みんな嫌ったり怒ったりしなかったの？　実験体だったはずの私が人間と仲良くしてるなんて、追放されてもおかしくないわ」

酒が入って気が大きくなっているのか、イリナは直截的で、エニユータは苦笑を返す。

「当時はみんな信じられないという気持ちでしたよ」

「やっぱりそうよね……」

申し訳なさそうなイリナにエニユータは言う。

「あなたは実験体に自ら名乗り出たでしょう。殺されてしまうんじゃないかと心配しましたし、始祖の血筋が途絶えてしまうと悲しむ者も多かった。そしたら新聞に載っているんですもの。記事の内容は、政府の捏造《ねつぞう》もあるのかと思いましたが、本気で人間と月を目指しているし、まったく、あなたというひとは……」

わざと怒ったような顔をするエニユータに、イリナはぺこりと謝る。

「ごめんなさい……。でも、どうしてみんな許してくれたの？」

するとエニユータは柔らかく微笑《ほほえ》む。

「許すもなにも、命がけで夢を追うあなたを応援していましたよ」

「そうなの？」

「ええ。この呪われた谷から一歩も出ずに生涯を終えるわたしたちにとって、広い世界に飛び出したあなたは希望ですから」

「私が希望……」

「そう、わたしたちはあなたに夢を見ています。古《いにしえ》の血筋を今に伝える姫君が、月の民である我々の故郷に想いを届けてくれると」

信じられないという顔をするイリナに、エニュータは重ねて言う。

「それに、あなたが有名になればなるほど、吸血種族は怪物ではないと、世界中の人びとが知ることになります。いずれ、この谷から解放される日もくるかもしれません」

エニュータは垂れ下がった瞼《まぶた》に隠れそうな赤い瞳《ひとみ》を、レフに向ける。

「イリナが人間社会で生きてこられたのは、あなたのお陰だと思っています。村の者一同、あなたに感謝しています」

「いえ、俺はそんな。彼女自身の持つ強さがあったからです。むしろ俺の方こそ、彼女には何度も助けられています」

謙遜《けんそん》ではなく、レフは本当にそう思う。幾度となくイリナに勇気をもらい、ここまで走ってこられた。宇宙飛行士を目指す姿に心を打たれ、ミハイルを失ったときには、どれほど励まされたことか。

褒《ほ》めそやされて耳の先まで赤くしたイリナに、エニュータは問う。

「訊《き》くのは野暮かもしれませんけど、レフさんとはどのような関係なのかしら?」

「どのような……?」

「長年連れ添っているみたいですし、今回も同じ宇宙船で月に行くのでしょう」

村人の好奇の目がイリナに集まる。

イリナは狼狽《うろた》え、ぱちぱちと目を瞬かせる。

「彼は宇宙飛行士の同僚よ。それ以上の関係ではないわ。ねえレフ」

村人の視線をバッと浴びたレフは、しっかりと頷《うなず》く。

「彼女の言うとおり、仲間たちと日々訓練に励んでいます」

吸血したことは絶対に秘密なのだろう。もちろんレフも言うつもりはない。

エニュータはイリナに真顔で訊《たず》ねる。

「この先、ずっと人間社会で暮らすのですか?」

「ん……」

イリナは即答せず、根菜のスープをくるくると匙《さじ》でかき混ぜ、なんとも答えにくそうに口を開く。

「決めてない」

するとエニュータは穏やかな顔つきで返す。

「いつでも戻っていらっしゃい。お城はちゃんと手入れしていますから」

エッとイリナは目を丸くする。

「そうなの？　ボロボロで埃《ほこり》まみれになってると思ってた。あとで久しぶりに行きたいわ」

城と聞いて、レフはイリナが話していたことをふと思い出す。

「邪魔じゃなかったら、俺もついて行っていい？」

「何しに？　観光地にあるお城みたいな立派なものじゃないわよ」

「いや、そうじゃなくて、『月の裏側の絵が描かれた本がある』と言ってなかった？　ちょっと見てみたくて」

絵の件とはべつに、当然イリナの生家を見たいという気持ちはあるが、村人の前では隠す。

イリナは腕組みしてしばらく考え、首を縦に振る。

「いいわよ。せっかくこんな遠くまで来たんだし」

「ではイリナさん、わたしもついていきましょうか」

エニュータが同行を申し出たが、イリナはきっぱり断る。

「レフとふたりで大丈夫」

村人の何十という赤い瞳《ひとみ》がレフに集中し、レフはドキドキする。しかし、誰も異論を唱えず、イリナの意思が尊重された。城に住まう姫の意見は絶対なのか、それとも、イリナが言い出したら聞かない性格だと皆知っているからだろうか。部外者のレフには、村人の関係性や物事の決め方はよくわからない。そして、レフは自分自身についても、『イリナの恩人』という点を除いた場合、村人からどのように思われているのか、その一端すら感じ取れなかった。

宴《うたげ》が終わると、レフとイリナは松明《たいまつ》を手に、村の最奥地にある城へ向かう。

「村そのものが小さいから、一〇分も歩けば到着するわ」

「でも、君は本当に城に住んでたんだな」

単純にレフは驚いた。しかしイリナは大したことではないと言う。

「領主として支配してたわけじゃない。始祖の血筋というだけ」

代々伝わる首飾りの宝石が血筋の証《あかし》らしい。

「ほら、もう着くわよ」

と、イリナは崖《がけ》の狭間を指す。

月明かりだけでは全体をはっきり視認できないが、冬蔦《ブルーシ》や苔に覆われた石造りの建物がある。ほかの家々に比べると大きく、四階建てほどの高さだ。確かに、城というほど大仰なものではない。サングラードの高級ホテルの方がずっと立派に思える。闇《やみ》に溶け込んでいる古城はおどろおどろしく、幽霊《ゆうれい》が出そうだ。もちろん、それは人間の感覚なのだろう。

近づくと、城門や壁の一部が崩れ落ちているのがわかる。自然に壊れたのか、戦争の爪痕《つめあと》か、レフには判断できない。

年季の入った木製の扉を押すと、ギギギときしむ音を立てながら、ゆっくりと開く。

イリナは松明《たいまつ》を手に、質素な燭台に置かれた蜜蠟《みつろう》に火を灯《とも》して回る。橙《だいだい》色《いろ》の炎が揺らめき、城内が照らし出される。イリナは、手で口を押さえて感嘆する。

「あの頃のまま……」

広間は天井が高く、華美な装飾は皆無で、がらんとしている。採光のための窓がまったくないこと以外は、人間の城と変わらない。何も知らずに入ったら、『吸血種族の居城』とは気づかない。そもそも住み処が人間と違うという考えは、偏見でしかないのだが。

懐かしそうにあたりを見ていたイリナは、ふっとレフを振り向く。

「月の裏側の絵、地下の書庫にあるの。行きましょう」

イリナに先導されて、細い階段をおりる。蠟燭《ろうそく》と松明だけでは薄暗く、レフは探検している気分になる。夜目の利く吸血種族にとっては、この程度の光源で十分なのだろう。

階段をおりた先に、自然の岩壁がそのまま壁として使われている書庫があった。うっすらと漂う黴臭《かびくさ》さと、蜜蠟の燃える甘い匂《にお》いが入り混じり、レフは夢か幻に入り込んだような、非現実的な感覚を抱く。

木棚には見るからに古い書物が置かれている。どれもレフの知らない題名ばかりだ。

「書庫というわりには、本が少ないいな」

空いた棚がいくつもあり、空間の半分も使われていない。

イリナは口惜しそうに言う。

「戦争のとき、多くは燃やされたの。それに加えて、危険思想を抱かせると判断されたものは、共和国軍に奪われた」

「あぁ、そうだったんだ……」

人間の手で、この村の歴史そのものが消されてしまったことに、レフはやるせない憤《いきどお》りを覚える。

イリナは目的の本を探しながら、一冊一冊、懐かしそうに手に取る。

「谷の外には出られないから、ここにある本を読み耽《ふけ》って、広い世界を想像したの。伝承や創作を真実だと勘違いして、とんでもない空想もたくさんしたわ……」

と言ったイリナは、「あっ、そっか」と腑《ふ》に落ちた様子で手を叩《たた》く。

「え？　何？」

「高所恐怖症よ。想像力が豊かすぎるのが原因のひとつって、あなた言ってた気がする」

「そういえば、確かに」

イリナは古びた本を胸に抱えて、遠い目をする。

「美しい宙《そら》だけを想像していられたら、怖くなかったのかもしれない……」

おそらく、凄惨な戦争体験が、幼少時の彼女の心を傷つけていたのだろう。美しい宙に対する地獄のような地上が、死の想像に結びついてしまっていた。

書庫の中をしばらく探すと、目当てのものはカバーを掛けられて、大切に保管されていた。

一六世紀に描かれたという手稿は、不揃《ふぞろ》いな羊皮紙を紐《ひも》で束ねたもので、滑らかな手ざわりをしている。イリナは一枚ずつ優しく頁《ページ》をめくる。

風変わりな動植物の絵と、暗号めいた不思議な記号。レフのまったく知らない世界が描かれている。

「これは、君たち独自の文字？」

イリナは首をひねる。

「いいえ、誰も読めないの。奇妙な動物たちもたぶん存在しない」

「じゃあ、これはいったい……？」

「月の世界を空想で書いたものかもしれないって、エニュータは言ってたわ」

不思議な気持ちになりながら頁をめくっていると、天体や星座の絵が出てきた。写実的ではなく神話のようだ。

「あっ、レフ。これ！」

イリナが指した頁に、月らしき球形の天体が大きく載っている。月の表側と裏側が描かれていて、表側は、レフが子どもの頃から見ている月そのものだ。

一方で、裏側の絵は首をひねってしまう。イリナは以前「月の裏側の写真とそっくりだった」と言っていたが、最近撮影された高精細な画像と比べると、あまり似ていない。彼女が見たという写真は一〇年前のもので、画質がかなり粗かったはずなので、それとなら似ているかもしれないが……。

レフが感想を言えずにいると、イリナ自身も同じように感じたらしく、がっかりして声を落とす。

「久しぶりに見ると、似てないわね……。昔はそっくりだと思って驚いたんだけど……」

「まあ、そんなもんじゃないかな」

「期待させちゃってごめんなさい」

「いいや、これはこれでおもしろいよ。昔のこの村の人は、月をこんなふうに想像してたんだなって。それに、この絵が違ったからといって、君たちが月の民という伝承が変わったわけじゃない」

「ええ、そうね……」

複雑な表情を浮かべたイリナは手稿を閉じると、そっと棚に戻した。

「私は上に行くけど、あなたは軍の管理施設に戻る？」

「君さえ問題なければ、ついていきたい」

即答すると、イリナは顎《あご》に手を当て、こくりと頷《うなず》く。

「……いいわよ。村の人が掃除をしてくれてるみたいだし」

書庫の蠟燭《ろうそく》を消し、階段に向かう。もしイリナに管理施設に戻ってと言われていたら、レフは素直に従っただろう。しかし彼女は選択肢を与えてくれた。

階段をのぼるイリナは前を向いたまま、レフに話しかける。

「どう、村の空気は感じられたかしら?」

「ああ、建物も食事も人間と近いんだなって。でもやっぱり、現代社会からは遠く離れた場所だと感じるよ」

エニュータが口にした『呪われた谷』という言葉が象徴している。空は開けているけれど、地上は完全に閉ざされて、土地全体に呪縛《じゅばく》がかかっている。

イリナは物静かな口調で話す。

「私たちは森や川など、太古からある自然と共に生きてきた。多くの人間は、呪術的で不気味な風景を望むでしょうけど」

「それは君の活躍で改善され始めていると、村の人は言ってた」

「そうだったわね」

フフッとイリナはかすかに笑いを漏らす。後ろを歩くレフからは彼女の表情が見えないので、おかしくて笑ったのか、自嘲《じちょう》なのか判断できない。

イリナは松明《たいまつ》で各所を照らして回り、レフは黙ってついていく。台所や貯蔵庫、居間。生活感の失われた部屋は、どこも綺麗《きれい》に片づけられている。主人が不在のこの城を、村人たちは長年守ってきたのだとレフは感じる。

ふたりのあいだに会話はなく、靴音と蟋蟀《コオロギ》の鳴き声だけが静謐《せいひつ》な闇《やみ》に響く。

鏡や寝台のある部屋に入ると、イリナは収納家具の蓋《ふた》を開けて、真紅のロングドレスを取り出す。肩幅が狭く、子ども用の服に見える。彼女にとって思い出深い服なのだろう。ドレスを広げて無言で見つめる瞳《ひとみ》は、蠟燭《ろうそく》の灯りを受けて、赤く煌《きら》めいている。

レフは自分の知らない彼女の過去を知りたいと思う反面、人間の自分が立ち入ってはいけない領域だとも同時に感じる。ただ、今は彼女に拒否されるまでは、この城に留まり、彼女の人生を感じていたい。

イリナはドレスを丁寧に仕舞うと、レフの方をチラと一瞬見て、部屋を出て行く。その横顔には漠然とした寂しさが浮かんでいた。


最上階には、石造りのバルコニーが広がっている。青々とした苔の上に濃密な霧が横たわり、見上げれば、銀色の満月を彩るように、幻想的な碧のオーロラが揺らめいている。

イリナは松明を置くと、首飾りを外し、宝石を月にかざす。そして独り言のようにつぶやく。

「ここからいつも、ひとりで月を見ていた……」

宝石の中に、穢《けが》れなき青い光が煌めく。

「虹の入り江……」

彼女の囁《ささや》きが、レフの耳に届く。

「夢の湖……」

ひとつひとつ、大切に紡がれる月の詩。それは、いつもより深い哀《かな》しみを含んでいるようにレフには聞こえる。

「眠りの沼……」

漆黒《しっこく》の髪が風でなびき、尖《とが》った耳が露《あら》わになる。

「嵐の大洋……」

潤んだ薄紅《うすべに》の瞳《ひとみ》が、深緋《こきひ》を帯びる。その表情に、レフは底知れぬ苦しみを感じる。

「蒸気の海……」

儚《はかな》く祈るような囁《ささや》きは風にさらわれ、闇《やみ》の彼方《かなた》に消えた。

イリナは宝石を軽く握りしめると、月を見つめたまま、レフに話しかける。

「この詩は、月への憧憬《しょうけい》。そして、鎮魂……」

「鎮魂？」

「オーロラは、死者の世界へつながる架け橋。覚えてないかしら」

「ああ、覚えてるよ」

彼女がまだ『N44』と呼ばれていた頃、氷の湖でスケートをしたあとに、彼女は語っていた。

イリナは宝石を握った手を胸に当てる。

「この村にお墓はないの。火葬の煙は天に昇り、魂となってオーロラの橋を渡り、私たちの故郷とされる月へ向かう……」

なぜ、今その話をするのだろうとレフは違和感を抱く。彼女の口ずさむ月の詩は、月への憧《あこが》れよりも死者を悼む気持ちが強く、人間に殺されてしまった両親や村の人を想い、傍《かたわ》らに立つ人間に伝えようとしている——

いや、違う。

あの愁《うれ》いに満ちたイリナの顔は、自分自身を責めている。人間の世界に入った彼女を許したのは、今この村に生きている者だけだ。そこで、始祖の末裔《まつえい》である彼女は、証《あかし》である宝石を掲げ、死者に己の罪を問うている。人間の力で夢を叶え、魂が眠る月へ、人間と共に行こうとしていること。そしてよりによって、彼女は月には降りず、人間を送り届けるだけの役目だ。月を汚す行為に手を貸すことが、許されるのかと。

彼女が心の奥に隠している想いを感じ取り、レフの心臓がぎゅっと潰《つぶ》れる。

「イリナ、君は——」

「私、決めた」

レフの声を遮《さえぎ》り、イリナは悲しげな微笑をレフに向ける。

「私、月から戻ったら、ここで暮らす」

「え……?」

イリナはさっぱりとした顔で言う。

「宴《うたげ》のときは急に聞かれたから戸惑《とまど》ったけど、決めたの。月から帰還したあとは宣伝塔として引っ張り回されそうだけど、それはお礼としてやってあげる。全部終わったら、人間社会とはきれいさっぱり縁を切るわ」

「待て、本気か……？」

声が震えた。予想していなかった彼女の決意を突きつけられ、レフは動揺で頭がくらっとする。

イリナは淡々と告げる。

「本気よ。私は種族の血の伝え手として、ここで暮らす義務がある。なにより、人間の社会に自分の居場所はないとよくわかった」

「そんなことはない。俺はいつだって君の傍《そば》にいるし、ローザとだって仲良くしてたじゃないか」

「ええ、あなたやローザみたいに、気心の知れた人たちはたくさんいるわ。でも、世界を見渡したとき、結局、私は地球上の異物でしかなかった。連合王国の新血種族《ダンピール》の町に住むのも違う。オデットは私を慕ってくれているし、彼女のことはとても好きよ。でも、人間の血が入っている彼女たちと、私は違うの。人間の科学はすごいし快適だけど、私はここで静かに暮らすのが性に合ってるわ。今日帰ってきて、それをすごく感じた」

どう返したらいいのかレフが迷っていると、イリナはアッと表情を変える。

「誤解しないで。宇宙船の操縦士の役目は完璧に果たす。人間を絶望させるためにわざと失敗するような馬鹿な真似《まね》はしないわ」

「君がそんなことするなんて、微塵《みじん》も思ってない」

「ありがとう、レフ」

イリナは風に揺れる前髪を払い、目を細くする。

「私は絶対にあなたを月に送り届けて、地球に生還させる。それが、夢を叶えてくれた、あなたへの最後の恩返し」

レフはイリナに真剣に訴える。

「最後なんて言うな。俺は月から帰っても、ずっと君と一緒にいたいと考えてる」

イリナは笑みを消すと、少し間を開けて、揺れる瞳《ひとみ》でレフを見つめる。

「その気持ちはうれしいわ。でも、私は村に戻るって決めたの」

ここで引き下がっては駄目だ。レフは目を逸《そ》らさず、思いを吐き出す。

「だったら俺がここに来るよ」

イリナは困惑して眉《まゆ》をひそめる。

「あなた、何を言ってるの？　そんなの無理よ。月から帰還した英雄がここで暮らすなんて、政府が認めるわけない。連れ戻しに来るわよ」

痛いところを突かれた。

「ん、ああ。それは……」

「きっとそのとき、共和国軍にまた村を壊される」

「あ……いや、その。今すぐには答えは出せないけど、なんとかする」

必死に取り繕うと、イリナは氷の矢のように冷たい視線でレフを射貫《いぬ》く。

「私はあなたにここに来てほしくない」

「イリナ」

「来ないで」

厳しい言葉を受けてレフが何も返せずにいると、イリナは切なげにため息を吐《つ》く。

「あなたには感謝の気持ちしかないわ。死ぬつもりだった私に、生きる意味を与えてくれた。炭酸水やジャズを教えてくれたし、楽しいこともたくさんあった。そして今日、あなたが村に連れてきてくれたおかげで、誤解に気づけて、戻る場所もできた。本当にありがとう」

イリナはゆっくりと月を見上げる。

「月に行くという夢をお互いに叶えて、もといた世界に帰る。それが正しいの。それじゃ、あなたは軍の施設に戻って。私はここで一晩過ごすわ」

上を向いたままの彼女の目尻が、月明かりできらりと光る。

「人間は寝る時間よ。おやすみなさい」

かすかに震える声を聞き、レフは直感する。イリナの本心は違う。

昔、宇宙飛行士候補生の卒業試験を受けるとき、彼女は設計局で働くと大嘘《うそ》を吐いた。あれと同じだ。あの過ちを、また繰り返そうとしている。

「嘘はやめてくれ」

「え、何が?」

イリナは顔を背《そむ》けたまま答える。

「君の本音が聞きたい」

「さっき言ったことがすべてよ。いい？　あなたはこんな呪われた谷に来るなんて考えずに、人間の社会で英雄として幸せに暮らすべきなの。あなたは宇宙飛行士として、月のつぎは火星を目指して、牙《きば》のない美しい人間と結婚して、かわいい子どもに恵まれて、世界中の人たちに愛されて生きるの。あなたが幸福な人生を送ることが私の願い。私の本音よ」

今の話を聞いて、レフは心の奥に引っかかっていた彼女の変化を思い出した。

「イリナ。君はローザの家に出産祝いに行ったときから、急によそよそしくなった。そうだったよな?」

無言で月を見たままのイリナに、レフは当時を振り返りながら、言葉を選んで投げかける。

「あの日、俺と君はサングラードの街で贈り物を選んで、ローザの家に行った。薬用茶と木彫り人形《マトリョーシカ》をローザに渡して、君はびくびくしながらローザの子を……ダーシャを抱いていた。でもそのあと、気づくと君はすごく寂しげな目をしていて、突然、人間と結婚はしないと釘を刺してきた。君はあのとき、何を考えていたんだ？　人間社会での疎外感とはまた違う、べつの想いを隠しているんじゃないのか？」

イリナは何も答えず、夜空を見上げている。会話は途切れ、オーロラの揺らめきが聞こえそうなほどの沈黙が、ふたりのあいだに落ちる。

このままではいけない。レフは素直に気持ちを吐露する。

「俺がここに来た理由を、もう一度言うよ。君たちの種族について知りたかったからだ」

イリナは振り向かないが、声をかけつづける。

「でも、村に来ただけで理解しようなんて考えは傲慢《ごうまん》だった。残念だけど、君と同じ視線で、同じ世界を見ることは不可能だとも感じた。理解する努力はする。でも、きっと一生かけても、うわべしか理解はできない。だって俺は人間で、生まれも育ちも君とは違うから。でも、それは君も同じはずだ。だから、俺の幸福を勝手に決めないでほしい」

服の裾《すそ》をきゅっと握りしめるイリナに、レフは優しく言葉をかける。

「イリナ、もう嘘《うそ》は吐《つ》かないで。本当の想いを教えてほしい。俺は君とずっと一緒にいたい。生涯をかけて、君を少しずつ理解していく。ひとつ理解が深まると、ひとつ幸せになる。それが俺の唯一の幸せな人生で、それ以外にはないよ。月面着陸を達成しても、俺は幸福にはならない。夢を叶えることと、幸せは違う。君自身そうだったから、わかるだろう」

「そうね……」

イリナは指先で目尻をそっと拭《ぬぐ》うと、長いため息を吐く。

「宇宙を飛んでも、幸せになんかならなかった。美しい景色に感動はしたし、人生観も変わった。でも、人間より先に宇宙を飛びたいという願いを、ただ叶えただけ……」

「その先に、何が見えたんだ……」

レフが問うと、イリナは潤ませた瞳《ひとみ》をレフに向ける。

「正直に言うわ。あなたと出産祝いを選んでいたとき、すごく楽しかった。ダーシャちゃんを抱いたとき、あなたと結婚して、あなたとの子どもが生まれる未来を想像した。幸せで、そうなりたいって思った。でも……そのあとすぐ、生まれた子どもが可哀想《かわいそう》になってしまって、想像した未来は、全部ぐちゃぐちゃになった……」

「そういうことか……」

あのとき、ローザとダーシャは悲運の境遇から世界の注目を集め、権力者に利用されかねないという話をした。そしてそれは当然、自分たちにも当てはまる。史上初の宇宙飛行士かつ、月面着陸を成し遂げた人間と吸血鬼《ノスフェラトウ》のあいだに生まれた、新血種族の子ども。その子は、生まれながらにして、ふつうの人生を送れないことを運命づけられている。

それを彼女は悪い方に捉えた。

イリナはうつむき、つらそうにこぼす。

「ごめんなさい……子どもが生まれるかどうかなんてわからないし、結婚だって同じ……深く考えすぎだと思ったけど、未来を想像した瞬間から、この先、あなたと一緒にいつづけることに疑問を抱いてしまったの。あなたも私も、みんな不幸になる最悪な世界ばかりが頭に浮かんできて……」

想像力が豊かなイリナが描いた未来は、高所恐怖症のときの比ではないほど恐ろしく苦しいものだったのだろう。

そんな想いを抱えたまま、彼女は連合王国に渡り、訓練に参加していた。その心情を思うと、胸が締めつけられる。イリナが最終ミッションに選出されたのは、もちろん宇宙飛行士としての資質があるからだが――結局は人間の都合だ。しかし彼女は気丈に振る舞い、ミハイルと比較して悩んでいたときも立ち直らせてくれた。

そんな彼女をこのまま捨て置けるわけがない。レフはイリナに一歩近づき、彼女の背中にそっと手をあてる。

「イリナ、ひとまず子どもの話は忘れよう。俺は君の望む未来を必ず用意する」

励まそうとしても、イリナは拒絶するように身体《からだ》を硬くする。

「でもこの先、ずっと一緒にいるとしたら、私は数え切れないほどあなたに迷惑をかける……」

「迷惑って、たとえば?」

「たとえば……太陽の下を自由に歩けない」

レフは夜空を指す。

「綺麗《きれい》な星やオーロラを見ればいい」

「でもこんな時間には、街のお店は閉まってるわ」

「そうかもしれないけど、店で絶対に買いたいものなんて、そんなに思いつかない」

「料理だって、人間の味覚と違う」

心を開いてもらいたくても、イリナは顔を曇らせ、反発する。それでも説得しようとレフはがんばる。

「昔、スケートをしたときに作ってくれた料理は美味《おい》しかった」

「あれはアーニャのおかげだから」

「もし人間用の味つけにしたければ、レシピどおりに作ればいい。でも、そんなことしなくても、この村の食事はとてもよかった」

「そういうふうに、私に合わせてほしくないの」

「俺が合わせたいだけだから、君は気にしなくていい」

「……そういうことじゃない」

イリナは嫌そうに首を横に振ると、髪をかき上げる。尖《とが》った耳が月光に照らされ、開いた口から牙《きば》が覗《のぞ》く。

「なんで私なんかがいいのよ。わざわざ吸血鬼じゃなくても、地球にはあふれるくらい人間がいるわ」

「ああ、たくさんいる」

「だったらその中から選べばいいじゃない」

「選ぶなら君しかいない」

「だから私はあなたとは――」

もう、このままでは埒《らち》が明かない。何か言おうとしたイリナをレフは抱き寄せ、彼女の口を塞《ふさ》ぐように強引に唇を重ねる。

「んっ！」

刹那《せつな》、レフの下唇に鋭い痛みが走る。意図せず彼女の牙《きば》がぶつかり、下唇の内側が裂けた。血が流れ出て、鉄錆の味が口の中に広がる。

「ん、ん……！」

イリナは呻《うめ》くと、レフの胸を手で突いて身体《からだ》を離した。

「な、なにするのっ……！」

「ごめん、言葉じゃ伝わらないから……」

「だ、だからって……いきなり、そんな……」

動揺しているイリナに、レフは微笑《ほほえ》みかける。

「君の言うとおり、地球には何十億という人がいる。でもこの宇宙に君はたったひとりだ」

「え……」

レフはイリナの瞳《ひとみ》を見据え、想いをぶつける。

「俺はこの宇宙の誰よりも、イリナ・ルミネスクを愛してる」

白雪のようなイリナの頬《ほお》がふわっと朱《しゅ》に染まる。そして唇をわなわなと震わせると、動揺を誤魔化《ごまか》すようにさっと前髪を払い、ツンとした表情を作って声をうわずらせる。

「ま、まったく馬鹿ね……！　こういうことになるからモノ扱いしておけばよかったのよっ」

レフは肩をすくめる。

「君こそ、人間を嫌いなままでいればよかっただろ？」

「うぬぼれないでよ、人間」

と言ったイリナは、レフの顔を心配そうに見る。

「それよりあなた、血が……」

「ああ、ぶつかって切れたみたいだ」

手の甲で口を拭《ぬぐ》うと、血がべっとりとついた。口内に溜《た》まった血を飲み込んでも、すぐに血の味がする。かなり深く切れたらしい。

「私にもついてる……」

イリナは鼻をすんすんと鳴らし、舌先で唇を軽く舐《な》める。暗いので見にくいが、彼女の口もとにもいくらか血が付着したようだ。

レフは溢《あふ》れてくる血を飲み込む。唾液《だえき》と共に、生温い、金属臭のする液体が胃へ落ちていく。指先で唇の傷口を触るとピリッと痛む。血はまったく止まらず、指先が赤く染まる。

指を見ていたレフは、ジッと見られている気配を感じて、顔を上げる。すると、瞳《ひとみ》を真紅に輝かせたイリナと視線がぶつかる。イリナはハッと目を逸《そ》らし、もじもじと服の裾《すそ》をつまむ。

「どうした……？」

レフが訊《き》くと、イリナはうつむいて、もごもごと小さな声で答える。

「さっき、あなたの血、ちょっと飲んじゃった……」

「ああ……」

「飲んじゃったの……」

イリナは物欲しそうにチラッとレフに目を向け、少女のようにはにかむ。そんなイリナを見ていると、レフは心が乱れるほどの愛《いと》おしさが込み上げる。

「イリナ……」

気づいたときには、レフは血のついた指先をイリナの顔の前に差し出していた。

イリナは栗鼠《りす》のように小首をかしげ、指先とレフの顔を交互に見る。レフが静かに頷《うなず》くと、イリナはエッと口を少し開く。レフはイリナの目を見て、もう一度頷く。イリナは本当にいいのかという感じで、おずおずとレフの指先に顔を近づけると、薄い唇のあいだから柔らかな舌を出し、レフの指に付着した血液を舐める。

温かくざらりとする舌の感触に、レフは背筋を舐め上げられたようにぞわりとして、全身に鳥肌が立つ。

遠慮気味だったイリナは、レフの指を口に含み、舌で転がす。

やがてイリナは指から口を離すと、妖艶《ようえん》な上目遣いでレフを見つめ、そして、そうすることが自然なように顔を近づける。レフは口を開き、彼女を受け入れる。すぐさま我を忘れたようなイリナの舌がするりと侵入し、血を求めて粘膜を這《は》い、傷口を探し当てると、慈しみを持って優しく舐《な》める。時折、牙《きば》の先に唇を突かれ、薄い皮膚が破れそうになる。そのたびに、レフの脳は禁忌の行為だと警告を発するが、古《いにしえ》の血を引く姫君に蠱惑的《こわくてき》な眼差《まなざ》しで見つめられると抵抗できず、砕けるように腰を落とす。

レフはごつごつした石の床に両手を突き、覆い被《かぶ》さるような体勢のイリナを見上げる。乳白色の濃密な霧に包まれた彼女の向こうに、オーロラの碧色と満月の白光が拡散する。

「もっとほしい……」

イリナはレフの両足のあいだに片膝《ひざ》を立て、太腿《ふともも》にまたがり、覆い被さってくる。漆黒《しっこく》の絹糸のような髪の毛がはらりと流れて、レフの頬《ほお》をくすぐる。イリナは深い緋色《ひいろ》を帯びた瞳《ひとみ》でレフの首筋を凝視し、手をすーっと伸ばしてくる。それはまずいと頭では思うが、白く細い指先に本能が揺さぶられる。レフは自ら服の釦《ぼたん》を外し、肩口まで肌を露出させる。

「レフ……」

左側の首筋にイリナは顔を寄せる。垂れ下がった髪に遮《さえぎ》られて見えないが、これから起きることを想像すると、レフの心臓は高鳴り、どくどくと勢いよく血を送り出す。彼女の生を感じさせる危険な香りがレフの鼻腔《びくう》を刺激する。熱い吐息に首筋を撫《な》でられ、牙の先端を突き立てられる鈍痛が身体《からだ》の芯に伝わる。ウッとレフの口から呻《うめ》きが漏れる。

しかし、イリナは牙を軽く押し当てただけで、肌を貫かず、しばらくするとレフの首元にわずかな湿り気を残して、ゆっくりと身体を起こす。

肩透かしを食らったレフは、何があったのだろうと、イリナの顔に目を向ける。

前髪のあいだから覗《のぞ》く彼女の表情に蠱惑さはなくなり、ひどく気まずそうで、同時に申し訳なさそうでもある。あまりの変貌《へんぼう》ぶりに、レフは心配になる。

「イリナ……？」

声をかけると、イリナは目を伏せて、ぼそぼそと話す。

「噛《か》もうとしたの……。でも、あなたを傷つけたくないって思ったら、噛めなかったのよ……」

「え？　だってさっきは……」

と言いかけて、唇の出血は事故みたいなものだったと気づく。

レフは牙の当たっていた首筋に触れる。確かに、彼女の唾液《だえき》が少し残っているだけで、出血も何もない。だったら自分で傷つければいいのかと一瞬思ったが、それは変だし、イリナも困るだろう。

イリナはレフの太腿にまたがったまま、しょぼんと肩を落とす。

「私、吸血鬼失格ね……」

レフは思わずフフッと吹き出してしまった。

「なによ、笑わなくてもいいでしょ」

ムッと口を尖《とが》らせたイリナは、拳《こぶし》でレフの腹をぐりぐりする。

「うぐっ……！　ま、待って！」

レフは笑った理由を慌てて釈明する。

「違うよ。失格でいいと思ったんだ」

「どういう意味？」

「だって『吸血鬼』なんて名前、人間が勝手につけたんだろ？　君も、この村の人たちも伝承の鬼みたいな怪物じゃないんだし、そんなものは失格でいいってこと。『吸血種族』っていう言い方も、いつからあるのか知らないけど、人間都合の同じようなものだと思うし」

イリナはきょとんとなる。

「それもそうね。確かに私たちは、もともとは月の民と名乗ってた……」

と言って、ふと小首をかしげる。

「じゃあ私は何かしら」

「何って？」

「種族よ。人間でも動物でもない、何か。月の民という伝承も、月の宝石も、本気で信じてるわけじゃないいわ。私たちは月の民だから地球で虐《しいた》げられる……なんて、昔はそう思い込んで、現実から目を逸《そ》らして、逃げていただけ」

話を聞いていると、彼女がこの世界で疎外感を抱いている理由は、人間による分類にひとつの原因があるように感じる。しかし、彼女たちを指し示す名称がないと、それはそれで存在が不確かなものになってしまう。

レフは身体《からだ》の上に乗ったままのイリナの重みを受け止めながら、何かいい案はないかと思いを巡らせる。宙《そら》に浮かんだ月を見て、月の民ではないのなら何だろうと考えたとき、レフは自分たちの居る場所に気づいた。

「君は地球人でいいかもね」

「地球人……？」

「宇宙から見たら、みんな地球人だろ？　それなら、俺とも一緒だ」

「ええ、それがいいわ……！」

イリナは安心したような笑顔を弾《はじ》けさせる。

「私はあなたと同じ、この星に住んでいるんだから」

するとイリナは急に手で口を押さえた。赤い瞳《ひとみ》に不意に透明な涙が溢《あふ》れ出し、雫《しずく》が頰《ほお》を伝ってレフの腹部にぽたぽたと落ちる。

「ごめんなさい……村に帰ってきてから、泣きたくないのに涙が勝手に……」

レフは上半身を起こすと、イリナの背中に手を回し、優しく抱きしめる。

「謝るのは俺だ。君の孤独がわからず、何年も何年も、つらい思いをさせてきた」

「違う、私が強がってばかりいたからよ……」

「でも、それは今日で終わりだ。俺たちは人間と吸血鬼じゃなくなったんだから」

「そうね……」

ふたりのあいだにある差異を完全にわかり合えたとは言えない。けれど、枠組みを変えただけで、心の距離はぐっと縮まった。

「あっ、ずっと足に乗っててごめん。重かったでしょ」

レフが大丈夫と言う前にイリナはさっと降りて、レフの隣に並んで腰を下ろす。

「それで何の話だったっけ……？」

「月から戻ったら、君はこの村に帰るって」

「そうだった」

「今でも本当にそう思う？」

イリナは少し間を置き、諦《あきら》めた顔つきで言う。

「……正直なところ、もし私が村に戻ると訴えても、政府の偉い人たちが許さない気がするわ。無断で失踪したら、どんな手を使ってでも探し出しそうだし、村の人にも迷惑がかかる」

「それは否定できない。君を隠したとして俺も疑われ、尋問されるだろう」

と、ここまで言って、レフはＮＷＯの件を伝えていなかったと思い出す。この場所にはほかに誰もいないし、盗聴器もないだろう。話すにはまたとない機会だ。

「君にひとつ伝えたい。リュドミラの後任と、彼女が属していた組織について」

レフの深刻な声色でイリナは察したのか、表情を渋くする。

「素敵な話じゃなさそう。『サユース計画』は大丈夫なの？」

「うん、そっちは大丈夫」

「その言い方だと、べつのところに問題があるのね」

「問題というか、良いとも悪いとも判断できない。人によって受け取り方が違うと思う。だから俺の感想を言う前に、まずは全部教えるよ」

デミドフから聞いた内容を、余すところなく伝える。東西の二大国が世界を牛耳ることで核戦争を免れ、人類と科学は平和的に発展すると――

静かに耳を傾けていたイリナはしばらくのあいだ黙考し、数分経つと、得心がいったように口を開く。

「悪くないかもしれない」

「君はそう思う？」

「ええ、共和国が新体制になったとき、アニヴァル村の扱いがどうなるのか不安という点は置いておいて、本当に戦争を免れるなら……ね。でも、未来をいいように動かされるなんて、その点に関しては、気分はよくないわ」

レフは強く頷《うなず》き返す。

「俺もだいたい同じ意見だ。月面着陸を利用されるのは不本意だけど、それは前々からそうだし、諸手《もろて》を挙げて賛成はできなくても、世界が平和に発展するなら良いかもと思ってしまう。もちろん、人道にもとる指示をされたら断固拒否するけど……」

もやもやとした塊が喉《のど》につっかかり、レフは言葉が継げなくなる。

イリナは天を仰ぎ、大きく息を吐く。

「上から見えない支配を受けるというのは、支配層の存在を知っているか知らないかだけの違いかもしれないわ。私は今あなたから話を聞いたからＮＷＯの存在を意識してしまうけれど、聞かなければ知らずに生きていた。世界中のほとんどの人もそうでしょう」

「そうだな……世界がどう動いているかなんて、知る由もない。それより、日々の暮らしに精いっぱいで、上を見る余裕もない……」

共同事業は国際平和の象徴で、月面着陸は新世界の始まりとなる。目的地は頭上に煌々《こうこう》と輝いているはずなのに、白濁した霧が壁になって、ぼやけている。

「宙《そら》は綺麗《きれい》なのに、地上は汚い」

イリナは突然言った。

「なに……？」

「昔のあなたはそう言ってた。今はどう思う？」

「今は……」

地上を汚していた組織の一員となり、宙すらも汚そうとしている。レフは息を呑《の》む。口の中に鉄臭い血の味が蘇《よみがえ》り、気分が悪くなる。

「憧《あこが》れた宙を守る方法、教えてあげてもいいわよ」

「え？」

ドキリとしてレフがイリナに目をやると、イリナは牙《きば》を覗《のぞ》かせ、小悪魔的な顔をする。

「月への着陸を派手に失敗させて、宇宙開発を終わらせるの」

「は……？」

「そうすれば、憧れの月も宙も、綺麗に保てる」

言葉を失ったレフに、イリナは柔らかな微笑を投げかける。

「でも、それはとても無意味な行為。だからあなたは、ほかの誰かに汚される前に、月に降り立つの。宇宙開発に関わる何十万もの人びとや、世界中の人たちの夢と希望を背負って、まっさらな大地に最初の一歩を踏み出す。そうよね？」

「イリナ……」

「昔のように、純粋には宙に夢を見られない。でも、私は知ってる」

イリナはレフの左腕にそっと手のひらを置くと、愛《いと》しさを声に滲《にじ》ませる。

「あなたの身体《からだ》を流れる血は、昔と同じ、穢《けが》れなき美しい血だって」

昔と変わらないイリナの綺麗《きれい》な瞳《ひとみ》に、レフの心臓は揺り動かされる。熱い血液が全身を駆け巡り、成すべきことは何だと己に問われる。

なぜ迷う必要があったのだろうか。もし上の連中が偉業を悪用するのならば、もしこの村に手を出すならば、そのときは魂を削ってでも闘う。

レフは決意を固めてイリナの手を握り、真っ正面から見据える。

「俺は絶対に月面着陸を成し遂げる」

「そう、それがあなたの使命。そして、私は——」

イリナはレフの手を取ってゆっくりと立ち上がり、まとわりつく濃霧をかきわけ、バルコニーの先へ進む。そして足を止め、皓々《こうこう》と世界を照らす月へと、力強く語りかける。

「私、イリナ・ルミネスクは、レフ・レプスと共に、あなた方の眠る地に行きます。月の上空で彼を迎えて、地球に帰還して、彼と暮らします。一族として許されない非道だとしても、私には関係ない。人間のかけた呪いは、この私が絶ちます」

呪われし種として、忌避されてきた種族。その姫の隣で、レフは誓う。彼女と死生を共にすることを、そして、新しい時代への飛躍となる、人類史上最大の冒険を達成すると。

間奏四

一九六九年二月、極東の島国にある小さな町・星町。

星町天文台の新人女性職員、丘咲《おかざき》ミサは、天文台長から報告を受けた途端、びっくりして腰から崩れ落ち、運んでいた書類をすべて落としてしまった。

「う、嘘《うそ》じゃないんですよね!?」

びっくりして涙目になったミサの反応に、天文台長は苦笑しながら、しっかりと頷《うなず》く。

「本当だ。まだ正式に決定したわけじゃないが、確定だろう」

ミサは信じられず、夢ではないかと疑ってしまう。

この天文台が、月面着陸に協力するかもしれないなんて!?

あのＡＮＳＡと共和国立科学院から、『サユース計画』の最終ミッションにおいて、「宇宙船の追跡と通信を担当する地上局の予備地点として使えないか」と打診されたというのだ。

天文台長は散らかった書類を片づけながら、ミサに言う。

「契約が締結され次第、月面着陸を支援するための機器や装置が運び込まれる予定だ」

ミサは床にへたり込んだまま、呆然《ぼうぜん》として動けない。『サユース計画』を応援はしていたけれど、まさか関われるとは。

——いや、もしかしたら……という期待は、心の片隅にあった。

なぜなら、世界各国の天文台が予備地点の打診を受けていると知っていたから、世界最大級の電波望遠鏡を持つ星町天文台にもお呼びの声がかかるのではないかと、密《ひそ》かに淡い期待を抱いていたのだ。

史上初の月面着陸を達成するためには、三八万キロメートル先を飛行する宇宙船の追跡、監視などがとても重要になる。ただ、地球は回転しているので『サユース計画』に参加する二国の領内だけでは通信に限界があり、国境を越えた通信ネットワークが構築されている。現在の計画では、世界各地に一〇箇所以上の中継局を設置し、電子装置を搭載した船舶や航空機をあちこちに配置し、リアルタイムに情報を伝達する形を取る。

しかし、それだけ用意してもまだ足りない。

月面での船外活動を行うとなると、月の回転も考慮しなければならず、さらなる通信面の強化が必要だった。もし船外活動中に地球との通信が途絶えたら、強烈な放射線が発生する太陽フレアの警告が鳴らずに、宇宙飛行士たちが命の危険にさらされる可能性がある。それを回避するために、予備地点の地上局が新たにいくつも用意されていた。

そこで、星町天文台にも白羽の矢が立てられたというわけだ。

一日の業務を終えたミサは、天文台長に『サユース計画』の資料を見せてほしいと土下座をする勢いで頼み込み、月に至る道のりを熱心に読む。

この二月に第四ミッションのテストが完了して、四月には最終ミッションのテストが完了となる予定らしい。

そのあとには本番がつづく。

八月に行われる第三ミッションから、年末の最終ミッションまで、失敗できない挑戦の連続だ。

「あぁ、楽しみ……」

きっと星町も盛り上がるだろう。史上初の月面着陸はこの町でも熱い注目を集めている。

今から八年前、史上初の有人宇宙飛行を達成したレフとイリナは世界周遊の途中、星町に立ち寄り、『宇宙旅行の準備を！』という講演をした。当時中学生だったミサは講演に感銘を受けて、親友と共に、宇宙に憧《あこが》れと夢を抱いた。途中、悲しい出来事もあったけれど、乗り越えて、天文台で仕事をするという夢を叶えた。

世界的な英雄ふたりだから、握手とサインをしただけの中学生など覚えているわけはないだろうし、一方的な片思いだけれど、彼らの力になれそうで、ミサは涙がこぼれそうなほどうれしい。もちろん、新人で技術も知識もない自分にできることなど雑用しかなく、この天文台はあくまでも予備地点なので、出番はないかもしれない。それでも憧れの『サユース計画』の一員になれるのだ。

夢中になって資料を読んでいたら、すっかり遅くなってしまった。

ミサは桜色のマフラーを巻いて天文台の外へ出る。いつもなら凍える二月の夜風も、心がぽかぽかしているせいか、今日は全然寒くない。

誰もいない天文台の敷地で、ミサはパラボラアンテナの向いた遙《はる》か彼方《かなた》の宙《そら》を見て、ひそひそと話しかける。

「ねえ、『史上初の有人月面着陸に少しでも関われたら最高』って言ったの、覚えてる？　あの願いごと、叶いそうだよ」

どうか、成功しますように。

月に祈るミサの隣を柔らかな風が吹き抜け、桜色のマフラーがふわりと舞い上がった。

第七章　第三ミッション

青の瞳　Blue eyes

一九六九年七月一六日。

共和国連邦、アルビナール宇宙基地において、第三ミッションで使用する『司令・機械船』の確認作業が無事に完了した。船内に搭載された誘導コンピューター『HGC』は正常に動作している。

大型格納庫で作業を見守っていたバートはメガネを外して汗を拭《ぬぐ》い、書類のチェックを終えたカイエに話しかける。

「やっとだ……これで宇宙に飛ばせるね！」

「うん、本当によかった。一年前にはこんなふうに仕上がるなんて、想像できなかったもの。共和国の技術者たちの底力を見たわ……」

カイエは感銘を受けた様子で、鈍く光る銀色の機体を眺める。

全長一一メートルの宇宙船は、ロケットエンジンや燃料、消耗品類が搭載された『機械船』と、宇宙飛行士の乗り込む『司令船』が連結された状態で鎮座している。

司令船は高さ三メートル、直径四メートルの円錐型で、尖《とが》った先端は『月着陸船』とのドッキング用装置になっている。船内には宇宙飛行士が操作で使う五〇〇個を超えるスイッチや、状態を示す七一個のランプ、二四種類の計器などが所狭しと並び、機体全体では二〇〇万個以上の部品が使われている。

この複雑な機体を運用するうえでの大きな懸念が、連合王国製の『HGC』を、共和国製の宇宙船『ロージナ』に載せることだった。

両国の技術者が参加する会議を経て、載せ替えが決定したものの、部分的に非互換の機械が残ってしまう想定だった。その解決策として、カイエが魔法めいた制御を行う予定になっていた。ただ、その方法には欠点もあり、もしカイエがミスをしたら、ほかの誰かではリカバー不可能という課題があった。しかし計画を成立させるために、バートとカイエは「月へ行くための最終手段」と提案して、強引に押し切った。

それから、両国の技術者は一年後に予定されていた第三ミッションに向けて、可能な限りの互換性を獲得するため、努力の限りを尽くした。

とくに共和国のヴォルコフ所長を初めとした『未来技術開発団』は、尻に火が点いたように奮起した。

「――納得はしたが、やはり『西の魔法使い』の力だけに頼るわけにはいかん。コンピューターで負けて、チェスでも負けて、負けっぱなしで終われるか！」と、ヴォルコフ所長は烈《はげ》しく意気込み、上層部と交渉して、巨大ロケットと月着陸船を作らなくてよくなった分の余剰リソースを宇宙船の改造に全投入させ、互換性の改善を怒濤《どとう》の如《ごと》く始めた。

共和国という国家は団結すると異常な力を見せ、まるで宇宙開発初期の勢いを取り戻したように調子づいた。

一方、連合王国の開発関係者たちは競争心を煽《あお》られ、なにくそと技術者魂を燃やし、想定外の開発合戦が巻き起こった。

その結果、互換性をすべて獲得した有人宇宙船『真ロージナ』が完成した。

ただ、完成はしたもののさすがに急ごしらえで、互換性の獲得と引き換えに、精度の低下が見られた。この問題を解決するには、飛行中に地上で再計算を逐次行わなければいけないというべつの課題が噴出した。計算用として、ＡＮＳＡの管制センターには高性能汎用《はんよう》コンピューター『ＡＣＥ-α』が五台設置されているが、全台に別々の役目が割り振られており、そこに再計算を突っ込めば負荷がかかりすぎてフリーズする恐れがある。

足りなければ増やせばいいという単純な話ではない。ＡＮＳＡの予算は枯渇しており、超高額コンピューターをもう一台用意する余裕はない。

ならばコンピューターの代わりに、大量の計算手を安価で短期的に雇うのはどうかと話し合いがもつれかけたところで、カイエが遠慮気味にヴォルコフ所長に提案した。

「――私、計算なら得意ですけど……」と。

懐疑的な共和国の人びとに対して、カイエが異常な計算能力を見せつけると、ヴォルコフ所長たちは開いた口がふさがらず、「結局は西の魔法使いに頼るのか……」と悔やんだ。

しかし、カイエ以外にリカバー不可能な魔法よりは、人海戦術でカバーできる再計算のほうが安全という判断で、『真ロージナ』がサユース計画で使用される運びとなった。

その後、『真ロージナ』の無人飛行試験を地球周回軌道で行い、カイエは波のように押し寄せる再計算を見事に処理し、機体は微調整を重ねて、今日、完成に至った。これできっとミッションは成功すると、カイエは満足そうに顔をほころばせる。

バートも期待が膨らむ一方で、じつは、ふたつの心配ごとがあった。

まずひとつめは、カイエの身体《からだ》だ。前々からそうだったが、集中する作業の連続は体力と気力をとてつもなく消費するようで、カイエは無人機での試験を成功させた直後、電池が切れた玩具のように、ピクリとも動かなくなってしまった。べつに大ごとではなく、五分ほどしたらカイエは「お腹《なか》が空いた……」と動き出し、そのときは笑い話になったけれど、月との往復となると一週間を超えるミッションになる。

彼女は、能力はコンピューター級でも、疲れ知らずの機械ではなく、生身なのだ。しかもまったく運動しないので体力は平均未満で、階段で三階まで上がっただけで息切れするという体たらくだ。この件に関してはカイエ自身も危機感を抱いたらしく、「体力とエネルギーが必要ね」と意気込み、食事の量を増やし、前にも増して甘いものをたくさん食べるようになった。

運動をするという思考は、彼女にはないらしい。

そんな日々を積み重ねたせいで、カイエは最近少しふっくらした。バートが指摘するまでもなく彼女は自分の体型の変化に気づき、二の腕をぷにぷにと揉《も》んだり、お腹《なか》周りを触ったりして、深いため息を吐《つ》く。バートとしては、今くらいでも健康的で可愛《かわい》いと思うが、このまま体重が増えていくのはあまりにも不健康なので、体力作りを兼ねたトレーニングに誘おうと考えている。

それはともかく。

バートはミッションのあいだも今までどおり彼女に付きっきりで支援をするつもりでいたが、ブライアン・デイモン部門長から思いも寄らぬ通達が届き、不可能になった。

それがふたつめの心配ごとだ。

つぎの第三ミッションから、バートは有人宇宙船センターの管制室に席を持つ運用管制官に指名された。役割は『ガイダンスオフィサー(コールサイン:ガイド)』。『HGC』による誘導・航行・制御システムや、ソフトウエアの動作を監視・管理する重要なポジションだ。

管制官に選ばれる者は各分野の代表者であり、Dルーム時代からコンピューター業務に長年携わってきたバートの実績が認められた形だ。この指名を受けただけでも栄誉なのだが、配属先のチームを知ったバートは、さらに驚かされた。

管制官のチーム構成は、主要な業務ごとに『打ち上げと船外活動』『月面着陸』『月面からの離脱』と『バックアップ』の四つにわけられる。バートはそのうち『月面着陸』チームに名を連ねる。つまりバートは、最終ミッションで月着陸船のコンピューターと降下軌道を監視し、宇宙飛行士とともに月面着陸に挑む。これは『サユース計画』に関わる技術者として最高の栄誉だ。

言い渡されたときにバートは迷った。倒れてしまうほど消耗するカイエをひとりにして大丈夫なのか、そして自分自身が大役を務められるだろうか――と。

しかし、迷ったのは一瞬だった。

逃げるための言い訳をして、指名を拒否するのはありえない。カイエの周りには優秀な仲間がたくさんいるので、自分ひとりいなくても何ら問題はない。そして自分こそ、カイエにふさわしい人物になると誓ったのだから、やらねばならない。兄のアーロンのような『独立独行の男《セルフメイド・マン》』として、指名してくれた上司の期待に応えるのだ。自分が開発に携わった宇宙船が月面へ行くという子どものときの夢想を、今、自分の手で実現する。

バートは決意を固めて、宇宙飛行士を月面に送り届けるという強い気持ちを胸に抱き、ブライアンに「やらせてください！」と大きな声で返事をした。するとブライアンはバートの両肩が壊れそうなくらいに激しく叩《たた》き、ニヤリとして言った。「結果を出せ」と。あのときのブライアンのうれしそうな顔をバートは忘れられない。

そして、管制官になった件をカイエに伝えると、彼女は飛び跳ねて喜んでくれた。少し涙ぐんだ彼女を見て、指名を受けて正解だったとバートは心から思った。

とはいえ、もちろん成功させなければ駄目だ。もし失敗したら、みっともないどころか、大勢から非難され、名門ファイフィールド家の恥になる。

「――ねえバート、ぼんやりしてどうしたの？」

宇宙船を見たまま物思いにふけっていると、カイエに腕をつんと突かれた。

「ああ、本番が近いんだなっていろいろ考えてた」

バートはメガネをかけ直し、シャキッと背筋を伸ばす。今日に至るまで、幾度となく二国を往復した。苦労は報われて、予定どおり、来月には第三ミッションの打ち上げが実施できる。下準備は半年前から進められており、両国の発射基地に宇宙船やロケットが運び込まれ、組み上げられてきた。また、第四ミッションと最終ミッションの準備もすでに始まっていて、月への着陸が迫っているという興奮と心地よい重圧に包まれている。

この『サユース計画』が始まる前のＡＮＳＡのスケジュールでは、ちょうど今ごろハイペリオン一一号が月面着陸に挑戦しているはずだった。今年の年末となると、それよりも五か月遅れはするが、二国での共同事業となった点はむしろ良かったとバートは感じている。無論、数々の犠牲が出たうえで成立した共同事業なので、哀《かな》しむべき点は多い。しかし、競争をつづけていたら出会えなかった異国の同志たちと目標を共にできていることは、率直に言ってうれしい。

バートたちがこうして共和国を訪れている裏で、共和国の人びとも連合王国へ出張し、コンピューター技術を学んでいる。共和国の人びとは皆、派手でごちゃごちゃした街並みに驚き、生活が自由すぎることに困惑しながらも、充実した毎日を送っているようだ。当初、両国間にあった深い溝や、文化や慣習などの違いを皆で乗り越え、月への道は着実に築かれている。

格納庫での作業が終わったバートとカイエはアルビナール市街地に戻るため、列車の乗り場に向かう。格納庫を出た途端、天を焦がすような真っ赤な太陽に灼《や》かれ、息苦しいほどの熱気が顔に貼りつく。

カイエは早々とバテた顔になる。

「今まで過ごした土地で、一番暑いわ……」

「うん、まさかニューマーセイル以上とはね……」

バートはメガネを外し、目に入りそうな汗をぬぐう。連合王国内で最南部にあるニューマーセイルは夏になると気温が連日三五度近くなり、それでも厳しいというのに、このアルビナールは四五度を超える日もある。これが夜になると急激に冷え、慣れないうちは身体《からだ》がおかしくなってしまう。

あたりを見渡せば、街を囲むフェンスの向こうには岩石砂漠が広がり、サングラード近辺とはまるで気候が違うので、別の大陸に来てしまったようにも感じる。だが、それでもやはり、広場に建った指導者の像や、英雄レフ・レプスの宇宙飛行を称《たた》える看板を見ると、この秘密基地は共和国連邦内にあるのは間違いない。

「兄さんがこの街に来たらどう思うかな」

第三ミッションの打ち上げが間近に迫り、船長を務めるアーロンらの宇宙飛行士部隊がまもなく連合王国からやってくるのだが、飛行場との往復は恒例の目隠しバスを使い、ホテルの窓も漏れなく板で塞《ふさ》がれていて、行動も制限される。もし連合王国の家族に連絡をしたければ、盗聴されるのを承知の上で電話をするしかない。

カイエがコソッとバートに耳打ちする。

「アーロンさんなら、〈運送屋〉のお世話になるような馬鹿な真似《まね》はしないでしょうね」

バートは苦笑を返し、ヒソヒソ声で会話をする。

「そうだね、連合王国への愛国心を深めるだろうな」

「私も深まったわ。ここで無事に暮らしていける自信がない」

「僕も。『変人の天国《ナード・ヘヴン》』が一番だ。あそこなら何を作っても許される」

と言ったバートは、引っかかっている件を、カイエに訊《き》いてみようかと考える。格納庫のトイレの個室に入っていたとき、共和国の技術者たちの会話が聞こえてきたのだが。

——これで同志チーフに顔向けできる。

——チーフが目を覚ましてくれたら、西の魔法使いには負けないのに……。

盗み聞きの形になってしまったので訊くに訊けず、チーフとは誰だろうという疑問を抱いた。思い出してみれば、かつてレフとイリナと二一世紀博覧会で会ったとき、彼らもチーフと口にしていたし、昔の新聞に設計技師長《チーフデザイナー》という記載があったような気もする。例の暴露本には『設計技師長　東の妖術師ことK・E・トゥハコフスキー』という名前が載っていたが、あれはおそらく偽名だ。共同事業をする中で、そんな人物は一度たりとも顔を見せていないし、書類の署名すらない。

「ねえカイエ。この国の技術者のチーフって、誰かわかる？」

カイエは不思議そうに首をかしげて答える。

「チーフって……ヴォルコフ所長とは別の人？」

「たぶん違う。あの人は科学者だし」

「そっか。えーっとチーフ……」

カイエが真剣に考え始めたので、バートは慌てて止める。

「知らないならいいよ。忘れて。機密っぽいから……」

声を潜めると、カイエはアッと口に手を当てる。

「……うん、わかった。忘れた」

機密に深入りすると、再び〈運送屋〉のお世話になってしまうことをカイエも理解している。だからバートは頭の中で勝手に想像するにとどめる。共和国の人びとが尊敬しているチーフこそが、『東の妖術師』ではないかと。そしてその人物は何らかの理由で存在を隠されていて、今は現場には立てない状態にある。

目覚めたら力になってくれるだろうという期待以上に、ぜひ月面着陸の瞬間に立ち会ってほしいとバートは思う。きっとその人にとっても、今回のミッションは長年の夢だったに違いないから。

病気、事故、事件、いったい何があったのだろう？　そもそも、なぜ隠すのだろうか？　その原因が開発競争にあるなら、悲しいことだ。

公表されている犠牲者は、宇宙飛行士のミハイル・ヤシンだけだが、この地には、ほかにも大勢の魂が眠っているのかもしれない。柵《さく》の向こう側にポツンと建つ何かの碑を目にして、バートは言葉にならない感情を覚えた。

☽☽☽

「犯罪者として流刑地に送られた気分だよ……」

それがアルビナール宇宙基地で再会したアーロンの第一声だった。厳しい気候と監視される不自由さにアーロンは辟易《へきえき》しつつも、「月は過酷な環境だという。ならばこれも、いずれ月に住むための試練として受け止めよう」と冗談を交えて爽《さわ》やかに笑う。

アーロンの挑む第三ミッションには、さまざまな試験や調査が限界まで詰まっている。その中でも最大の目的は、月周回軌道上で実施する試験——月着陸船を模した『標的機・兼探査機』と有人宇宙船『真ロージナ』のランデヴー・ドッキングだ。

それなのに、アーロンたちはこれまで『真ロージナ』の実機に一度も触れていない。『真ロージナ』は共和国にとって軍事機密であり、国外には持ち出せないからだ。だからアーロンたちは実物大模型やシミュレーションで訓練を重ねてきた。

つまり、ここで彼らは初めて実機の船内に入り、バートやカイエたちとともに模擬訓練をする。さすがの兄も、わずか一か月で実機に慣れるかどうか、バートは少々不安だ。

――しかし、杞憂《きゆう》に終わった。

第三ミッションに挑む宇宙飛行士たちは、初めてだろうがすぐにものにしてしまう。『HGC』の操作や理解もまったく問題ない。さすが地球を代表する精鋭たちだと、訓練を見守っていた全員が感心する。

搭乗者のひとりであるセミョーンは得意げに胸を張る。

「やるだろ？　連合王国のシミュレーターが優れてたおかげだ」

アーロンが隣でニヤリと笑う。

「すばらしい実力があるのに、月着陸船の操縦士を想定した搭乗員とは、もったいないな」

「うー、それを言うなって、船長さんよぉ！」

セミョーンが悔しそうなわけは、月着陸船については今回は本当に『想定』でしかなく、操縦する機会がないからだ。第三ミッションで使用する機体は、月着陸船を模した有人偵察衛星であり、彼の主な役目はドッキング後の確認作業となる。

それにしても、宇宙飛行士たちは仲が良さそうでバートはうれしくなり、同時に安心もする。訓練では双方への信頼を感じ、長期間の宇宙飛行中も協力し合ってやっていけそうな一体感がある。

模擬訓練は最後まで和やかに進み、アーロンは自信に満ちた表情で、共和国の技術者たちに告げる。

「今回の挑戦は間違いなく困難な旅になるでしょう。ですが、二国の科学の結晶である宇宙船に触れて、ひとつの確信を得ました。ミッションは成功します。科学者と技術者によって緻密《ちみつ》に練り込まれた飛行計画書と、『ミッション・ルール』に基づいて行えば、結果は自ずとついてくるに違いありません」

『ミッション・ルール』はANSAが推奨したやり方で、ミッションの最中に起こり得るあらゆる事態——打ち上げ時のトラブルから、宇宙飛行士の健康状態まで——と、その対処方法をすべて書き出し、機械的に『続行』か『中止』かを判断できるようにした指針だ。とくに今回は二国での事業になるので、土壇場《どたんば》で揉《も》めないように意思統一しておかねばならない。月への挑戦は、言葉の上では「命懸けの冒険」とされるが、実際は何よりも人命を優先し、『中止』の判断が下されればミッションはそこで終了となる。

ルールを策定する会議にはミッション最終責任者のブライアンを筆頭に、バートやカイエなどの各セクションの担当者や専門家、そして宇宙飛行士も参加し、議論を重ねた。結果、記載された項目は一〇〇〇を超え、三〇〇ページを超える分厚い冊子となった。これはまだ完成品ではない。ミッション直前まで検証し、修正を入れていく。この冊子は関係者に配られ、異変が起きたときに担当者がその都度確認する。

月への上陸作戦は、歴史上類を見ない、大変な事業だった。

宇宙飛行士が共和国での最終準備を始める一方、バートとカイエは連合王国に戻る。『HGC』と連携する大型汎用《はんよう》コンピューター群は共和国内に設置できないので、連合王国のニューマーセイルがミッション全体の管制センターとなった。ミッション時の割り振りでは、有人宇宙船の打ち上げはアルビナールが担当し、それ以降の管制業務をニューマーセイルに移管する形を取る。

この方式が決定したとき、バートもカイエもホッと胸を撫《な》で下ろした。現場が連合王国ならば、〔運送屋〕の監視はないからだ。ことあるごとにバートは拉致《らち》事件を思い出し、全身が総毛立つ。監禁されたときは、人生で最大の恐怖を味わった。

ただ、あの一件が有ったからこそ、カイエとの気持ちのすれ違いを解消し、想いを告白できた気もしている。

あのあと、バートとカイエのあいだでは、生活面で大きな変化はない。同じ屋根の下で暮らすのは、最終ミッションを成功させてからにしようと、ふたりで相談して決めた。そもそも日々の業務対応に必死で、引っ越しや新生活の準備をしている余裕などまったくない。

カイエとの関係はまだ誰にも伝えていないが、兄のアーロンにだけは早めに言っておこうとバートは考えている。ただし、今すぐには伝えない。恋愛にうつつを抜かしていると思われたくないので、第三ミッションが無事に成功したら話すつもりでいる。

そして、模擬訓練の終了後、別れ際にバートはアーロンを呼び止めると、その意思だけを先に伝える。

「兄さん、宇宙から帰ってきたら、話したいことがあるんだ」

「話？」

怪訝《けげん》な顔をするアーロンをバートは真《ま》っ直《す》ぐ見つめる。

「大事な話だ」

アーロンは深く訊《き》こうとせず、ただしっかりと頷《うなず》く。

「わかった。では、絶対に無事に帰還しなければいけないな」

「兄さんならできるさ」

するとアーロンはどこか誇らしげな表情で、バートに握手を求める。

「よろしく頼むぞ、ガイド」

「あ……」

初めて役職で呼ばれた。

尊敬する兄と対等の立場になれた気がして、バートの胸に熱いものが込み上げる。弱くて情けなかった子どもの頃から、ずっと背中を押してくれた兄の想いに応えたい。そんな気持ちが溢《あふ》れかける。しかしバートは感情を抑えて、管制官らしく冷静に対応する。

「了解、船長。成功を約束する」

バートは兄の手を硬く握り、心の中で告げる。

フライ・ユー・トゥ・ザ・ムーン――あなたを月へ導く。

☽☽☽

琥珀色《こはくいろ》の朝日に照らされた海に、赤や黄など色とりどりの帆が数え切れないほど突き出している。宇宙の聖地ことロケット発射センターからの打ち上げを、特等席で見ようとするヨットの群れだ。

湿度が七〇パーセントを超える日々がつづく夏真っ盛りのニューマーセイルは、第三ミッションの開始が数時間後に迫り、燃え立つような熱気に包まれる。

共和国から打ち上げられる有人宇宙船『ジラント』に先んじて、本日八月一〇日、連合王国のロケット発射センターから、無人の標的機・兼探査機『フェニックス』が打ち上げられる。

『ジラント』と『フェニックス』とは、ミッションで使用するコールサインだ。

今回の第三ミッション以降、各宇宙船にはコールサインが付けられている。月周回軌道上で宇宙飛行士が乗る機体が二機あるというのに、これまでのミッションのように『ロージナ号』というひとつの名前だけだと通信時に混乱が生じるので、それを避けるためだ。

命名権は機体を所持する国にあり、『フェニックス』は連合王国が名付けた。命名の方法は、ANSAと政府の協議により、全国民から広く公募を実施した。国民の税金で製造されているという理由に加えて、宣伝効果も見込めるからだ。


【標的機・兼探査機『フェニックス』……幾度の苦難を乗り越え、連合王国の宇宙機がここに復活するという意味を込めて】

かたや、共和国が命名権を持つ有人宇宙船は、公募ではなく宇宙開発の関係者が考えたものとして発表された。

【司令・機械船『ジラント』……大空を舞う翼竜《ジラント》のごとく、華麗に月へと飛行する】

最終ミッションまで残り五か月。歴史に残る一大イベントを多くの市民が楽しみにする一方で、反対意見も根強い。共和国との共同事業に対する批判や、宇宙開発そのものを非難するデモが全国各地で発生し、ニューマーセイル市内でも警察隊が出動する騒ぎが起きている。

ほかにも、全世界で無許可の商品が販売されたり、カルト集団が月の神話を利用したり、良い意味でも悪い意味でも世間の話題を集めている。

まもなく『フェニックス』を打ち上げるロケット発射センターでは、Dルームのミア・トリアドールたちが待機し、緊張の一瞬を迎えようとしている。

ロケットの先端部に搭載された飛行制御装置は、彼女たちとACE社のほか、六〇の企業が共同で開発したものだ。この装置に組み込まれたロケット誘導コンピューターによって、『フェニックス』の姿勢制御が自動で実行され、正確に月周回軌道に導かれる。

宇宙機を月周回軌道に乗せることはこれまでにも両国で成功しており、予想外のトラブルが発生しなければ、今回も成功するだろう。

ロケット発射センターが担当するのは『フェニックス』の打ち上げまでで、その後の運用管制は、連合王国の西海岸にある航空研究所が引き継ぐ。この研究所はこれまでに多くの無人探査機を開発・運用している実績があり、つぎの第四、最終ミッションでも、月周回軌道でのランデヴーとドッキングが完了するまでは管制を担当する。

Dルームの代表を務めるミアは、不遇の時代から一緒に戦ってきた仲間たち数十名に、落ち着いた口調で語りかける。

「ワタシたちにできることはやった。あとは結果を待つだけ。カイエさんとバートなら、必ず成功させる」

褐色の髪と赤い眼を持つ新血種族たちは、真剣な表情で頷《うなず》く。

「新しい歴史を作る。以上」

ミアは言い切って、窓の向こうに聳《そび》え立つ巨大なロケットに目を向けた。

☽☽☽

寸分の遅れもなく打ち上げられた『フェニックス』は、快晴の夏空を突き抜け、地球周回軌道から月へ向かう進路を取ると、そのまま順調に飛行し、三日後の八月一三日に、予定どおりに月周回軌道に乗った。

そして第三ミッションの目標のひとつである【着陸候補地の『高精細な月表面画像』の撮影】に成功。

着陸地の選定には数多くの制約があり、それらを勘案した結果、月の赤道近くにある平坦な部分『静かの海』が最終候補となった。海とは名ばかりで水はなく、黒っぽい平地を指す。

ただしこの『静かの海』は、これまでに獲得したデータから着陸に適している可能性がもっとも高いと推測できるだけで、細かな状態まではわかっていない。そして『静かの海』と一概にいっても、直径は八七三キロメートルもあり、現在、その南西端近くが着陸予定地点として検討されているが、本当にそこでいいのかという最終確認を画像で判断しなければならない。

また、画像は月着陸船での降下時にも活用される。月面には飛行場灯火のような誘導灯はいっさい存在しないので、クレーターや岩山を目印にして目的地まで飛行するしかなく、できるかぎり詳細な地形のデータが必要とされていた。

今回、そのための画像が獲得できたことにより、ミッションはつぎの有人宇宙船フェイズに移る。目標は【月周回軌道上でのランデヴー・ドッキング】だ。


本日、八月一四日。アルビナール宇宙基地から有人宇宙船『ジラント』が打ち上げられる。布陣は、船長アーロン、月着陸船の操縦士セミョーン、司令機械船の操縦士トマス。トマスは連合王国海軍のエースパイロットとして名を馳せた実力者だ。

打ち上げ後、世界各地にある天文台などの地上局が追跡を開始し、運用管制はアルビナール宇宙基地からニューマーセイルの有人宇宙船センターに移管される。

そこから、バートの管制官としての任務が本格的に始まる。

バートの所属する管制チームは月面着陸の担当であり、第三ミッション内にその着陸フェイズ自体はないが、月面着陸のときだけ出動するわけではない。地球と月の往復は一週間を超える長丁場なので、交代制でシフトを組み、宇宙船の飛行状況を二四時間態勢で監視する。

バートとカイエは任務の開始に備え、有人宇宙船センターの中央部にあるミッション管制センターに向かう。

窓が少なく無機質で巨大な三階建ての建物が『サユース計画』の管制センターとなる。バートの持ち場となる管制室は、その三階にある。二階には飛行制御室や事務室があり、一階にコンピューター室がある。

バートとカイエは職員やマスコミでごった返す玄関口を抜け、厳重な防犯ドアを通過すると、エレベーターで三階にあがる。技術者がせわしなく行き交う廊下を進むと、ガラス張りになった観覧席の向こうに、薄暗い管制室が見えてくる。

管制室にカイエの席はないが、ミッションの成否を左右する重要な役割なので、主要人員を集めた最終確認に特別に参加する。


ミッションの中枢となる管制室の構造は、小型の映画館に似ている。

部屋の正面には合計五つの画面を持つ巨大なディスプレイがあり、それを見るような形で、全四列、管制官二〇名分の制御卓《コンソール》が並ぶ。各制御卓にはモニターのほか、一〇〇個を超えるボタンやつまみ、ダイヤルがあり、各担当で仕様が細かく異なる。それぞれの席には物が雑多に置いてある。灰皿、マグカップや飲料水の缶、ヘッドセットと電話機。厚さ一〇センチの管制室用マニュアル、資料のバインダーなど、ごちゃごちゃしている。

室内には重要な職務を持つ者たちが集まり、汗ばむような緊張感が漂っている。

初めての大役に、バートはふだんとは違う心持ちにとらわれる。

しかし不安はない。

任命された直後は重圧に苦しんでまったく寝られず、事故やミスばかり想像し、毎日のように悪夢で目が覚めた。だが、そんなことでは駄目だと奮起し、訓練や勉強をつづけるうちに自信がつき、立場にも慣れて、自分にも十分にできる力があるとわかると、ぱったりと悪夢を見なくなった。

バートはアイスコーヒーを飲み、渇いた喉《のど》を潤すと、管制室をぐるりと見回す。管制官の多くはバートやカイエと同年代だ。歴史上で最大とされるミッションに挑む管制官の平均年齢は三二歳。開発に携わる技術者の平均年齢は二八歳。一九六〇年代初頭に「宇宙開発」「月面着陸」という浪漫《ロマン》溢《あふ》れる言葉に惹《ひ》かれた若者がＡＮＳＡや関連企業に就職し、わずか一〇年足らずでミッションの中核に成長した。

また、今回の管制業務に関する特異性として、有人宇宙船『ジラント』が共和国製なので、管制官の約半数が共和国の人びとになった。合流当初は双方に戸惑《とまど》いがあり、技術的な哲学の違いが原因になる揉《も》めごとが有ったものの、時が経つにつれて理解は深まり、今ではシミュレーションを完璧に成功できるようになった。

「総員、揃《そろ》ったようだな」

ミッションにおいて絶対的な権限を持つフライトディレクターのブライアンが部屋の正面に

立つと、皆がいっせいに注目する。

いつも以上に険しい顔つきのブライアンは、元軍人らしい威圧感を放ち、低く鋭い声で話しはじめる。

「今回のミッションを確認する。本日、予定どおり、共和国より有人宇宙船『ジラント』が打ち上げられる。各人、担当を正確にこなし、月へ導く。ここまではできて当然。本番は月周回軌道に乗ってからだ。まず【月周回軌道でのランデヴー・ドッキング】を完了する。その後、宇宙飛行士たちは『フェニックス』に移乗して、【着陸予定地点を撮影した高精細な画像】を持ち帰る。さらに【月面活動用の新型宇宙服と生命維持装置の性能試験】を実施する。これらをすべて完了し、地球へ帰還する」

ブライアンはつづいて、地上での確認事項を管制官たちに告げる。例として、月周回軌道に達した宇宙船との交信が挙げられる。三八万キロメートル先との通信は簡単にはいかない。片道で約一・三秒の遅れが発生し、アンテナの状態次第でやり取りが不安定にもなる。この確認作業は訓練ではできないので、最終ミッションに向けて経験を積んでおかねばならない。

そして、バートとカイエのかかわるコンピューター部門にも、重要な確認事項がある。まず、移設した『ＨＧＣ』はトラブルなく完全に動作するのか。それから、カイエの計算による数値の修正は、最後まで無事に成功するのか。ミッションの成否にかかわることであり、どちらも失敗は許されない。

重圧で硬い表情になる管制官たちに、ブライアンは檄《げき》を飛ばす。

「ここに集いし君たちは、地球上で最高の部隊だ。最終ミッションを月との決戦だとすれば、今回は前哨戦《ぜんしょうせん》にすぎない。訓練どおりにやれば勝利は間違いないと、私は確信している。だが、相手は未知の宇宙だ。シミュレーションを超える想定外の事象が起きても不思議ではない。そのような事態において、我々は『ミッション・ルール』に基づき行動する。君たちのいずれかが『中断』と判断したならば、名誉ある撤退を行う。最優先すべきは人命だ。中断を躊躇《ちゅうちょ》するな。ミッションのすべての責任は私にある」

ブライアンは管制官の顔をひとりひとり、じっくりと見回す。バートはブライアンと目が合うと、自信のある視線を返す。隣のカイエはビシッと背筋を伸ばす。

すべての者から意思を受け取ったブライアンは、胸を張って口角を上げる。

「さて、地獄のような暑さの中、一週間を超える長丁場だ。へばるんじゃないぞ。必ずや勝利を収め、よく冷えたビールと蒸留酒で乾杯しよう」

ブライアンは顔を上に向ける。バートたち管制官も同じ方向を見る。

皆の視線の先には、色あせた大きな赤いボロ布が張られている。それは、まだコンピューターが蔑《さげす》まれていた時代に、バートがDルームのメンバーと廃材で作った手描きの旗だ。

ブライアンは旗に描かれた言葉を――『サユース計画』技術部門のスローガンを、力強く読み上げる。

「フライ・ユー・トゥ・ザ・ムーン！」

管制官たちは声を揃《そろ》えて吠える。

「ゴー！」

掲げられた旗の先、宙《そら》の遙《はる》か彼方《かなた》に、皆の目指す月がある。


ブライアンの確認が終わると、カイエは持ち場のある一階に向かう。バートは彼女を見送るため、一緒に管制室を出る。

一階のコンピューター室にはACE社の優秀な技術スタッフが集まり、大型汎用《はんよう》コンピューター『ACE-α』を稼働させている。

このコンピューター室が地球側の要《かなめ》となる。

『ACE-α』は全部で五台。一台がミッションのメイン機となり、別の一台が予備機として常時スタンバイ状態にある。残りの三台はそれぞれ制御やソフトウェアなどの異なる役割を持ち、通信音声や心拍数などのデータもすべてここで処理される。

宇宙船から送信されたデータは、地上局のネットワーク経由で『ACE-α』が受信し、即時に宇宙船の位置や姿勢、速度をはじき出す。その数値と事前に算出していた目標値と比較し、管制室のモニターに表示できるように処理をして、データを保存する。

管制室では、管制官たちが保存されたデータを呼び出し、宇宙船の状況を見て判断をする。

そして宇宙飛行士と交信し、飛行に必要な最新のデータを与えて、最良の指示を出す。この処理が行われているあいだも、宇宙船からは随時データが送信されつづけている。

この一連の作業がリアルタイムで繰り返されるなか、カイエは『HGC』の精度悪化を補うため、コンピューターで処理しきれない計算を受け持つ。宇宙から送信されてきたデータをもとに複雑な計算を超高速で行い、管制室へ送信できるようにデータを入力する。

カイエが作業をする場として、コンピューター室の隣にある会議室を使いやすいように改装し、『臨時計算室』とした。ここに国内最高の数学者や航空工学者らを集めた特別編成チームが詰めて、コンピューター室と行き来し、カイエを援護する。彼女の担う作業はこの上なく大変だ。ごく一般的な計算能力しかないバートからしてみたら、脳みそが沸騰して倒れてしまいそうなほどの膨大な計算業務が見込まれている。

その戦地へカイエを送り出す。

『臨時計算室』から少し離れた一角で、バートはカイエと別れる前に、軽く立ち話をする。

「体調は万全?」

バートが訊《き》くと、カイエは可愛《かわい》らしく両手で拳《こぶし》を作る。

「根性で乗り切る！」

「よし、こっちも根性でがんばる！」

バートは両拳を彼女の拳にコツンと当てる。するとカイエは拳はそのままで、苦笑を浮かべる。

「もし私がミスをしたら、あなたが最初に見つけちゃうんだよね」

まったくそのとおりで、バートは常時コンピューターの状態を監視しているので、もし異変が起きた場合、『HGC』か『ACE-α』に何らかのトラブルが発生したか、あるいはカイエの計算が間に合わずにデータが来なくなっている可能性が高い。

そうならないように願うのみだ。

ただ、バートはカイエがミスをする事態は想定していない。しかし、そのまま言っても彼女は否定しそうなので、本番前の緊張をほぐそうと、あえて冗談を交える。

「君はシミュレーションではいつも満点だし、絶対に大丈夫だと思ってる。だから、もし数値に異常が出ても、僕の勘違いだと思ってやり過ごしちゃうかも?」

カイエはムッと頬《ほお》を膨らませ、両拳《こぶし》をぐーっと押してくる。

「ダメよ。買いかぶりすぎ。しっかり判断して」

まずい、冗談を真に受けられてしまった。バートはアハハと苦笑して後頭部をかく。

「待って、冗談だよ」

「冗談なの?」

「そりゃそうさ! 異常は見逃さずに判断する」

「もう、びっくりするじゃないの」

「ゴメン。でも、君はミスをしないと考えてるのは本当だよ」

長年カイエの傍《そば》にいたバートには確信がある。日常生活ではジュースをひっくり返したり、何もない場所で転んだりとずっこけてばかりの彼女だけれど、仕事の面では、どんなに難しい計算でも新しいプログラムでも、一度たりとも失敗をしたことがない。だからきっと、根拠はないけれど、今回も成功するはずだ。楽観的すぎないかとバートは自分でも思うが、彼女が失敗する姿が想像できない。

不安な点があるとしたら、能力ではなく体力だ。無理をして身体《からだ》を壊してしまうのではないかと、バートは心配している。ほかの人と比べて、カイエはミッション中に休憩があまりとれないのだ。

管制官はシフトが組まれていて、宇宙飛行士は睡眠時間が確保されている。それを可能にしているのは、コンピューターによる宇宙船の半自動操縦だ。コンピューターが人よりも優れている点として、休まずに働くことが挙げられる。そんなコンピューターを、カイエはずっと補助をする。もちろん彼女にも休憩時間はあるが、細切れの仮眠しかできない。万が一トラブルが起きれば再計算は激増し、無休で対応するしかない。

そんな彼女にかかる重圧は、もしかしたら月面着陸に挑む宇宙飛行士と同じくらい強烈かもしれない。

だが、カイエはそんなことはわかっている。わかったうえで彼女はミッションに挑むのだ。

だから、バートは心配しても、絶対に口にしないと決めている。無理をしないで、と喉元《のどもと》まで出かかるがグッと飲み込む。おそらく彼女はどんなにつらくても弱音を吐かない。いくら優しい言葉をかけても、彼女は喜ばないだろう。今バートにできる最大の支援は、応援だ。

そこで、ちょっとした差し入れを持ってきた。

「カイエ、これを君に」

鞄《かばん》から惑星クッキーを取り出し、カイエに渡す。二一世紀博覧会で販売されていたお菓子は人気を博して、ANSAの購買でも買えるようになった。糖分を補給するための甘いものは傍《そば》に山積みになっているけれど、それとは別に渡したい。特別なものではないけれど、二人にとっては特別なものだ。

惑星クッキーを目にしたカイエの瞳《ひとみ》はきらきらと、この上なくうれしそうに輝く。

「ありがとう！　美味《おい》しくいただくね」

「お互い、任務をまっとうしよう」

バートは休憩の合間に、こっそりカイエの様子を覗《のぞ》きに来るつもりだが、そのことは言わない。

「じゃあ――」

と、バートが行こうとすると。

「ちょっと待って」

いきなりカイエはバートの右手首を摑《つか》み、ぐいっと顔の前に持ち上げる。

「えっ?・」

焦るバートの小指に、カイエは小指を絡めて微笑する。

「そこに月がある限り、空想を現実にする挑戦をつづけましょう」

「あ、それって……」

二一世紀博覧会の夜にふたりで誓った約束だ。あのときは、新血種族のやり方——ピンキー・ブラッドで誓いを交わし、互いの小指の先を嚙《か》んで、血を舐《な》めた。

「今日は人間のやり方で」

はにかむカイエに、バートは力強く誓いを返す。

「同じ夢を叶えよう」

出会ってからの八年間、支え合いながら困難と闘ってきた。周囲から邪魔者扱いされていたコンピューターを活躍させて、『アーナック・ワン』の広報活動に励み、Dルームの仲間たちと旗を掲げて行進をした。二一世紀博覧会のカンファレンスでは、尊敬するクラウス博士に真っ向から立ち向かい、月周回軌道ランデヴーを認めさせた。そして宇宙船を月へ導くプログラムを開発し、共和国の技術者たちと共に月を目指している。

どれもこれも、ふたりだから乗り越えられた。

しかし、ここから先はひとりだ。

別々の場所で、それぞれの能力を活かし、偉大なる航海の漕《こ》ぎ手となる。

バートとカイエは頷《うなず》き合って、健闘を祈り、小指をほどく。

「さあ、行くぞ！」

バートは魔法の言葉をかけて、己の戦場に向かう。

☽☽☽

アルビナール宇宙基地からアーロンたち三名を乗せて打ち上げられた『ジラント』は、予定どおりのスケジュールで宇宙へ出て、地球周回軌道に入った。

地上局による追跡データがコンピューター室で処理され、管制室のメインディスプレイに、現在の宇宙船の位置や状態が表示される。

ミッションの始まった管制室には、冷静な声が飛び交い、制御卓《コンソール》を操作する音が響く。ヘッドセットを装着した管制官たちは四列に並び、合計一五〇〇項目にのぼるデータを確認し、宇宙飛行の安全を見守る。

最前列に座る管制官は、宇宙船の軌道、姿勢制御や逆噴射などの重要な機能を担当する。バートはその右端で『ガイド』としてコンピューターを監視する。

二列目には、電気関係の技術者や航空専門医のほか、宇宙飛行士との交信を担当する宇宙船通信担当官（コールサイン：キャプコム）の席がある。管制官全員が宇宙飛行士と交信をすると混乱が起きるため、キャプコムひとりが代表して会話をする。この役は宇宙飛行士たちが交代で務める。

三列目の中央で、責任者のブライアンは指揮を執る。全システムを監視しながら、管制官からの報告で宇宙船の状態を把握し、さまざまな判断をする。

最後方の四列目には、ミッションの遂行には直接関与しない国防総省の連絡担当や、共和国科学院の重鎮などが座る。その並びに、メディア対応をする広報担当官も座る。有人月面着陸は、科学の偉業であると同時に歴史上最大の見世物でもあるため、一般市民には飛行状況をかみ砕いて伝えねばならない。その役割には、ＡＮＳＡ本部の広報部員、ジェニファー・セラーズが就き、『ＡＮＳＡの顔』としてテレビに出る。もともとは男性の広報部長が顔になる予定だったが、二名の女性宇宙飛行士を誕生させた共和国に比べて連合王国はいまだゼロという国際評価を気にした政府が、ジェニファーを指名した。彼女の明朗快活でわかりやすい解説は世界中で受け入れられている。

《――こちら『ジラント』。ニューマーセイル、準備ができたら、燃焼試験を行う》

地球周回軌道を飛行中の有人宇宙船『ジラント』から、アーロンの声が届いた。

「了解、準備をする」

キャプコムは端的に返す。

この先、『ジラント』の搭乗者たちは、地球を一周半するあいだに通信状況や機体の動作確認を行う。

地上と宇宙では常時データを送受信していて、数秒に一度の割合で会話を交わす。

「こちらニューマーセイル、『ジラント』、準備は完了」

《了解》

管制官たちは制御卓《コンソール》で情報を監視し、飛行状況をブライアンに報告する。もし異常を見つけた場合、管制センター内の支援室に待機する専門家チームに相談したり、外部の主要技術者に電話をかけたりして解決案を導き出す。ミアたちDルームのメンバーも支援に加わる。

もしも異常が解決できなければ『中断』となり、最悪の場合は、その場でミッション終了となる。

打ち上げから二時間ほどで、『ジラント』の状態確認は完了した。

すべて問題なし。

まもなく、月へ向かうための、月遷移軌道への投入——【TLI】の予定時刻となる。これは危険なポイントで、失敗すれば命を失う恐れがある。

世間には報じられていないが、宇宙飛行士たちは大量のサインを書き残していった。記念品の類いではない。万が一、命を落とした場合、遺族が売って生活費にするためだ。

そんな悲惨な未来は、絶対に阻止しなくてはいけない。二国の宇宙開発の結晶は、どんな関門も、無事に乗り越えられる。バートはそう信じて、コンピューターの状況をモニタリングする。

ブライアンが管制官たちに担当分野の状態を訊《き》く。

「レトロ」

「ゴー」

「ファイド」

「ゴー」

「ガイド」

「ゴー！」

バートはほかの管制官よりも声が大きくなってしまった。落ち着いているつもりが、手のひらに汗をかいている。落ち着けと自分に言い聞かせ、軽く深呼吸すると、再びモニターを凝視する。

これまでコンピューターに異常はない。つまり載せ替えた『ＨＧＣ』は正常に動いていて、カイエの計算も問題なしということだ。

ブライアンはすべての確認を取り終えると、キャプコムに指示を出す。

「すべてゴー。【ＴＬＩ】へ移行する」

キャプコムは、地球軌道を飛行する『ジラント』へ連絡を入れる。

「こちらニューマーセイル。【TLI】へ移行。以上」

《了解、ありがとう》

しばらくして、第三段ロケットの再点火の準備が開始される。点火されれば速度は上がり、地球の重力を振り切って月へ向かう。

管制官がデータの確認をする傍《かたわ》らで、キャプコムと『ジラント』とのやり取りはつづく。

「今回はSバンドとVHFの両方でアップリンクを試みる」

《修正表示を時間どおりに取得》

点火のタイミングが迫り、管制室の空気は張り詰める。『ジラント』に乗った三名の宇宙飛行士は、緻密《ちみつ》に計算されたスケジュールに従い、定められた作業をこなす。

「点火まで一分弱。すべてゴー」

キャプコムと宇宙飛行士のやり取りは淡々と進む。

《了解――点火》

「点火を確認。推力良し。弾道も誘導も、すべて良好」

第三段ロケットは約五分間点火する予定だ。

バートは制御卓《コンソール》を確認しながら祈る。『HGC』が正しく動作しつづけるように、そしてカイエの計算が追いつくように。難局をひとつでも乗り切れば、この先の信頼性がぐっと高まる。

点火から三分半が経過する。翼竜の名を持つ『ジラント』は猛然と加速して、極超音速を簡単に超えていく。

「こちらニューマーセイル。文句なし。いい感じだ」

《了解、続行する。こいつは最高の乗り心地だ》

「すべてのブースターは正常に進行。問題なし。以上」

やがて『ジラント』は時速四〇〇〇〇キロまで加速すると、地球をぐんぐん離れて、月への航路に入った。

【TLI】は成功だ。

モニターのデータ表示も正常。管制室に安堵《あんど》が広がる。バートは一階で奮闘しているはずのカイエに向かって、心の中で「やったぞ」とつぶやき、拳《こぶし》を握りしめる。

昼夜のない宇宙で『ジラント』が月へと飛行する一方で、地球は夜になる。管制室はシフトの交代時間になり、チームが入れ替わる。

バートは回りの管制官とねぎらいの挨拶《あいさつ》を交わすと、大きなため息を吐《つ》く。

「はぁ……無事に終わった」

全神経を集中させていた状態から解放された反動で、どっと疲れが出る。メガネを外し、目のまわりを指で揉《も》みほぐす。【TLI】が終わったあと、月に接近するまでは丸一日以上も危険な作業は発生せず、宇宙飛行士にとっても管制官にとっても安心できる旅になる。

しかし、それは人の立場での考えだ。

実際には、目に見えないところでコンピューターが稼働し、船内のさまざまな機械は生命維持や軌道確認のために二四時間働いている。そしてカイエは、人よりもコンピューターに近いレベルでの仕事を要求される。一週間以上も連勤する予定の彼女が初日で倒れることはないだろうけれど、バートは彼女の状況が心配だった。

「お疲れさまです！」

荷物を慌ただしく片づけて、カイエの様子を見に急ぐ。


一階までおりてきたバートは、業務の邪魔にならないように遠くから覗《のぞ》き見る。

コンピューター室では一〇名ほどの技術スタッフが制御卓《コンソール》と向き合っている。臨時計算室を覗くと、専門家たちが資料を読んだり話し合いをしたりする奥で、カイエは壁に向かって微動だにせず座っている。バートに背を向けているので表情はわからないが、集中して計算をしている最中なのだろう。

覗き見ていると、臨時計算室に詰めていた中年男性の学者が部屋から出てきたので、つかまえてカイエの様子を訊《たず》ねる。すると、学者は少し心配した顔で答える。

「彼女は作業にかかりっきりで、ほとんど休んでないよ」

「やっぱり……」

「でも、休むときは一瞬で寝てしまって、自分で回復のやり方がわかってるみたいだね。まあとにかく、あの計算能力は驚異的だよ。噂《うわさ》には聞いていたけど、コンピューターのように早く正確だ」

それを聞いてバートは少し安心すると共に、誇らしさを覚える。心配するまでもなかった。カイエは上手《うま》くやっているようだ。

バートが礼を言って帰ろうとすると、学者は少しだけ顔をにやけさせて、話をつづける。

「ああ、それから、【TLI】からしばらくのあいだ、途方もない量の計算がつづいて、さすがに疲れていたけど、惑星クッキーを食べて、すごく元気になってたよ」

「あっ、そうなんですね」

「ひとつの難局を乗り越えるごとに、一枚食べるんだとさ。大変だけど、それを楽しみにがんばるそうだよ」

言い終わると、学者はニヤリとした。どうやら惑星クッキーをバートが渡したとわかっていて、からかっているようだ。

照れ臭くて、バートはとぼける。

「へぇー、惑星クッキー、おいしいもんなぁ……」

まったく演技が下手《へた》で、こみ上げる嬉しさが顔ににじみ出てしまうので、軽く会釈してそそくさと立ち去る。

管制センターの外に出ると、すっかり暗くなっている。風はなく、涼しさは皆無で、むわっとする蒸し暑さに包まれる。

見上げると、黒紫色の夜空に夏の星座が美しく光っている。そのさらに上空、天高く浮かんでいる月に向けて、バートはカイエと約束を交わした小指を掲げる。そして、今まさに宙《そら》の彼方《かなた》を飛んでいるアーロンに固く誓う。

同じ夢を見る同志たちと、必ずミッションを成功させる。

☽☽☽

打ち上げから三日が経過した。

ここまでは至って順調で、月への道中での軌道修正も、正確な噴射が行われた。

軽微なトラブルや修正はいくつか発生したが、簡単に解決できるものばかりで、助けを求めて支援室に駆け込む者はいない。『HGC』の動作も問題なく、飛行データは目標の数値に沿っている。

それもこれも、カイエの力に依るところが大きいはずだ。彼女の活躍は目には見えないが、管制官たちには努力が伝わっていて、感心と感謝の気持ちから、休憩時には臨時計算室にお菓子や飲み物を供えに行っている。

初日は息が詰まりそうなほどにピリピリしていた管制室も程良い余裕が生まれてきて、バートも雰囲気に慣れてきた。とはいえ、ミスをしたらとんでもない事態になるので、制御卓《コンソール》から目を逸《そ》らさず、注意力を集中させる。

ふと気づいたら、制御卓の脇にコーヒーが置かれていた。誰かが気を利かせて淹れてくれたようだ。すっかりぬるくなっていたが、ミルクと砂糖たっぷりで、疲れた心が癒《い》やされる。

宇宙を行くアーロンたちは愉《たの》しげな声を地球に届ける。

《素敵な宇宙旅行を満喫しているよ。無重力状態でもよく眠れた。船室が狭苦しいこと以外は最高だ》

搭乗者の一員であるセミョーンは軽口を叩《たた》く。

《これまでに唯一焦ったのは、テレビカメラの不調だ。俺の勇姿が映せないのは、歴史上の大きな損失だからな》

このトラブルは宇宙飛行士たちが船内の配線を修理して、宇宙からの生放送を無事に行った。メディア対応をするジェニファーも、視聴者からの好反応を受けて気分上々だ。

宇宙飛行はすべてが順調な一方、逆に、管制室の環境は悪化の一途をたどる。

窓がないので日光は入らず、換気も悪く、煙草《たばこ》の煙が充満する。制御卓の周りにはゴミが溢《あふ》れる。大量のコーヒーを胃に流し込み、ストレスも溜《た》まり、この状態が一か月もつづけば確実に健康が蝕《むしば》まれる。しかし、悪環境に対しては、誰ひとりとして愚痴《ぐち》をこぼさない。真剣に制御卓と向き合い、ときには気晴らしに軽口や冗談を叩き合う。もちろん、音声記録に残っても問題のない範囲で……。

四日目に入ると、月はすぐそこまで近づき、【ＴＬＩ】以来の危険なポイント、月周回軌道への投入――【ＬＯＩ】が迫る。

アルビナール宇宙基地より先行して打ち上げられた無人機『フェニックス』は、すでに月周回軌道を回っている。『ジラント』が【ＬＯＩ】を成功させれば、第三ミッションの大目的であるランデヴーとドッキングに一気に近づく。

バートは気合いを入れ直し、炭酸の抜けかけたコーラをぐいっと飲み、制御卓のモニターを確認する。

「……ん？」

何かおかしい。

じっくりモニターを見直す。

「これは……」

やはり数値と動作が変だ。表示にも異常がある。

制御卓に障害が起きたのか？　それとも――

水を浴びせられたような恐怖に襲われていると、バートの周囲からざわめきが聞こえる。

「おいガイド、データの表示がおかしくないか？」

隣のレトロが言った。ほかの席にも異常が出ている。

何が起きているのか、バートは思考を巡らす。

もしかしたら、コンピューター室のメイン機に、トラブルが発生しているのかもしれない。

理由は不明だが、良くない状態だ。管制センターのコンピューターはミッション全体の頭脳であり、障害を直さねば月周回軌道への投入どころではない。

最悪の場合、ミッション中断――

バートは慌ててブライアンに報告する。

「フライト！」

悲鳴のようなバートの声に、管制室に鋭い緊張が走る。

ブライアンは第三ミッションが始まって以来、もっとも険しい顔つきになる。

「回復できるか？」

「確認します」

バートは震える手で、コンピューター室に電話をかける。すると、やはり障害が発生していて、技術スタッフが確認している真っ最中らしい。まずい。解決策を見つけねばならない。緊急だから支援室に相談しに駆け込むか？

バートは腰を上げかけて、思いとどまる。

いや、待て。このケースの対処は訓練でやった記憶がある。

記憶をたどり、手順を思い出す。

メイン機が不調になった場合は、予備機に切り替える。こういうときのために常時スタンバイさせてある。データは九〇分ごとにオペレーターがバックアップをとっているはずなので、それを使う。スケジュールでは、一〇分ほど前に新たなデータが保存されたばかりだ。

この切り替えが上手《うま》くいけば、ミッションは問題なく進行できる。原因究明は後回しでいい。

バートは自信を持ってブライアンに解決案を告げる。

「予備機を起動してみます。データはバックアップを使用します」

「了解。すぐに取りかかれ」

許可を得ると、バートはコンピューター室に連絡し、予備機との切り替えと回復を依頼する。技術スタッフは早口で少し待つように言うと、ガチャリと電話を切る。

バートは復旧を信じて待つしかない。

「頼むぞ……」

心配は不要だ。コンピューター室には自分よりも断然くわしい技術スタッフがいる。

と、思い込もうとしても、背中に汗がじわりとにじみ、心臓が痛くなる。超高速で飛行中の『ジラント』は、たった数分で一〇〇〇キロメートル以上も進んでしまうのだ。

バートの焦りと管制室の動揺は、宇宙にいるアーロンたちには届かない。キャプコムは淡々と交信をつづけて、【LOI】に向けての準備をする。

どうか早く回復してくれ。バートはひたすら祈り、モニターを凝視する。判断は間違っていないはず。頼りは自分の知識と経験だけだ。

そして――コンピューター室に連絡を入れてから三分で電話は鳴った。バートは受話器を引っ摑《つか》んで問いかける。

「障害は!?」

「復旧しました」

落ち着き払った声が聞こえてきた。モニターは正常な動作を取り戻す。

「直った……!」

重大な問題は生じていない。バートは気が抜ける。

「よかったぁ……」

と、安堵《あんど》している場合ではない。喜びは抑えて、あくまでも冷静に、必要な事柄だけをブライアンに伝える。

「復旧作業は無事完了しました。続行に問題はありません」

「了解。各員、システムの再確認を。問題がなければ、【LOI】の準備を続行する」

ブライアンの指示を受けて、管制官たちは作業を開始する。メイン機の障害はスケジュールに影響を及ぼさず、バートはようやく人心地がつく。

あらためてバートはコンピューター室と連絡を取り、原因を確認する。技術スタッフのリーダーが言うには、どうやら『HGC』の精度悪化が原因で、メイン機に想定以上の負荷がかかったらしい。

「そこで、今後は過負荷にならないように注意し、予備機も活用しながら、臨時計算室に回す量を増やします」

「え？」

説明を受けていたバートは思わず声を上げた。

「つまり、カイエの負担が増すという意味ですよね？」

「彼女からは了承を得ました」

「そうですか……わかりました。了解です」

カイエ自身がいけるというのなら、口出しはしない。それが最善策だと彼女が判断したのだろう。

バートは一度大きく深呼吸をして、ヘッドセットを付け直す。カイエの心配よりも、自分の任務に集中すべきだ。

コンピューターの異変で管制室は一瞬緊迫したものの、『ジラント』はスケジュールどおりに月周回軌道投入のフェイズに進む。

月周回軌道は楕円《だえん》状で、月を中心にして月面から高度約一一〇～三一〇キロメートルあたりを指す。地球から向かった宇宙船がその軌道に入って周回飛行を始めるには減速が必要で、二度の噴射を正確に行わねばならない。その一度目のタイミングは、月の裏側になる。

これが今回の課題のひとつだ。

三八万キロ先の月に到達しても、片道一・三秒の遅れは生じるが、交信はできる。もし仮にどこかの地上局との通信が一旦途切れても、べつの地上局とネットワークはつながっていて、連絡は途切れない仕組みが構築されている。

ただし、宇宙船が月の裏側を回る五〇分弱のあいだだけは、そうはいかない。無線通信が月本体によって完全に遮断されてしまうため、交信不可能になる。

しかしそうなっても、船内の『HGC』は独立して動く。だから、通信ができるうちに必要な情報をやり取りしておき、裏側に入ったあとは宇宙飛行士は『DSKY《ディスキー》』を使い、定められた手順に従い、『HGC』のプログラムを実行すればいい。だが、『ジラント』は『HGC』を載せ替えたので、思わぬトラブルが起きる可能性はある。

とはいえ、『HGC』はこれまで重大なエラーは出さずに期待に応えてくれているので、憂慮しなくてもいいと管制センターは捉えている。

そして、打ち上げから七三時間が経過。キャプコムとアーロンは言葉を交わし、月の裏側に入る準備をする。

「こちらニューマーセイル。角度に更新あり。地図にも更新あり――改訂一版だ」

《OK。まず改訂一版を頼む》

「了解。信号喪失は〇七五：四八：二二――」

管制官は宇宙飛行士が何の話をしているのか理解できるが、一般市民は交信音声だけだと理解不能だ。そこでジェニファーがメディアに向けて解説する。

キャプコムが伝えているのは、月の裏に入るときの信号喪失時間、月の西経一五〇度を通過する時間、月の表に出たときの信号獲得時間の修正だと。宇宙飛行士はほかにもさまざまな情報を要求、取得し、準備を整える。

バートは交信を聞きながら、臨時計算室のカイエを思う。今取り交わされているデータは、とてつもない再計算作業の末に生み出された数字なのだろう。

《【LOI】噴射の最終準備が整った。動作二七も更新》

まもなく『ジラント』は月の左端から裏側へ回り込む。キャプコムはアーロンに通信遮断前の最後の挨拶《あいさつ》を送る。

「信号喪失まであと二分。管制室のみんなから言伝がある。『幸運を！』」

《ありがとう。月の向こうで再会しよう》

予定どおりの時刻に信号は喪失。管制官たちは一斉に息を吐く。再び交信ができるようになるまでは、『ジラント』の状態は不明だ。管制官たちは皆、共和国の翼竜が気持ちよく月を周回飛行してくるように、無事を祈る。

四七分後、『ジラント』が表側に出てくる予定の時間ちょうどに、管制センターにデータが届いた。しかしまだ宇宙飛行士の声は届かない。管制室に息苦しい沈黙が満ちる中、キャプコムが呼びかける。

「調子はどうだ、『ジラント』。こちらニューマーセイル」

すると、五秒ほどでアーロンから応答がある。

《ただいま、ニューマーセイル。現在、月周回軌道を航行中》

管制官たちから歓声が湧《わ》く。一度目の噴射は完璧。載せ替えた『HGC』も良好のようだ。

バートは今すぐカイエに成功を伝えたい気持ちを抑え、購買で買っておいた自分用の惑星クッキーを口に入れると、喜びとともに噛《か》みしめる。きっと彼女も笑顔で食べているはずだ。

宇宙飛行士は、月面を間近で観測する感想を伝えてくる。『ジラント』操縦士のトマスは途切れ途切れに、どこか感傷的な声で報告する。

《月は全体的に寂しい。……とても荒れていて、生命の痕跡《こんせき》はない》

アーロンの声にも郷愁が感じられ、苦笑混じりだ。

《なんというか、地球が恋しくなる。同じ景色ばかりで、正直、飽きてくるよ》

『ジラント』は約四時間かけて月を二周したあと、二度目の減速を行い、目的の楕円《だえん》軌道に入った。

これで【LOI】は見事に完了。しばらくは安全な飛行ができるので、宇宙飛行士たちは船内を再点検し、つぎのフェイズである無人機『フェニックス』とのランデヴー・ドッキングのタイミングを待つ。

管制室のサイドディスプレイには、『ジラント』の撮影する月が映し出される。灰色の大地に、バートはただ息を呑《の》む。確かに、アーロンたちの報告どおり、月面は荒々しく、色味がない。この見慣れぬ奇妙な風景は、全世界のテレビでも放映される。きっと観た人たちは驚くだろう。

二機の宇宙機は月を回りつづけ、やがてランデヴー・ドッキングのタイミングが近づく。ついに第三ミッションの最大目標に挑む。

ランデヴー・ドッキングは最終ミッションでは計二回、月周回軌道に到着したときと、月面からの帰還を迎え入れるときに行うが、今回は前者のみの試験となる。

まずはランデヴーを目指す。

ここから先は宇宙飛行士の技術が試される。現在、二機は飛行速度が違うため、『ジラント』を減速して距離を調整する。管制室からは宇宙飛行士に必要なデータを与え、数値の更新を行う。

管制室がにわかに慌ただしくなる中、バートの脳裏をカイエの顔がふっとよぎる。

このフェイズでは、これまでと違って二機が絡み、『フェニックス』の管制を担当する航空研究所との協業になるため、今まで以上に膨大なデータ処理が行われる。これは第三ミッションの全行程でもっとも大変な——いや、月着陸船にはカイエの計算は不要という点を考えると、最終ミッションを含めたすべてのフェイズで、彼女が最大に消耗する期間になるはずだ。

しかしここを乗り越えさえすれば、月に手が届く。

カイエのがんばりを無駄にしないためにも、バートはガイドの役割に集中する。今自分にできることはただひとつ。地球上で最高の部隊の一員として、宇宙飛行士の支援をする。

全世界の人びとのほとんどは、月や宇宙飛行士に注目して、管制官ひとりひとりの業務やカイエの働きなど知らないだろう。もとより、裏方の仕事に興味はないかもしれない。

だがそれでいい。誉《ほ》められたくて、認められたくてやっているわけではない。ただこの仕事が好きなのだ。注目を集める必要はない。管制官はむしろ目立ってはいけない。なぜなら、目立つときがあるとしたら、それは悪いことが発生したときだから。

たとえば、重大な事故や不具合が起きた場合、それを解決できるかどうかに世間は注目する。解決できなければ悲劇となり、技術面での原因探しが始まる。無論、そのような事故が起きても危機を解決したり、宇宙飛行士の命を守ったりすれば、管制官は一躍英雄になり、賞賛を浴びるだろう。

しかし、そんな危険な事態は起きてはならない。信頼性を極度に高めた宇宙船は、安全に飛んで当たり前。その当たり前を獲得するために、何十万人という人びとが長年苦心し、失敗と犠牲を重ねて作り上げてきた。

だから世界中の人びとは管制室など気にせず、宇宙にだけ注目してくれればいい。そして科学の粋の結晶を、宇宙飛行士たちが全世界に魅せるのだ。

飛行状況の表示されているディスプレイを見て、バートは心の内で願う。

兄さん、約束どおり、あなたを月に導いた。

あとは頼む。

《――動作三七、名詞五一、入力》
「了解」
キャプコムと操縦士のトマスが、ランデヴーのプログラムを確認する。『ジラント』は月を背景にして『フェニックス』を追跡する。暗黒の広がる宇宙では距離感が失われるため、色のある月を目標の背景に置いて捉えやすくするという工夫だ。
また、飛行に影響を及ぼす月の重力異常は、これまで手に入れたデータをもとに計算し、処理をする。ランデヴーの過程で二機の宇宙船は一度月の裏に入り、また表に出てくる。『HGC』は順調に稼働している。

現在、異常なし。

長い時間をかけて、『ジラント』は慎重に『フェニックス』との距離を縮め、並列飛行の状態を作る。ランデヴーは成功。ここから難関のドッキングが始まる。もし衝突したら船内の気圧が下がる危険性があるので、宇宙飛行士は念のために宇宙服を装備する。

ブライアンは各管制官に状況を確認する。

「レトロ」

「正常」

「ガイド」

「『HGC』、DSKY《ディスキー》、共に正常」

報告をしたバートはふと、不思議なほど心が落ち着いている自分に気づく。客観的に見る余裕が出てきた。今、臨時計算室はどういう状態だろうか？　飛行状況は予定どおりで、異常はいっさいないから、きっとカイエは大丈夫だ。

システムの確認は終わり、ブライアンがキャプコムに告げる。

「ミッション続行、ドッキングだ」

キャプコムがアーロンに指示をする。

「『ジラント』、ドッキング」

月周回軌道で並列飛行をする二機が接近する。

操縦士のトマスがＤＳＫＹの操作を行う。
《ランデヴーレーダー、開始。動作四四、入力——完了。動作四八、入力。動作二一……》
船長のアーロンが返す。
《動作二一、取得》
機内でのやり取りがつづき、トマスが返す。
《動作二一、入力》
三名の宇宙飛行士は自分の行動や宇宙船の状況を声に出して伝え合う。
バートは音声を聞きながら制御卓《コンソール》を操作し、必要なデータをディスプレイに表示する。シミュレーターでの訓練と違い、やり直しはきかない。失敗したら、無人の『フェニックス』は放棄して、地球に敗走する。
アーロンが悪戦苦闘する声が届く。
《対象が上手《うま》く見えない……》
宇宙空間での二機を客観的に撮影している映像はないので、バートたちは音声と数字で想像するしかない。アーロンは窓に取りつけられた単眼鏡で目標を追っている。この単眼鏡は、対象を二八倍に拡大する性能があるが、狙撃銃のスコープのように視野が狭く、とても扱いにくい。
バートは管制室で聞いていることしかできず、歯がゆい。しかし、兄なら必ず成功させると信じて待つ。
《もうちょっと近づこう》
アーロンが言った。
《姿勢は正しいぞ。少し前に出て……そう、右、右》
セミョーンが助言を送り、船内の三人で連携してドッキングを目指す。キャプコムは口を挟まず、信頼を置く仲間たちに任せる。
セミョーンは少し声を弾ませる。
《これでどうだ？　内側に入っただろう？》
《よし、見えてきた。いけそうだ》
アーロンの声に希望を感じる。管制室の面々は息を殺して、耳をかたむける。
セミョーンが興奮気味に話す。
《いいぞ、そのあたりだ！　どうだ!?》
《……捉えた！》
トマスが力強く言い放った。そして――
《音が鳴った！　成功だ！》
アーロンが歓喜の声を放った。
ドッキング完了だ。

「やった！」
バートは思わず拳《こぶし》を突き上げる。管制室では静かに歓声と拍手が起き、ガラス張りの観覧席から見ていた人びとも盛り上がる。キャプコムは笑顔で宇宙へ感謝を伝える。
「ありがとう！　すばらしい技術だった！」
《帰還したら狙撃手で食っていけそうだ》
アーロンは冗談で返すと、真面目《まじめ》な声で付け加える。
《地球のみなさんに感謝する》
そのひとことで、バートはこれまでの苦労がすべて報われた気がした。これは管制室だけに向けられた感謝ではない。開発に携わったすべての人たちに贈るメッセージだ。

☽☽☽

第三ミッション最大の難関を通過し、管制室はシフトの交代時間になった。

しかしバートは臨時計算室には行かない。カイエにねぎらいの言葉をかけたい気持ちはあるけれど、ミッションはまだつづく。そして何より、ガイドの役目をきちんと最後までやり遂げてから会うべきだという気持ちが強い。

ここまでのミッションをバートは顧みる。

「気負いすぎてたかな……」

コーヒーを飲みながら、反省する。失敗こそしていないが、モニターに釘付けで、周りを見る余裕は全然なかった。今でも必死にデータを追いかけているのは同じだけれど、史上初という二度とない瞬間を楽しみたいと、多少は思えるようになってきている。

ドッキングを終えた『ジラント』は宇宙飛行士の睡眠を挟み、つぎのフェイズに移行する。ここは主に宇宙飛行士の業務となる。三人とも大なり小なり宇宙酔いをしているという報告がアーロンからあったが、耐えられる範囲のようだ。

まずはドッキングした無人機『フェニックス』に乗り移るところから始まる。『ジラント』の操縦士であるトマスは船内に残り、アーロンとセミョーンは船内の先端にあるドッキングトンネルのハッチを開けて、『フェニックス』に移乗する。そして月面を撮影したフィルムをふたりで回収し、国際協力を強調する。

つづいて新型宇宙服の性能試験を実施する。

これまでの宇宙服は、船外活動をするときには宇宙船とホースで接続し、酸素を供給していた。しかしそれではホースが邪魔で、活動が制限されてしまう。そこで、独立した生命維持装置を背負って自由に動ける新型が製造された。

新型宇宙服の試験に挑むのは、かつて史上初の宇宙遊泳を行ったセミョーンだ。

《月の上を泳いでくるぜ。ちょっと宇宙酔いしてるけど……》
頭痛と吐き気に耐えて、三八分間の船外活動に成功。さらに、万が一ドッキングトンネルが開かないという緊急事態に陥っても、船の外側から乗り移れることを証明した。
これで第三ミッションの試験目標はすべて達成。
最後のフェイズである、地球に向かう軌道への投入【TEI】を行う。月周回軌道を抜け出すためのエンジン噴射が正確にできなければ、地球には帰還できない。しかしコンピューターと宇宙飛行士が力を合わせれば間違いなく難関は突破できると、バートは固く信じる。
そして、月を離れるときがきた。『ジラント』は役目を終えた無人の『フェニックス』を切り離し、太陽周回軌道に送り出す。連合王国の再起を象徴する『フェニックス』は、太陽の周りを永遠に飛びつづける。
《荒涼なる月よ、また会おう》
アーロンは名残惜しそうに別れを告げた。

☽☽☽

打ち上げから八日後、月から地球に戻ってきた『ジラント』は正確に大気圏再突入を果たし、あと数分で予定地点へ着水する。晴天の昼過ぎで視界良好なので、回収部隊は確実に見つけられるだろう。この段階までできたら、もうコンピューターの役目は終了だ。

シフトの時間外で待機していたバートは、管制室に祝福に向かう人びとの波に逆行して、臨時計算室に向かう。カイエの身体《からだ》が心配なことと、そして最後まで『HGC』は正しく動きつづけたことを、真っ先にカイエと喜び合いたい。

臨時計算室の前に着くと、コンピューター室で勤務していた技術スタッフが外に出て、学者たちと和やかに談笑している。バートは少し離れた場所からカイエを探す。しかし、部屋の中にも外にも見当たらない。

いったいどこにいったんだ?

技術スタッフに声をかけようかとバートが迷っていると。

「――バート……?」

背後から聞き覚えのある声がして、バートは振り向く。カイエがふらふらとした足取りで、廊下の向こうからやってくる。

「カイエ!」

バートが駆け寄ると、青白い顔のカイエは消え入りそうな笑みを浮かべて。

「やったね」

と言うや否《いな》や、崩れるようにバートの胸に倒れ込む。

「おい!?」

バートは咄嗟《とっさ》にカイエを抱きかかえ、そのまま床におろす。

「大丈夫⁉」

「ごめんなさい、急に頭がクラッとなって……」

冷えている身体をさすろうとしたとき、バートはカイエの腕の内側に、内出血の跡をいくつか見つけた。

なんだこれは……。いつかのように、自分で嚙《か》んだなんてことはないはずだが……。

近くにいた技術スタッフたちが異変に気づき、心配そうに覗《のぞ》き込んでくる。

「どうしました？」

バートはサッと内出血の跡を手で隠して、返事をする。

「体調不良みたいで。医務室に連れて行きます。カイエ、立てる？」

カイエは無言で頷《うなず》くと、バートの身体を支えにしながら、ゆっくりと立ち上がった。

医務室は管制センターから少し歩いた棟にある。

ベッドにカイエを横たわらせると、バートは傍《かたわ》らの椅子《いす》に腰かける。カーテン越しに夏の陽光が差し込む室内には、初老の医者がひとり残っているだけだ。ほかの医務員は管制センターに祝いに向かったらしい。

医者の話でバートは知ったのだが、ミッションの後半になると、カイエは休憩時間に点滴を打ちに来ていたという。腕の内出血はその跡だった。

「カイエ……そこまで過酷だったのか？」

バートが心配すると、カイエは慌てて否定する。

「誤解しないで、倒れて運び込まれたわけじゃないよ。予防のために、自分から頼んだの」

「予防？」

「だって仮眠しながら栄養も摂《と》れるから、効率がいいでしょ？」

医者の目の前で、カイエはさも当然のように言った。バートはびっくりして医者と目を合わせると、医者は渋い顔で肩をすくめる。どうやら彼女は相当強引に頼んだようだ。

医者はカイエの体調に問題なしと判断すると、「安静にしていなさい、私は祝ってくる」と言い残し、いそいそと医務室を出て行ってしまった。

予防での点滴は少々やり過ぎではないかとバートは思いながらも、彼女がそうすべきだと考えたのなら否定はしない。

「点滴のおかげで成功できたならいいんじゃないかな。まあ、無理はしてほしくないけど。宇宙船より前に君の身体《からだ》が壊れたら元も子もないし」

カイエはテヘへと苦笑する。

「ごめんなさい。最後の最後でフラッとなって、迷惑かけちゃった。でも、今回のミッションで地球と月の往復には慣れたし、つぎは倒れないように注意する。体力作りもがんばらなくちや」

内出血が目立つ白く細い腕で、カイエは力こぶを作って見せる。

カイエの言うとおりで、本当に体力がないと乗り切れない。第四ミッション以降は今回の内容に加えて、月着陸船の切り離しと降下、そして月面着陸と月面の調査活動も加わり、さらなる長丁場になる。

「僕もトレーニングに付き合うよ。今回のミッションでもヘトヘトだ」

「うん。バート、すごく集中してがんばってたもんね、疲れて当然だよ」

「ん、え？」

まるで管制室で作業を見ていたような口ぶりだ。バートが戸惑《とまど》うと、カイエはバツが悪そうに頭をかく。

「じつは休憩時間に、こっそり観覧席に行って、ガラス越しに見てたの」

「本当に？」

「ほんのちょっとだけどね。あなたの席は一番遠いし、ずっと制御卓《コンソール》と向き合ってたから、後頭部しか見てないんだけど」

全然気づかなかった。変な行動を取っていなかったか不安になり、バートは気恥ずかしさに襲われて目を逸《そ》らす。

「かっこよかったよ」

とカイエは言った。

「え」

バートが聞き返すと、カイエは頰《ほお》を少し赤らめて目を伏せる。

「いつもは逆だよね。私が作業してるのをあなたが傍《そば》で見てる。休憩時間が合えば話したかったけど、我慢した。邪魔しちゃいけないから」

「そうだったんだ……。じつは僕も同じことを思って、計算室には近寄らなかった」

するとカイエはペロッと舌を出す。

「でもね、一回だけ、どうしても惑星クッキーのお礼がしたくて……。管制官さんに頼んで、砂糖とミルクたっぷりのコーヒーをこっそり置いてきてもらったの。飲んでくれたかな」

「あっ、あれ……!?」

知らないうちに置かれていた、ぬるくなったコーヒーを思い出す。

「誰かが気を利かせて、みんなに配ったものかと……」

驚くバートに、カイエは得意そうに口角を上げる。

「作戦成功。あー、でも言って損したかも。言わなきゃもう一回できたのに」

カイエは悔しそうに口を尖《とが》らすと、プッと吹き出す。話をしているうちに元気が戻ってきたようで、バートは一安心する。

それからしばらく、ミッション中の出来事を話した。予備機への切り替えが発生した件以外には大きな異常はなく、アーロンが地球のスタッフに感謝をしていたことを伝えると、カイエは顔をほころばせる。

「あっ、それから、『HGC』に組み込んだエラー回避プログラムだけど、まったく出番がなかったよ」

　バートが言うと、カイエは納得の表情をする。

「さすがアーロンさんたちね」

「〈運送屋〉に拉致《らち》される酷《ひど》い目に遭ったんだから役に立ってほしい気持ちもあるけど……でも、やっぱり出番なんてないといい」

「ええ、私もそう思う」

　あのプログラムは、常識では考えられないDSKY《ディスキー》の誤入力を防ぐために実装したものだ。お守りや魔除けみたいなもので、忘れ去られているくらいでちょうどいい。

　そして、話にひと区切りついたとき。

「ねえ、バート。あなたはお祝いに行った方がいいんじゃない？」

　カイエは気を遣うようなふうに言った。

「うん、まあ、そうだけど……」

「行ってきたら？　私はここにいる。起き上がってうろうろしたら、また倒れて迷惑をかけそうだし」

「そういえば、なんでさっき、みんなから離れて計算室の外にいたんだ？」

疑問をぶつけると、カイエは照れくさそうに布団《ふとん》をつまむ。

「……管制室まで探しに行ってたのよ、あなたを」

と言ったカイエはサッと布団を被《かぶ》ると、手の先だけ出して、ひらひらと振る。

「どうぞ、行ってらっしゃい」

「ん、ああ……どうしようかな」

置いていくのは忍びないと思う反面、今は静かにひとりで眠っていてくれた方がいいかもとも思う。

どちらにするかバートが決めかねていると、窓の向こうから拍手の音が聞こえて、つづいてクラッカーが何発も打ち鳴らされた。

「なんだ？」

こんな場所で祝いの騒ぎが始まったのかと、バートはカーテンを開けて外を見る。

と、ひらりと風になびく、色あせた赤色の布が目に飛び込んできた。

「あれは……!?　カイエ、見て！」

「なあに？」

カイエは布団から顔を出して窓の外を見ると、目を丸くする。

「えっ、みんないる!?」

管制官たちが『フライ・ユー・トゥ・ザ・ムーン』と描かれた旗を広げている。拍手をしているのはブライアンや管制室のメンバー、ほかにも管制センターにいたスタッフが大挙してやってきている。缶ビールや蒸留酒を手にした者も多い。見回すと、ロケット発射センターから駆けつけたらしきミアやDルームの仲間もいる。その近くではジェニファーがテレビ撮影班を引き連れて、盛り上がる様子を撮影している。よく見ると、医務室を出て行った医者までいる。

バートは窓を開け放つ。騒がしい蝉時雨《せみしぐれ》や熱い空気とともに、大きな拍手や口笛が飛び込んでくる。ブライアンが出てこいと手招きする。

バートとカイエは困惑する。

「どうする……？　僕は出て行かないと、おさまりそうにない」

「あなたが行くなら、私も行く……」

「体調は？」

「もうだいぶ回復したし、駄目そうなら、ここに戻るわ」

「わかった。じゃあ……行こう」

ふたりで外に出ると、盛大な拍手と歓声で迎えられる。バートはすぐに管制官たちに腕をとられ、強引に輪の中に引きずり込まれ、ビールを浴びせられる。ブライアンは、邪魔して悪かったな、と言わんばかりに片眉《かたまゆ》を上げる。ミアにはいきなり脇腹を小突かれる。

「痛っ、何だよ」

ミアはカイエにチラリと目をやり、ふたりで何をしてたんだと言いたげな表情でバートを見る。

カイエは管制官に囲まれて、水やらビールやらをかけられている。さっきまで寝ていたのだからさすがにアルコールはまずいだろうと、バートはカイエを救出に向かう。

「みんな、待って。カイエは――」

「バート！　おめでとーっ」

逆にカイエからビールをかけられた。

「ぷわっ、カイエ……!?」

カイエは楽しげにアハハと笑う。そしてバートは管制官たちに「ガイド！」「ガイド！」ともみくちゃにされ、メガネがするりと落っこちる。

「あっ」

という間にメガネはカイエに踏まれて壊れた。

「ごめんなさいっ！」

この仕事を始めて、いったい何本目の犠牲だろう。

まあ、宇宙船やコンピューターが壊れるよりマシだ。

周りの熱気がすごくて、額や背中から汗が噴き出す。全身びしょ濡《ぬ》れだが、たまにはこういうのもいい。

ジェニファーが撮影班に向かって熱心に話す言葉が、バートの耳に届く。

「世の中のほとんどの人は、宇宙飛行士が宇宙船を操縦して月へ到達したと思うでしょう。それは正しくもあり、間違ってもいます。宇宙飛行士を安全無事に月へ送り届けることが、どれほどすばらしく、また、難しいのか。一週間の飛行のために、何十万人もの人びとが何年もかけてきた苦労と努力を、この放送で少しでもわかってもらえたらと私は考えます。さて、人類史上初の月面着陸まで、ミッションは残りふたつ。宇宙飛行士に注目するのはもちろん、両国の技術者や科学者にもぜひ目を向けてください」

ジェニファーの振りで、撮影班がテレビカメラをバートとカイエに向ける。ふたりでエッと顔を見合わせると、ブライアンがふたりの肩をバシッと叩《たた》き、ぐいと前に押し出す。

「『アーナック・ワン』、続行だ。ゴー！」

バートは旗を持たされて、カイエと並んでカメラの前に立つ。

まったく、こういうのは得意じゃないんだけど……でも、みんなの成果を誇らないといけない。バートはカメラに向かって堂々と胸を張り、カイエと声を揃《そろ》えて、高らかに宣言する。

「僕たちが宇宙飛行士を月に連れていきます！」

「私たちが宇宙飛行士を月に連れていきます！」

澄みきった青空の果てにある月を想い、バートは旗を天高く掲げた。

第八章　月に至る道

藍の瞳　Очи индиго

亜熱帯のニューマーセイルは九月になっても暑さが終わる気配はなく、土瀝青《アスファルト》のうえに陽炎《かげろう》がゆらめいている。

第四ミッションと最終ミッションの搭乗予定者はバスに乗り、碧く美しい海を横目に見ながら、ロケット発射センターに向かう。

打ち上げではない。月着陸船の完成審査に参加するためだ。

宇宙飛行士たちは全員が意気揚々としていて、移動時でも時間を無駄にせず、各々の担当する項目の勉強をする。

第三ミッションの成功は、有人月面着陸に向けて大きな弾みになった。アーロンたちは地球に帰還後、『フェニックス』から回収した月面の画像を世界に披露した。東西融和による平和の訪れと、月面着陸がまた一歩近づいたと、世界中の人びとはますます『サユース計画』に期待を寄せる。

第三ミッションが行われているあいだ、レフとイリナは管制室の外側にある観覧席に入り、少しだけ見学をした。レフとしては打ち上げから帰還までずっと見学をしていたかったけれど、訓練のスケジュール上、のんびりとしてはいられず、残念ながら後日に通信記録やデータで確認する形となった。

そのとき、管制センター内でバートやカイエの姿を見かけた。声をかけたかったが、ミッションの真っ只中に話しかけて邪魔になるといけないので、我慢した。

このふたりは、レフとイリナにとって特別な存在だ。

何年も前の二一世紀博覧会で出会ったとき、彼らのような熱い魂を持つ人たちが連合王国にいるならば、二国共同で月を目指すことも可能だと思えた。何より、彼らが月軌道ランデヴー方式をクラウス博士相手に提案し、認めさせていたからこそ、『サユース計画』は成立した。もし連合王国が地球軌道ランデヴー方式で進めていたら、今レフたちが見に行こうとしている月着陸船はこの世に存在しなかったはずだ。

バートたちとは会議の場で時折顔を合わせているが、互いに業務が忙しく、職場も違うので、ゆっくりと雑談をする時間はない。しかし、月へ出発するまでには語り合いたいと、レフもイリナも考えている。この先、一〇月の第四ミッションが成功すれば、一一月には最終シミュレーション段階となり、管制センターやアルビナール宇宙基地を含むすべての部署が参加する合同訓練がある。そのとき、訓練後に食事に誘うつもりだ。

と考えているものの、ゆっくり食事をするような時間が取れるかどうか、現時点ではまったくわからない。

本番が迫り、レフたちは絶え間ない訓練に取り組んでいる。

共和国から戻って以来、ずっと休みなしで過ごしてきた。

一日七時間を個々人に割り当てられたプログラムに費やし、それ以外の時間で、飛行計画や操作の手順を仲間と確認する。食事中もミッションについて話したり、マニュアルを読んだりする。月との往復に耐える身体《からだ》作りも欠かせない。それらに加えて、遠方の施設への移動や、メディア対応などの雑務が入ると、時間がいくらあっても足りない。

操縦技術以外にも、宇宙船の機械や構造を覚えねばならない。宇宙船は、信頼性が九九・九九九九パーセントを目標に高められたが、部品が何百万個もあれば、いくつかは不良品が混じっている。そのうちのひとつが壊れただけで大事故につながる可能性がある。修理をすれば助かる場合でも、宇宙に技術者はいないので、自分たちで対処する技能を身につけておくしかない。たとえば、第三ミッションでテレビの不調を直して生中継ができたのは知識があったからだ。

コンピューターも覚えることが山ほどある。ＤＳＫＹ《ディスキー》の入力自体は簡単で、プログラムを実行する順番もマニュアルがあるとはいえ、機械的にポチポチと押すだけでは月には着かない。管制センターと交信してデータの更新や数値の修正を繰り返し、的確に入力する。ＤＳＫＹの入力回数は、もともとは八〇〇回程度の予定だったが、『ＨＧＣ』の調整などの理由によって回数は増え、第三ミッションでは九〇〇回超の入力があった。

大変な業務だが、アーロンたちはミスなく乗り越えているのだから、レフたち最終ミッションの搭乗者はできて当然だ。

しかし、ミッションが進んで月面に近づくほど、覚える内容も増え、難易度も上がる。その結果、レフたちは息をつく暇《ひま》もないほどの訓練スケジュールが組まれた。

べつにレフは業務の多忙さについての不満はない。頭を抱えているのは、傍若無人なマスコミだ。

厳格に規制された共和国と違い、連合王国では突撃取材も頻繁に行われる。とくに最終ミッションの三名は世間の注目度が高いので、執拗《しつよう》に追い回される。たとえば、月面調査のためのフィールドワークを荒野でやっていたとき、どこから嗅《か》ぎつけたのか、無礼な記者たちが殺到して大騒ぎになり、訓練どころではなくなった。

レフは人びとが宇宙開発に興味を持ってくれるならばと、どんな取材でも笑顔で受けてきたが、本音を言えば訓練に集中したい。レフだけでなく、イリナもネイサンも過熱しすぎるメディアには辟易《へきえき》している。広報活動に重きを置くＡＮＳＡもさすがに考慮して、余計な取材はできるだけ排除した。しかし、メディアに最低限の露出はしなければならず、しょうがないと諦《あきら》めるしかなかった。

ただ、どれだけ疲れても、訓練を減らしたいと思ったり、嫌になったりはしない。知識や技術が身についている実感がある。それに、もし休みがあったとしても遊ぶ気持ちはさらさらない。空き時間があればクレーターのひとつでも覚える。頭や心の中心にはいつも宇宙と月があり、『サユース計画』はレフにとって人生そのものだと言えた。

この考えは、イリナも同様だとレフは感じている。

アニヴァル村で彼女と本音で話し合って以降、壁は作られなくなった。古城を出るとき、イリナは冬蔦《ブルーシ》の葉を一枚ちぎって持ち帰り、「村の伝統的なお守り」と言って、レフに栞《しおり》を作ってくれた。そして今、彼女は身を粉にして訓練に励んでいる。天敵である夏の暑さも、冷たくてふわふわのかき氷を一日に何回も食べて乗り越えた。

バスの隣の座席で勉強にいそしむイリナをレフは横目に窺《うかが》う。イリナはコンピューターの操作マニュアルを熱心に読んでいる。びっしりと書き込まれた右上がりの丸っこい文字は、彼女が宇宙飛行士を目指していた頃から変わらない。

イリナはレフの視線に気づき、ふっと振り向く。

「何？　ジロジロ見て」

「昔から字は変わらないなって思っただけ」

「そうやってすぐニヤニヤするのも、昔から変わらないわね」

「え、ニヤニヤしてた？」

イリナはフフッと笑みをこぼすと、再びマニュアルに目を落とす。邪魔をしてはいけないとレフは彼女から視線を戻し、月面着陸の勉強を再開する。

☽☽☽

ロケット発射センターに着いたレフたちは帽子と白衣を纏《まと》って、巨大な防塵室《ぼうじんしつ》に入室する。そして最終調整を行っている月着陸船を皆で取り囲む。

イリナは奇妙な物を見る目をする。

「レフはこの不思議な機械で、着陸するのね」

「ああ、本当におかしな形だよな」

レフは異様な形状の月着陸船をくまなく観察する。

角張った大きめの小屋からアンテナが飛び出し、折りたたみ式の四本脚が生えた外見は、突然変異した蜘蛛《くも》のようだ。全高は七メートル、幅は脚を開くと九メートルほどになり、船体は上下二段で構成されている。

上部の『上昇段』がレフとネイサンが乗る船室だ。制御卓《コンソール》に計器や『ＨＧＣ』が組み込まれ、通信機器や離陸用エンジン、制御・推進のための装置が搭載されている。極限まで軽量化された壁は非常に薄く、軽い衝撃で破れそうなぺらぺらの箇所もある。

下部の『下降段』は八角形の箱型で、着陸用エンジンや電力供給装置、そして脚型の着陸装置が搭載されている。表面は特殊な防熱素材で覆われ、金色に輝いている。

月面から帰還するときは、下降段を発射台にして、上昇段のみで月着陸船まで戻る。月着陸船は最終審査を終えると、脚を折りたたみ、頑丈な格納庫に入れられる。その状態で打ち上げられて月周回軌道に入り、宇宙飛行士の乗った宇宙船とランデヴー・ドッキングを行う。つまり、第三ミッションの『フェニックス』に当たるものが格納庫になる。

そしてドッキング完了後、格納庫から月着陸船が引っ張り出される。そのときにまず、月着陸船の機体に破損がないかを確認する。

そしてもう一点、確認事項がある。月面に降下する前に、着陸装置の四本脚が正常に展開できたかどうかを、目視で判断しなければいけない。これは有人宇宙船に残るイリナに与えられた役目だ。

イリナと予備搭乗員のオデットは、真剣な眼差《まなざ》しで着陸装置の脚を観察し、写真を撮る。

脚の先端には円形の接地部分――フットパッドがついていて、左右と後ろの脚には、接地を知らせる棒状の探針《プローブ》が伸びている。前側の脚には月面に降りるためのハシゴが取りつけられ、月面活動で使用する道具も収納されている。

イリナが機体のチェックをつづける傍《かたわ》らで、レフはまぶたを閉じて、月着陸船が月面に降下する光景を想像する。

宇宙空間を飛ぶためだけに作られた機体は、地球上では飛ばせない。だから、ヘリコプターに似た操縦感覚の『月面着陸試験機』で訓練をするしかない。墜落すれば命に関わる危険な機器で、レフは飛行訓練を何度も繰り返し、かなり操縦には慣れたものの、果たして、月着陸船とどの程度似ているのか不明だ。一部の職員からは「命を危険にさらしてまでやる価値があるのか?」と疑われている状態だが、やるしかなかった。

月着陸船の飛行データは、第四ミッションで宇宙飛行士が試乗してようやく判明する。しかしそれも月面から高度一五〇〇〇メートルで行われる試験で、降下と着陸はぶっつけ本番だ。また月の重力異常の影響も、机上の計算とは異なるだろう。

けれども、レフが挑む以前の問題として、月着陸船が第四ミッションでうまく飛ばなければミッション終了もあり得る。操縦不能にでもなれば死を覚悟しなければならない。

そのような心配ごとを第四ミッションの搭乗者が口にすると、月着陸船の開発主任は真っ向から否定する。

「大丈夫だ。宇宙空間でも飛行できる確信が、我々にはある。あとは操縦する者の腕にかかっている」

そして開発主任はレフに対し、力強く言う。

「離陸も必ずできる。安心してほしい」

じつのところ、離陸用エンジンは腐食しやすいせいで燃焼テストができず、使うときまで正常に動作するかわからないという、恐ろしい代物だった。

「俺はみなさんを信頼してます」

レフはしっかりと頷《うなず》く。

しかし、心の奥底には、べつの不安の種が落ちている。それは、地球上の誰ひとりとして判断できない最後の難関。

着陸予定地点『静かの海』の詳細な状態だ。

『静かの海』は第三ミッションで高精細な画像を手に入れ、アーロンの報告でも「着陸に適しているように見えた」と後押しされた。

ところがそれは、あくまでも高度一五〇〇〇メートルからの話だ。

大きなクレーターや山は画像で確認できても、地表の凹凸や岩石は判別できない。ではどうするかというと、レフが本番の降下時に、目で見て初めて知る。月着陸船はあらかじめ設定された座標に向かって自動で降下するが、そこにもし岩があった場合、今の科学技術ではリアルタイムで自動操縦のプログラムを変更できない。そこで、レフは操縦桿《そうじゅうかん》を握り、着陸できる場所を探して、自力で降りることになる。

また、『HGC』の自動操縦も、寸分違わずに目標地点に導いてくれるとは限らない。月面近くは重力異常などの不確定要素が多く、飛行経路や降下時間がずれる可能性を常に考える。想定との誤差を判断するには、月面の山やクレーターなどの目標物を頭に叩《たた》き込んでおくしかない。燃料に限りがある状態で、降下中に月面図をじっくり見ている余裕はないのだ。もし誤差を確認したら、レフは手動での修正を試み、『HGC』と協力して月着陸船を月面に導く。

もし着陸に失敗すれば、世界中の人びとが注目する史上最大のショーは、死を看取《みと》る悲劇になる。

ミッションの成否はすべて、船長であるレフに懸かっている。優れた技能に加えて、柔軟性や判断力、そして度胸が問われる。その補助をしてくれるのが、月着陸船に同乗するネイサンだ。

月面への降下中、レフは基本的に窓の外を見つづけて操縦をするので、船内の計器や数値を確認できない。そこでネイサンが『ＨＧＣ』の動作を監視し、高度や速度、燃料の残量などのデータを読み上げ、レフはそれを聞きながら操縦の判断をする。

「――どうだ、レフ船長。自信のほどは」

レフが月着陸船を凝視していると、ネイサンに肩を叩かれた。

「九九・九九九九パーセントです」

「残りの〇・〇〇〇一は？」

「あなたがミスをする可能性ですよ」

ネイサンは鼻で笑う。

「そうだ。この世界に完璧は存在しない。ベースボールのスターでもエラーをするようにな」

彼とは訓練で四六時中そばにいるので、すっかり冗談や軽口を叩き合える仲になった。訓練の種類やスケジュールはミッションの担当によって異なる。月への着陸を担うレフとネイサンは『月着陸船シミュレーター』の狭苦しい空間にふたりで並んで立ち、一日に何時間も過ごすことが多かった。

一方、有人宇宙船の操縦士を務めるイリナは、訓練時間の半分を『司令船・ミッションシミュレーター』に費やす。

イリナの最大の役目は、月着陸船とのランデヴー及びドッキングだ。その手順が載っているチェックリストには難解な専門用語が羅列されていて、理解するだけでも骨が折れる。ほかに重要な役割として、月周回軌道投入などにおけるロケットエンジンの噴射がある。タイミングや数値はコンピューターが計算してくれるが、点火はイリナが手動で行う。もし誤れば、仲間もろとも宇宙で死亡する恐れがある。

そのほかにも、軌道修正のための星の位置合わせなどイリナの作業は山ほどあり、そのすべてにおいて、多種多様なトラブルに対応できる技能を身につける。たとえばドッキング装置を切り離すとき、機械の不調で上手《うま》くいかなければ、イリナが工具を使い、自力で切断する。

また、操縦士という役職ではあるが、雑務もたくさんある。宇宙飛行中、レフとネイサンは月面着陸のための準備で忙殺されるので、イリナが食事の用意や消耗品のチェック、テレビ放送の準備などをする。

このように別々に行う訓練が多いが、もちろん三人一緒に行うものもある。

『司令船・ミッションシミュレーター』では、非常事態ばかりを想定する。今となっては、訓練初日にネイサンに仕掛けられた火災事故も優しい歓迎だった。訓練担当技士は容赦なくトラブルを仕掛けてくる。月への飛行中に燃料が爆発、操縦不能になって月に激突、減速に失敗して宇宙の彼方《かなた》に飛んでいくミスなど、何度も何度も殺されて、精神的に追い詰められる。ネイサンでさえも堪《こた》えているようで、「不良品の船を飛ばすな」とうんざりする。しかし命を失わないためにも、事故を回避する手段を身体《からだ》で覚えるしかない。

月面への最短ルートなどはない。毎日ひたすら訓練と勉強をこなし、知識と経験を積み上げ、三人が互いに協力して、宇宙飛行をする。

月への道中、レフはできるかぎりイリナを補助するつもりだが、どうしても手伝えない時間帯がある。レフとネイサンが月着陸船に乗ったあとは、イリナはたったひとり船に残り、月周回軌道を回ることになる。二時間に一度は月の裏側に入り、地球との通信が途絶える。そこで何かトラブルが起きれば、イリナはたったひとりで対応しなければいけない。また、月から帰還するレフとネイサンを迎え入れるのも、彼女ひとりだ。

それについて以前、ネイサンが気に懸けたところ、イリナは昂然《こうぜん》とこう言い切った。

「──あなたたちに迷惑はかけない。すべて完璧に習得し、実行する。それより、あなたたちこそ月面着陸に集中しなさい。途中で失敗して戻ってきても、船の中にいれてあげないからね」と。

彼女のこういう発言はレフは慣れたものだけれど、ネイサンは少々面食らったようだった。

しかしイリナは強気になれるだけの技能を身につけたのも事実だ。彼女の訓練に同行しているオデットも、「技術を磨いていけば最終ミッションに絶対に間に合う」と評価する。

そのオデットは最近、イリナに対して気になっている点があると言って、レフにこんなことを訊《たず》ねてきた。

「――第二ミッションのあと、共和国から戻ってきた直後から、イリナさんはすさまじい集中力を発揮して、覚醒《かくせい》したように技能を吸収するようになったんです。あちらでコツでも摑《つか》んできたんですか？　イリナさんに聞いても『何もない』と言うんですけど」と。

理由があるとしたら、アニヴァル村の古城での一件がきっかけだろう。けれども、血を舐《な》めたなどのやり取りをつまびらかにするのも憚《はばか》られるので、レフは「ANSAのペースに慣れただけじゃないかな？」と答えておいた。オデットは「そうなんですかねー？」と半信半疑だったが。

イリナの変化には、レフも気づいていた。以前から彼女は何事に対しても一生懸命だったけれど、ここ最近は並々ならぬ覚悟を感じる。それは彼女が種族の命運を背負っているからだ。アニヴァル村から帰るとき、村人たちの見送りを受けたあと、イリナは悲愴《ひそう》な表情でレフに言った。

「――私がもしミッション中にミスをして、私のせいで月面着陸を逃したとなれば……あるいは二国を代表する宇宙飛行士を死なせたとなれば、村の人たちは二度と谷の外には出られなくなる……ううん、それどころか殺される……」と。

　イリナ次第で、種族の未来が決まる。地球の歴史において呪われし種として永遠に忌避されるか、彼女が望む地球人としての第一歩を踏み出せるのか。すべては最終ミッションに懸かっている。


　月着陸船の審査を無事に終えると、宇宙飛行士たちはそれぞれの役割に見合った訓練場所に向かう。第四ミッションの者たちは、間近に迫る飛行への準備を。イリナはオデットと司令船のミッションシミュレーターへ。レフとネイサンは月面での船外活動の訓練をする。

　別れ際、レフはイリナに声をかけて、オデットに詮索《せんさく》された件を伝えた。するとイリナはじっとりとした視線をレフに向ける。

「お城のアレ、言ってないでしょうね」

「言うわけないだろ……」

　血を舐めたところで犯罪でも何でもないのだけれど、隔離地域で禁忌の行為をしてしまったという後ろめたさや倫理的な言いにくさがある。あの夜、古城から村に戻ったとき、レフの服にはいくらか血が付いていて、村人に疑惑の目を向けられた。レフは「暗くて転んだ」と嘘《うそ》を吐《つ》き、唇の傷を見せて納得してもらったものの、育ての親のエニュータは気づいたような顔をしていた。あの地から外に漏れることはまずないだろうが、もし連合王国のマスコミが知ったら間違いなく大騒ぎをするだろう。レフは連合王国の自由さはおおむね気に入ったけれど、自由すぎるメディアはどうにも苦手だった。そう感じるのは、情報統制された国で育ったからかもしれない。共和国の嘘《うそ》まみれの『真実』紙も大概だけれど。

いったい、史上初の有人月面着陸は、世界各地でどのように報道されるのだろうか。

などと考えていると、レフはイリナに脇腹をつんと突かれる。

「ねえレフ、今、何を考えてたのよ」

「ん？」

「思い出してた、なんてことないわよね……？」

「……なくはないかな」

イリナはムッとしつつ、ほんのり耳の先を赤くする。

「共和国風に言えば『初めからそんな行為はなかった』。いいわね」

「了解」

苦笑混じりに言うと、レフは下唇の消えない傷跡を舌でなぞった。

「ねー、おふたりさーん」

レフとイリナがひそひそ話しているのが気になるのか、オデットが小走りで近づいてくる。

「何を話してたんですか？」

「訓練についてだ」「訓練についてよ」

自然に声が揃《そろ》ったからか、オデットは素直に納得する。

「なるほど。ちょうどよかったです！　そろそろ訓練に出発する時間ですよ。ではイリナさん、わたしたちはシミュレーターに向かいましょう！」

「ええ、またねレフ」

「がんばって！」

オデットと一緒に歩いて行くイリナに手を振って見送ると、レフは気合いを入れる。

「よし、俺もやるぞ」

これから行う訓練は、月面での船外活動だ。

と、そのとき、イリナは月面には降りられないという事実が、レフの脳裏をかすめた。

しかし、それは決まっていることだ。

レフは去って行くイリナを振り向きかけて、耐える。『サユース計画』は二国の関わる国家事業なのだと、自分に言い聞かせる。そして、なかなか消化できない複雑な感情を腹に抱えたまま、前を向いて歩いて行く。

☽☽☽

有人宇宙船センター内に、月面探査の訓練をする施設が用意されている。着陸予定地点の画像をもとに作られた石膏《せっこう》模型の上に、月着陸船の原寸大装置模型《モックアップ》が設置されている。レフとネイサンは実際に宇宙服を着て、探査活動の練習をする。

ここでは月の重力は作り出せないため、月面歩行の訓練はべつの施設で行っている。そこでは六分の一の重力を再現するためにクレーンで吊り下げられる。改造飛行機の『嘔吐彗星《おうとすいせい》』で宇宙酔いに耐えながら、機内の壁を月面に見立てて歩いたりもした。

月面活動の訓練時間は、飛行シミュレーターに比べると少ない。『サユース計画』の最終目標はあくまでも月面着陸なので、目標達成後に行う探査はあまり重視されておらず、すべての訓練時間のうちの一割程度しか割り当てられていなかった。

職員や学者が見守る中、レフとネイサンは新型宇宙服を着る練習をする。月面探査用に開発された特殊な装備はこれまでの宇宙服の何倍も身につけることが難しく、ふたりで助け合って着替える。

最初に、プラスチック製のチューブが何百本も取り付けられた水冷下着を着る。月面での活動には光が必要なので、太陽光が当たっている時間帯を狙《ねら》うのだが、月には大気がないせいで、日中になると気温は一〇〇度を超える。その熱さから身を守るための大事な装備だ。

水冷下着の上に、素材が二〇層になった宇宙服を着て、ヘルメットやグローブを装着し、月面用のオーバーシューズを履く。

これだけでも動きにくいというのに、さらに上半身と同じくらいの大きさの生命維持装置を背負う。合計で九〇キログラムもあり、重力の小さい月面だから耐えられる重装備だ。

宇宙服は窮屈で、関節はあまり曲がらない。手袋は硬く、何をするにも力を使う。月面専用の道具を扱うには慣れが必要で、訓練を始めた頃、レフはハンマーを落として拾おうとしたところ転んでしまい、起き上がれずにじたばたして汗まみれになるという酷《ひど》い目に遭った。

「まったくもって大変だ……」

ため息交じりにレフがこぼすと、ネイサンは諦《あきら》めたような顔をする。

「着なければ生きていられないからな」

月の過酷さは、暑さだけではない。夜はマイナス一五〇度以下になり、有害な紫外線が直接降り注ぎ、微小隕石《いんせき》も飛んでくる。

地球上では不要な鎧《よろい》を身につけ、レフは自分がいかに異郷の地を目指しているのか、あらためて思い知らされる。

宇宙服を着終えると、ようやく訓練が始まる。隣部屋にいる職員がモニター越しに、レフとネイサンに指示を出す。

「着陸時のリハーサル開始！」

レフは重くて動きにくい宇宙服と格闘しながら、月着陸船の原寸大装置模型に向かう。本番ではハシゴでおりてくるが、前脚のフットパッドに乗ったところから始める。レフは機体に組み込まれた小型カメラのスイッチを入れ、月面に一歩を踏み出すときの撮影を開始する。

まずは見たままの感想を言う。

「月の表面は、細かい粒子に覆われています」

つぎに片足をフットパッドの外に出し、石膏《せっこう》製の月面に触れる。

訓練では口にしないが、月面に降りたときの第一声を期待されていると、レフはひしひしと感じる。ANSAには世界各国の人びとから「これを言って欲しい」と提案する手紙が届き、職員や記者も興味津々に訊《き》いてくる。

しかし、レフはまだ何を言うか決めていないので答えようがない。おそらく、降り立つ寸前まで決まらないだろう。この件に関して、広報の面から誰かが口出ししてくるかとレフは思い、ジェニファーに訊いたところ、両国政府は「偉大なる冒険の記録は、月に置かれた記念品と、地球帰還後の凱旋《がいせん》式典にて形作られるべきである」という考えらしく、宇宙飛行士の第一声は重視していないらしい。ただ経験上、共和国という国は表向きは体よくしておいて、裏で相手を出し抜くのが常套《じょうとう》手段だ。NWOの存在も含めて、レフは身構えておく。

石膏製の月面に降りたレフは、探査活動の準備をする。カメラや採集道具などが入っている収納箱を、着陸装置から取り出す。その後、ネイサンも加わり、訓練を開始する。

月面探査は、宇宙船の操縦に比べれば難しくはない。ただし環境が過酷なので活動時間に制限があり、月面にはわずか二時間四〇分しかいられない。この短い時間を、専門家たちが試行錯誤して考えた最良のスケジュールに沿って行動する。石や塵《ちり》の回収、実験機器の設置、写真の撮影は撮るものやアングルまで細かく決められている。これらを時間内にすべて終わらせられるように身体《からだ》に覚えさせる。

　このスケジュールの都合上、カメラで撮る役目はほとんどレフになった。月面専用のカメラにはファインダーがなく、高さが胸あたりに固定された特殊な仕様になっている。レフはカメラをネイサンに向ける。

「撮りますよ」

　ネイサンのヘルメットのバイザーに、カメラを構えるレフが映り込む。

　ネイサンは申し訳なさそうに言う。

「君の写真は全然撮れそうにないな」

「べつにいいですよ、観光旅行じゃないので。共和国の人たちは、映像で納得してくれるでしょう」

　映像撮影用のカメラはとても重く、月着陸船を軽量化したい技術者は搭載を拒否していたが、『サユース特別委員会』は偉業を映像で残すことは重要だとして、強引にねじ込んだ。

　これに関しては、レフはどちらにも言い分があると感じる。

　調査に無意味なものを載せたくない技術者の気持ちもわかるけれど、もし自分が一般市民だったら、絶対に映像で観たいと思うだろう。

　そして、これまでの月への挑戦を信じていない人たちに観てほしい気持ちもある。

　残念なことに「第三ミッションは捏造《ねつぞう》」「月の映像は特撮」と証拠もなく頭ごなしに非難する人びとがそれなりにいる。その人たちを無理やり納得させる必要はなく、レフも責める気はないけれど、命を懸けて挑戦してきた事実が伝わらないのは悔しい。また、非難の中には相変わらずイリナへの文句や誹謗《ひぼう》中傷も多い。この国で何度も耳にした「なぜ共和国の吸血鬼だ？　我々の税金を使うのか？」という苦情や、はたまた新血種族からは「イリナを外してオデットを乗せろ」という無茶な意見も出ている。そういう声は一部の人びとだとわかっていても悲しいし、イリナには聞かせたくない。

　それらの意見について、連合王国で生まれ育ったネイサンに言わせてみれば、「真実を無視した非難は好きではないが、非難のできない共和国の方が不健全に感じる」とのことだ。捉え方の違いかもしれないし、ネイサンの意見はもっともだと考えながらも、レフの心の奥には、どうしても飲み込めない悔しさが残ってしまう。

☽☽☽

月面活動の訓練が終わると夕食の時間になっていた。

レフとネイサンはいつもの構内の食堂ではなく、街にある高級レストランに向かう。訓練が忙しくて給料を使う暇《ひま》がないので、ときどき外で豪華な料理を食べることが数少ない楽しみだった。もっとも、食べているあいだもミッションについて話すので、傍から見たら純然たる気晴らしではないかもしれないが。

外食に行くときは道にくわしいネイサンが車を出してくれるので、レフはネイサンと有人宇宙船センターの駐車場に向かう。

すると。

「すみませ～ん」

突然、後ろから声をかけられた。

レフとネイサンが振り返ると、よれよれのシャツを着た中年男性が小走りで近づいてきて、薄汚れたハンカチで額の汗をぬぐう。どこから構内に入り込んできたのか、『アーナックニューズ』の新聞記者が張っていたようだ。非公式の突撃取材なので無視したいところだけれど、ANSAのメディア対応マニュアルに従い、車に乗るまでの数分間、歩きながら軽く相手をする。

記者は聞き飽きた質問をレフに投げてくる。「初めて月に降りたときの言葉は？」「連合王国についてどう思いますか？」などなど。レフは当たり障《さわ》りのない回答をして、笑顔で受け流す。

記者はしつこくレフに訊《き》いてくる。

「イリナさんが宇宙船の操縦士であるという点が批判されています。ご存じですか？」

「知ってます」

「どう思いますか?」

「問題ありません。彼女は批判を跳ね返すほどの努力をしています」

しばらくやり取りをつづけると、記者は標的をネイサンに移す。

「あなたは隣の彼につづいて、二番目に月へ降りることになります。その点はどう思っていますか?」

「どうもこうもない。与えられた任務をやるだけだ」

「体調はもう万全ですか?」

「確かめてみるか?」

ネイサンはたくましい力こぶを作ってニヤリとすると、触ってみろと言わんばかりに記者に見せつける。鍛え上げられた肉体は、休養を余儀なくされるほどの病を患《わずら》っていたとは思えない。四〇代後半という年齢からすると、すさまじい努力の賜物《たまもの》だろう。

ネイサンは『病気を乗り越えた中年の飛行士が月へ』という理由で世間から注目を集めているので、記者もそのあたりを突っ込み、苦労話や病に打ち勝つ方法を訊《たず》ねる。ネイサンはこれまでに何度も口にしてきた回答をつらつらと言う。

レフは隣で話を聞きながら、ふと引っかかる。なぜ、ネイサンは最終ミッションの搭乗者に立候補したのだろうか。以前ヴィクトール中将が推測したとおりならば、ＡＮＳＡの広報活動として、世間の情に訴えて人気を獲得するという理由で、立候補を要請されたということになる。

しかし、長いあいだネイサンの隣にいると、それは違うように感じる。確かに、ＡＮＳＡの広報部は彼の経歴を人気獲得に利用している節はあるが、レフの記憶にある限りでは、ネイサンが自分の意志で情に訴える発言をしたことはない。だからと言って、彼には月への憧《あこが》れのようなロマンチシズムはいっさい感じない。では、宇宙飛行士育成室の室長としての責任感から立候補したのか、はたまた名誉のためか……。

あれこれ考えているうちに、レフたちは車の前まで来た。そのとき、記者がイリナの名前を口にしたので、レフは耳をかたむける。

「おふたりを月面から迎える役目が吸血鬼という点はどうなのでしょうか。イリナさんは月の影響を受けないのですか？」

「影響とはなんですか？」

レフが訊ねると、記者は憎らしい感じに眉毛《まゆげ》をひょいとあげる。

「新血種族には『吸血鬼症候群《ノスフエラトウ・シンドローム》』という、血を求めて嚙《か》みつく病気があるでしょう。月に接近したらイリナさんも豹変《ひょうへん》しませんか？」

悪意のある質問に、レフは苛立《いらだ》ちを抑えて答える。

「それはどうでしょうね。俺にはわかりません」

「もしかしたら、吸血鬼始祖《オリジナルズ》の血を引く純血種ならば、月など関係なく吸血行為もあるのかもしれません。そうなのでしょうか？」

記者はぐいぐいと訊《き》いてくる。ひょっとして最初からこの質問をするつもりだったのではないか。『アーナックニューズ』は三流のゴシップ誌だとわかっていながらも、イリナが馬鹿にされている気がして、レフはやや感情的に言ってしまう。

「自分で調べたらどうですか」

「ええ、調べてますよ。儀式で山羊《やぎ》の血を吸うとか？　個人的には予備搭乗員のオデットさんも月へ近づけるのは危険ではないかと思いますねぇ〜」

「あなたは――」

レフが苛立《いらだ》ちを露《あら》わにすると、ネイサンがスッと身体《からだ》を前に入れて、低い声で記者に告げる。

「我々はチームだ。互いに信頼し合っている。以上だ。あとは広報部をとおしてくれ」

「ちょ、ちょっと。私はレフさんに質問を――」

「広報部をとおせ。いいな？」

ネイサンに鋭く睨《にら》まれた記者は一歩退《ひ》いて硬直する。そしてネイサンは何事もなかったかのように車の鍵《かぎ》を開け、レフに乗車を促す。レフは煽《あお》られて突っかかりそうになったことを反省し、助手席に乗り込む。

ネイサンは車を出す準備をしながら、厳しい口調でレフに言う。

「君は彼女のことになると、少々冷静さを欠くところがある」

「すみません……つい」

レフには反論の余地もない。昔サガレヴィッチ副長官に歯向かったときから成長がないと自分でも思う。

しょぼくれるレフを横目に、ネイサンは微笑を浮かべる。

「まあ、気にするな。搭乗者同士、仲が悪いよりは良い方がいいに決まっている」

車はゆっくりと走り出す。開いた窓から湿った夜風が入ってくる。ネイサンは運転をしながらレフに何気ない感じで言う。

「しかし悪いな、蜜月旅行《ハネムーン》の相手が私で」

「は？　えっ……!?　いきなり何を？」

「例の凱旋《がいせん》式典での宣言を見るからに、互いに大事な存在だとは理解しているが」

「ああ……あれは、その」

レフが動揺すると、ネイサンは前を向いたままフッと笑う。

「共和国に帰っているあいだに、何かあっただろう？」

「あ……」

予備搭乗員のオデットに疑われているくらいだから、同乗者のネイサンなら気づいて然《しか》るべきだ。

どう答えたものかと考えるレフに、ネイサンは淡々と話しかける。

「君たちがどういう関係だろうと、私は気にはしない。マスコミ連中や世間一般のように、愛憎劇に興味はない。ただ、月面着陸という目的を達成するために、誤解やすれ違いが生じる原因を極力なくしたいから訊《き》いただけだ」

嘘偽《うそいつわ》りではなく、ネイサンは本心からそう思っているとレフは感じる。訓練を重ねるうちに、レフはネイサンを信頼し、尊敬の念すら抱くようになっていた。宇宙飛行士として、ミハイルが親友ならば、ネイサンは軍の上官——ヴィクトール中将とはまた違う、年上の戦友といったところだ。先ほどの記者への対応や、こうして車に乗せてくれていることもそうだが、彼は常に共和国の宇宙飛行士にさりげなく気を配ってくれて、連合王国に来てから幾度となく助けられた。訓練だけではなく、私生活における文化や慣習の違いまで教えてくれた。そういう人物だからこそ、宇宙飛行士育成室の室長を務められるのだろう。

黙って運転をつづけるネイサンの横で、レフはあらためて考える。

同じ宇宙船に乗る仲間が関係を隠しているのは、彼にとって気持ちのいいものではない。またそれとは別に、ひとまわり以上も年上である彼に話を聞いてほしい気持ちがレフにはあった。月から帰還すれば、三人であちこちに引っ張り出され、マスコミに根掘り葉掘り訊かれるだろう。ときにはイリナとネイサンふたりだけが呼ばれることもあるはずだ。そういう場合、イリナが種族についてどう感じているのかということや、彼女が隠している本音を知っておいてもらえば、心ない人びとに責められたとき、ネイサンならば自然な形で守ってくれるに違いない。

レフは決意し、ネイサンに声をかける。

「すべて教えます。ただし、俺が話したと、イリナには言わないでください」

「了解、ふたりだけの秘密にする」

ネイサンはとくに表情を変えず、「少しドライブしよう」と言って、レストランとは逆側にハンドルを切る。

レフはもったいつけず、単刀直入に話す。

イリナは種族に関する悩みや迷いがあり、葛藤し、壁を作っていた。情けをかけられることを嫌うので、他人には明かさない。いつも強気でいるのは、仇である人間に対して弱みを見せたくないから。しかし故郷への帰省がきっかけで、解決に前進した。それが訓練に好影響を与えているのだろう、と。いろいろと教えるが、ただし、彼女の吸血行為だけは隠す。記者の言った『吸血鬼症候群』や月の影響という件については、イリナはこれまで人を襲ったことなどない、とだけ伝える。

ネイサンは深く頷《うなず》く。

「ありがとう。よくわかった」

それだけ言うと、口を閉ざした。

車内を沈黙が包み、エンジンの音だけが響く。開いた窓から入ってくる潮風が鼻腔《びくう》をくすぐる。車は湾岸の『宇宙への道』に入っている。

今ならば、さっき抱いた疑問を訊《たず》ねられそうだ。

「俺も訊《き》いてもいいですか」

「もちろん」

ネイサンは即答した。

では、とレフは訊ねる。

「あなたはなぜ、最終ミッションの搭乗者に立候補したんですか？　失礼かもしれないけど、月や宇宙に対しての憧《あこが》れがあるとも思えないし、名誉が欲しそうにも見えない」

「そのとおりだ」

「じゃあ、どうして？　室長の権限を使ったわけでしょう。職権濫用だと、少なからず非難も浴びたと思いますが……」

ネイサンはやや神妙な表情になる。

「私もここだけの話にしてほしい。とても個人的な理由だ」

「わかりました」

しばらくして、ネイサンは乾いた声で話し始める。

「まず、私が宇宙飛行士を志した理由は、戦争の延長だ。私はＡＮＳＡを宇宙軍と捉え、世界の自由を懸けて共和国と戦うつもりだった。しかし、私の自由は病に奪われた」

「それで、搭乗者失格になったと聞きました」

ネイサンの横顔に物悲しさが浮かぶ。

「入院をしている最中、宇宙飛行のニュースを聞くたびに、自分が情けなくなった。完治すれば再び宇宙を目指せる類いの病だったが、体調の悪さが相まって、精神が腐りかけた。神を憎んだ。なぜ私なんだと。仲間たちが見舞いに来てくれたが、それもつらかった」

言葉の端々から悔しさがにじみ出ていて、レフは何も返せず、黙って耳をかたむける。

「柄にもなく、病院の屋上に出て夜空を見上げた。そのとき、若き戦友と出会った」

ネイサンは車を路肩に停めると、財布から一枚の写真を取り出し、レフに渡す。

写真の中では、今よりも少し若いネイサンが、一〇歳くらいの少年の肩に手を回している。

ふたりとも病院着で顔色はよくない。しかし笑顔だ。

ネイサンは昔を思い出すように遠い目をして、ゆっくりとした口調で語る。

「満月はベースボールの球に似ている……あいつはそう言っていた。あいつの夢は、太陽の下でベースボールをやることで、あいつの英雄は、宇宙飛行士ではなく、ベースボールのスターだ。けっこう生意気なやつでな、『宇宙飛行士もまあまあ良いと思う。でもあんたはまだ宇宙に行ってないから、ただのおじさんだろ?』なんて言っていた。あいつは何度も手術をして、それでも治らないのにまったく悲観的ではなく、私は自分が恥ずかしくなった。だが、あいつは時折、寂しそうな顔をするんだ。強がっていたんだろうな。それで、私は退院するとき彼に誓った。宇宙飛行士になって月に立ってやると。それで彼の病が治るなんて奇跡はない。しかし、ただのおじさんでも奇跡を起こせると見せてやりたい」

「それで最終ミッションに自薦を……？」

「そうだ。退院した直後は、周囲からは事務職になれと勧められたが、はねのけた。そして、月へ降り立つ一番手になっても誰にも文句を言わせないために、訓練に励み、身体《からだ》を鍛えてきた。まあ、一番手は君になったわけだが、ただのおじさんから宇宙飛行士に昇格するには、二番手でも十分だ」

ネイサンはレフから写真を受け取ると、大切そうに財布に戻す。

「彼との約束は、誰にも話していない。ＡＮＳＡの上層部には『中年の男が病気から復活すれば、宣伝になって人気が獲得できる』と提案した。もし、私が自薦した理由が『赤の他人のためだった』と世間に知れ渡れば、批判も飛んでくるだろう。べつに、私は批判されてもいい。ただ、あいつが批判されたり、マスコミが騒ぎ立てたりすることだけは避けたい。だから、秘密にしてきた」

レフは微笑《ほほえ》み、頷《うなず》く。

「約束は守ります。誰にも言いません」

「では、この密約を『サユース協定』に加えよう」

ニヤリとするネイサンの拳《こぶし》にレフは軽く拳をぶつける。

ネイサンはフロントガラスの向こうに目をやり、遠くで輝いている月を指す。

「月にとっては、いい迷惑だ。ただの大きな岩石なのに、地球にくっついているせいで、夢や希望の対象にされてしまう」

「それを言うなら、俺やあなたもです。ただの人なのに、夢や希望の対象になってる」

ネイサンは自嘲《じちょう》する。

「私はそんな立派なものではない。しかし、誰かに勇気を与えられるなら、喜んで道化になるさ。中年の星として、『フェニックス』のごとく復活を果たそう。ところでレフ、君はなぜ月を目指す」

レフは胸に手を当て、しみじみとため息を吐《つ》き、答える。

「昔は夢でした。気づくと、それが人生になっていました」

「なるほど……」

ネイサンはしっかり受け止めるように頷くと、ハンドルに手を置く。

「では、全世界市民に悪夢と絶望を与えないように、極厚のステーキを食って力をつけよう」

「あなたのおごりで？」

「馬鹿を言うな。ふつうは船長がおごるものだぞ」

「ははっ、そのとおりだ」

車は走り出し、正面の月へと真っ直《ます》ぐつづくような道を進む。窓の外に目を向けると、暗く静かな海に月光が降り注ぎ、波間できらきらと流星群のように瞬《またた》く。

ネイサンはハンドルをとんとんと手で叩《たた》く。

「月着陸船も、車みたいに運転が楽なら良かったんだがな」

「俺に任せてください。乗りこなしてみせます」

「それでこそ船長だ」

満足そうにネイサンは笑うと、カーラジオをつける。解散が噂《うわさ》されているザ・ビーズの曲が流れ出す。「共和国人と宇宙に行こう♪」と陽気に歌っている。ＣＭやテレビ番組でも月や宇宙が特集され、世間の宇宙熱は高まる一方だ。

年末の最終ミッションまであと三か月。まずは一〇月に打ち上げが行われる第四ミッションが成功するように、レフはただ祈る。

有人月面着陸計画『サユース計画』、第四ミッション成功！

一九六九年一〇月二九日

一〇月一八日から二八日にかけて、『サユース計画』の第四ミッションが実施され、見事な成功を収めた。このミッションはリハーサルという位置づけで、月面着陸以外はすべて本番どおりに行われた。

希望や平和の花言葉を持つ共和国の有人宇宙船『マルガリトカ』と、船の形状が蜘蛛に似ていることから、蜘蛛になった女神の名を与えられた月着陸船『アラクネー』が月周回軌道でドッキングをしたあと、宇宙飛行士二名が『アラクネー』に移乗。点検を行い、異常なしと判断すると、『アラクネー』は切り離され、月への降下を開始した。『アラクネー』は月面上空一五〇〇〇メートルまで降下すると、極超音速で月を周回しながらエンジンを噴射し、一度上昇すると、ふたたび降下した。そして着陸用レーダーや通信機器などすべてのシステムを確認し、コンピューターによる自動操縦を検証した。さらに、第三ミッションにひきつづき、着陸予定地点『静かの海』を撮影し、重力異常の影響も記録した。

　その後、月面からの帰還を想定した動作を実施。

『アラクネー』は下降段――蜘蛛の胴体にあたる部分を切り離して宇宙空間に投棄すると、『マルガリトカ』とのランデヴーを開始。そのとき、宇宙飛行士の視界が真っ白になるほどの強烈な太陽光を受けるも、『アラクネー』は無重力状態ならではの上下逆さま飛行で太陽光を回避し、ドッキングを完了した。

　そして昨日、地球に帰還を果たし、第四ミッションは完全な勝利を収めた。

　ツィルニトラ共和国連邦とアーナック連合王国の共同事業である『サユース計画』は、ここまですばらしい結果を残してきた。

　残すは最終ミッションのみ。

　二国の宇宙飛行士たちが、史上初の有人月面着陸に挑む。

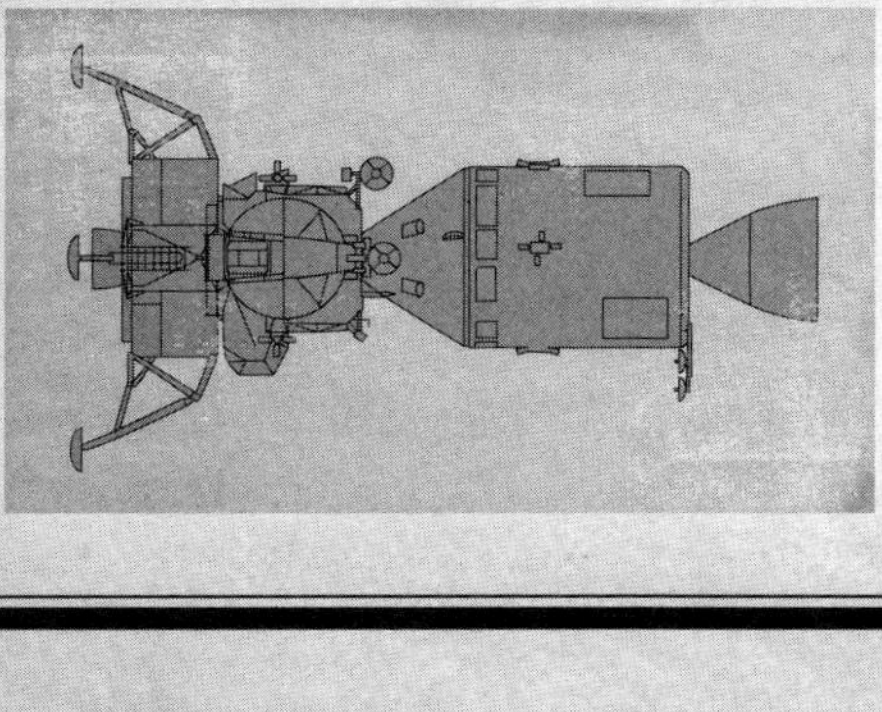

第九章　最終シミュレーション

藍の瞳　Очи индиго

汗の噴き出す暑さがつづいたニューマーセイルも一一月に入ると秋の風が吹き、過ごしやすくなる。それでもサングラードの八月と同じくらいの気温があり、イリナは「やっぱりライカ44の気候が最高」と懐かしんでいる。

第四ミッションでの各種試験は成功した。有用なデータは蓄積され、管制官も経験を積み、より安全で確実な飛行ができるようになった。三八万キロメートル先に浮かぶ月への道は、残り一五〇〇〇メートルのところまで築かれた。

最終ミッションは予定どおり、一二月に実施される。月面探査に最適な太陽光と温度が得られるタイミングは一か月に数えるほどしかなく、現在、専門家たちが話し合い、打ち上げ日と着陸時間を検討している。

最終ミッション用に編集された『ミッション・ルール』は各員に配られた。しかし未決定の部分もあり、打ち上げ直前までシミュレーションを重ね、より良いものへと書き換えられる想定だ。

搭乗者のレフたちは一一月末に共和国に渡り、打ち上げの準備に入る。それまでは、訓練施設の充実している連合王国で技能を極限まで高めていく。

これまでのミッションで、全行程のうちのほぼすべてのフェイズで、システムや計算の正しさは実証された。難易度の高かった月周回軌道でのランデヴー・ドッキングもミスなく成功しており、操縦士を務めるイリナも自信を持って臨める。

しかしまだ、全行程で飛び抜けて難しいフェイズの月面着陸が残っている。ただし、第四ミッションで攻略への足がかりはできた。

宇宙空間での動作が不明だった月着陸船は、試験飛行によって操縦性や安定感などさまざまなデータが獲得できた。試乗した宇宙飛行士によると、有人宇宙船センターのシミュレーターは非常によくできていて、さらに『月面着陸試験機』の操縦感覚は本物にかなり近く、水平の取り方や速度変化への対応はとても役立つと評価した。一部の職員からは存在価値すら疑われた『月面着陸試験機』だが、開発者は間違っていなかったと証明された。

ならばやらない手はないと、レフは予備搭乗員のステパンと共に猛特訓をする。


ハリケーンが通り抜けたあとの晴れ渡った秋空を、レフは不安定な『月面着陸試験機』でゆらゆらと飛ぶ。本番ではレフは月面の目視に集中し、ネイサンが速度や傾きなどの数値を読み上げてくれるが、この訓練機はひとり乗りなので、レフは外にも中にも気を配らなければならない。非常に難しいからこそ、この機体を完璧に乗りこなせば月面着陸にも対応できるはずだとレフは信じる。

地上ではステパンや職員たちが、レフを不安そうに見上げている。ハリケーンの名残で風がやや強く、機体が風に煽《あお》られて揺れる。

地上の心配をよそに、レフは飛行をつづけ、目の前に『静かの海』を想像する。常日頃、空き時間があれば『フェニックス』と『アラクネー』が撮ってきた月面の画像をくまなく見て、飛行経路にあるクレーターや大岩、山、谷などの目標物を脳に刻み込んできた。

突然、ビュウと強風が吹きつけた。

「っ！」

機体が大きく傾き、レフの心臓がドクンと鳴る。地上でステパンが「危ない！」と悲鳴を上げる。

だがレフは頭で考える前に身体《からだ》が反応していて、瞬時に機体を立て直して持ちこたえる。

そして、燃料がほぼ空っぽになるまで飛行し、ぎりぎりでの着地を試みる。本番で平坦な地が見つからず、月面を彷徨《さまよ》うことを想定した訓練だ。地球で焦るようでは、月では心が押し潰《つぶ》されて正常な判断ができなくなる。

はらはらとした表情のステパンや職員の近くに、レフはふわりと着陸する。

「レフ、危なかったぞ！」

駆け寄ってくるステパンに、レフは平然と返す。

「平気さ。どんな状況でも、自分の手足のように、自由に動かせないとね」

「でも落ちるかと思ったよ。怖くないのか」

「怖いよ。さっきの突風はびっくりした。身体中が冷や汗でべとべとだ」

レフが両手を広げてアハハと笑うと、職員たちも笑う。ステパンは大げさに肩をすくめて言う。

「まったく、お前は昔っから変わらないな」


レフが実機での訓練に力を入れる一方で、主にコンピューターを扱うネイサンはシミュレーターに時間を費やす。そして、レフはその訓練に途中から加わる。

月のデータが増えたおかげで、シミュレーターは以前よりも強化された。ディスプレイには着陸地点への詳細な進入経路が映し出され、新たに設定された異常な重力場では、機体が不安定になる。ただし、いくらデータが増えても、シミュレーターでの体験は現実ではない。すべては人類の手によって作られたものであり、本物の月面の荒れ具合もわからないので、レフはあくまでも参考程度に留めるべきだと判断している。そして当然、シミュレーターで常に満点の着陸ができなければ、本番など無理に決まっているとも考える。

その状況下、宇宙飛行士と訓練担当技士による激しい戦いが日夜繰り広げられる。訓練担当技士は、簡単には着陸させないために、ありとあらゆる手を使って妨害してくる。

シミュレーターのプログラムを操り、月着陸船の噴射ノズルに不具合が出た状況を作り出し、方向転換を不可能にする。

レフはそんなときでも焦らず、対処方法を探す。

「機体を傾けて、方向を変えます」

「了解」

ネイサンは同意し、即座に必要なデータを読み上げる。レフは操縦桿《そうじゅうかん》を操作し、機体の角度を変えて不具合を乗り切る。

ホバリング中に軌道制御ができなくなるトラブルを起こされれば、レフはそれに逆らう動きで対抗する。

もし対処に間違えば月面にぶつかるが、シミュレーションなので、何度失敗しても問題ない。失敗を活かし、生き延びる術を学び取ることが大事だ。

しかし、過剰なトラブルの連続には心が挟《えぐ》られ、不快感が溜《た》まる。何事にも動じない精神を鍛えているとはいえ、宇宙飛行士は機械ではない。だが、それでもレフとネイサンは文句を言わず、難問を乗り越えていく。すると訓練担当技士たちは意地になり、いくつもの故障を複合させて、手も足も出ない状態を作ってきた。

「こんなの無茶苦茶だ……！」

レフは何もできず、月面に激突した。もはや訓練ではなく、墜落させることが目的になっている。

ネイサンは我慢ならず、訓練担当技士に詰め寄る。

「難易度を高めるのは構わないが、限度がある。こんなめちゃくちゃな事故が起きる確率は、宝くじの一等が当たるよりもずっと低いだろう？」

訓練担当技士はやり過ぎたと気づき、愚行を反省する。

「申し訳ない……。シミュレーターの限界に挑んでしまった」

「こっちは時間がないんだ。ゲームではなく訓練をさせてくれ！」

そのひとことが訓練担当技士は気に入らなかったようで、ムッとなる。

「ゲームとは考えていない」

真剣だからこそぶつかりあうのだが、険悪な空気にはならないようにと、レフはすぐに仲裁に入る。

「ネイサン、人が想像できるトラブルはすべて起こり得る。宝くじだって誰かには当たる。そうでしょ？」

レフがにっこりと微笑をネイサンに向けると、ネイサンは苦笑まじりに頭を掻《か》く。

「ああ、レフ。君の言うとおりだな。私が宝くじに当たらないせいで、誤ったことを言ってしまった」

ネイサンは、訓練担当技士に謝り、握手を求める。

「私は最低金額しか当たったことがない。君は？」

訓練担当技士は申し訳なさそうに握手を返す。

「当選したお金で、車を買いました」

「よし、その運を私とレフにわけてくれ」

空気が和むと、レフは訓練担当技士に言う。

「さあ、もう一度やりましょう！　みなさん、なんでもやってください！」

宇宙飛行士の真価が問われるのは、想像できないようなトラブルへの対応だ。だから今は体験できることはすべて体験したいとレフは意気込み、技士もそれに応える。


一日の訓練を終えて有人宇宙船センターを出ると、空はすっかり深紫色になり、ちかちかと星が輝いている。身体《からだ》を鍛えるために自転車で通っているレフは、ニューマーセイルの街を走り抜け、緩《ゆる》やかな坂道をのぼり、丘陵地帯にある家に向かう。通い慣れたこの道も今月で見納めかと思うと、涼しい夜風と共に寂しさが身体に染みとおる。

家の前までやってきたレフは、ふと向かいに目をやる。庭先の揺り椅子《いす》にイリナが腰かけて、ノートを手にしたまま、ぼんやりと月を見上げている。

いつもなら家にこもって自習をしているのに珍しい。心なしか、元気がないように見える。

今日、イリナはレフたちから離れ、オデットと『司令船・ミッションシミュレーター』で訓練をしていた。そこで何かあったのだろうか。

レフが自転車を置きながら様子を窺《うかが》っていると、イリナはレフの帰宅に気づき、軽く手を振る。その表情にやはり元気がないので、気になってレフはイリナのところに小走りで向かう。

「――月着陸船の救出訓練をやってたら、疲れちゃったのよ」

そう言ったイリナは、自分が情けないとでもいう感じで、長い息を吐いた。

彼女の心情はレフもよく理解できる。仮にレフたちが月面着陸に成功した場合でも、重力が六分の一しかない月面から飛び立つ試験はできておらず、上空一五〇〇〇メートルを飛行するイリナのもとへ正しく帰れるかどうかは不明だった。

とはいえ、帰還の方が着陸よりはずっと簡単で、船内の機械が正常に動けば問題なく成功する、と考えられているけれど、あくまでも計算上の話だ。

もし着陸時に機体が大きく傾いたり、噴射装置が破損したりするような不時着であればどうなるのか？　それは、実際にその状態になるまではわからない。それとはべつに、着陸前にトラブルが発生してミッションを中断し、緊急帰還する場合もあり得る。

イリナは悩ましげに天を仰ぐ。

「もし、月着陸船がうまく上昇できずにおかしな方向へ行ってしまったら、私が追いかけて捉えるしかない」

月周回軌道に残るイリナが漂流する月着陸船を救出する方法は一八パターン考えられてい

る。そのすべてを、イリナはひとりで実行しなければならない。

「シミュレーターでは全部成功したわ。でも……」

イリナは言葉を止めて、ノートに目を落とす。

「どうした？　本番が怖いのか？」

「違うの。訓練担当技士にこんな質問をされた。あなたかネイサンのどちらかひとりしか助けられない状況に陥った場合はどうするのか？　私は答えられなかった。オデットも口をつぐんでしまったわ」

残酷な問いだ。しかし、そういう事態も想定しておかなければいけない。『ミッション・ルール』には、月面着陸が悲劇に終わった場合の対応もすべて記されている。月着陸船が月面から離陸不可能となったら「交信終了」という言葉を最後に、ミッションは終わる。そして宇宙飛行士の家族に各国の首長から電話でお悔やみと感謝が告げられる。世間に発表する哀悼文もすでに用意されている。『大いなる運命は、平和なる月で、安らかな眠りにつくことを選んだ』と。ひとりしか助けられないときのルールは存在しておらず、今までレフは考えたこともなかったけれど、地球にいるうちに決めておかなければいけない。

「なあ、イリナ……」

レフは揺り椅子《いす》の前にしゃがみ、彼女の瞳《ひとみ》を見て、優しく声をかける。

「万が一、そんな事態になっても、君が死ぬことは考えないで。そして助けるのは、俺じゃなくて、ネイサンだ」

　イリナは目をハッと見開いた。

「レフ……」

　レフは切々と語る。

「連合王国の宇宙飛行士を見殺しにして、共和国の宇宙飛行士が二名帰還するなんてありえない。それに俺は船長だ。船長は仲間を守る役目がある。月に降りる初めての人類という栄誉を手にするんだから、相応の覚悟はしている。宇宙で死ねるなら本望さ。その気持ちは、候補生の補欠だったときと変わらない」

　レフがイリナの手を握ると、イリナは硬く握り返し、レフを見つめる。

「わかった。あなたを犠牲にする」

「ああ、それでいい」

「でも私は、最後まで三人が生き残る方法を考える」

「当然だ。みんなで考えよう。俺もネイサンも、管制室にも心強い仲間がいる」

　イリナの手に力がこもる。

「私、絶対にあきらめない」

「うん。最悪の事態は想像しても、実際には、そんな悲劇は起きない。起こしちゃいけない。だから、恐ろしいことは頭の奥に押し込んで、すべて成功する未来を描こう」

「そうね。ありがとう」

イリナは頬《ほお》をほころばせると、ノートを胸に抱えて立ち上がる。

「本番が近づいてきて、疲れも溜《た》まって、少し弱ってたのかも」

レフも立ち上がり、イリナの頭を軽くぽんぽんと叩《たた》く。

「俺も同じだ。正直なところ、不安に陥る瞬間が何度もある。覚えることが多くて、全部やったんだろうか、間違って覚えていないかって……。でも俺たちは、何十万人という人たちの成果を月に送り届けるんだ。だから自信を持っていこう。ほら、強がるのは君の得意技だろ？」

イリナはフンと鼻を鳴らす。

「強がりじゃなくて、強いの」

赤い瞳《ひとみ》にいつもの情熱が戻って、レフは安心する。ミッションがすべて完了するまでは、訓練中も、飛行中も、きっと何度も恐怖に襲われるだろう。しかしそれに打ち勝ち、進んでいくしかない。

☽☽☽

訓練も打ち上げの準備も順調に進んでいたところへ、『サユース特別委員会』から思わぬ横やりが入った。

月面活動において、レフたちが知らないところで、『月面に三つの記念品を置いてくる任務』が追加されていた。これは一種の宣伝活動でもあるため、広報担当のジェニファーがレフ、イリナ、ネイサンの三人に伝えにきた。

有人宇宙船センターの小会議室で、ジェニファーは申し訳なさそうに頭を下げる。

「私にはいっさい拒否権はなくて……ごめんなさい」

上層部からかなりの圧力がかかったようだ。レフたちは啞然《あぜん》としつつも、まずは彼女の話を聞く。

三つの記念品の一つめは、一枚の小さな銘板で、月着陸船の脚部に取り付けられる。銘板には地球を西半球と東半球にわけた絵が描かれ、『一九六九年一二月、平和な地球から人類がやってきた』という意味の銘文が刻まれている。レフが月面に降りたときに銘板のカバーを外してお披露目《ひろめ》し、帰還時には脚部と一緒に月面に残される。

二つめは、直径三・八センチの半導体ディスク。サンダンシア女王を含む、世界各国の代表者たちのメッセージが記録されている。これをそのまま月面に置いてくる。

この二つに関しては、レフはとくに大きな問題は感じない。記念品としては妥当なもので、もともと、いくつかの記念品を月に置いてくる予定はスケジュールに組まれていたので、そこに追加された程度のことだ。

引っかかったのは三つめ。

両国の国旗を一本ずつ月面に突き立て、国旗掲揚式を行うという。しかも旗は一〇〇×一五〇センチメートルとかなり大きい。これにはレフもネイサンも素直には頷《うなず》けない。月面での船外活動は時間が限られていて、緻密《ちみつ》なスケジュールに沿って訓練を積んできた。それにもかかわらず、科学的な調査とは無関係な行事が強引に組み込まれた。

また、レフが問題に感じるのはスケジュールに関してだけではない。月に旗を立てる行為そのものに対する疑問だ。一九六七年に発行された宇宙条約では、『宇宙空間や天体の領有権はどの国も主張してはならない』とされているが、国旗の掲揚は、征服や支配と明言しないにしても、同等の意味を持つ。

もしかしたら、これはNWOの意思かもしれないとレフは推察する。月に国旗を並べて、二国の平等な力関係を世界に示す。領有権をわざわざ主張しなくても、月面に立つ科学力を持つ国はほかにはなく、世界中の人びとは夜空を見上げるたびに二国の存在を感じる。まさに見えない支配といったところだ。しかし、ジェニファーとネイサンの前でNWOの話をするわけにはいかないので、レフは黙って様子を見る。

ネイサンは呆《あき》れた様子でジェニファーに問う。

「女王陛下は、侵略的に見える行為は望んでいないんじゃないのか?」

「おそらくそうです。ただ、これは王室とは関係のない、両国政府間での決定なので……」

ネイサンは腕組みをして、不承不承《ふしょうぶしょう》といった感じで同意する。

「……まあ、宇宙船に載せてもらう我々が口を出せる話ではない。ミッションに組み込まれたら従う」

「助かります」

ジェニファーは心苦しそうにレフとイリナを見て、返事を窺《うかが》う。

レフは渋々頷く。ネイサンの言うとおり、ここで拒否してどうにかなる話ではない。ジェニファーを困らせるだけだ。

「俺は人類全体の到達にしたい気持ちは強いですけど、仕方ないでしょう」

イリナも納得を示す。

「私も了解。上の人間は余計なことばかりするってさんざん味わったし、今さらよ」

ジェニファーはホッと安堵《あんど》を浮かべる。

「ありがとうございます。では最後に私の考えを伝えさせてください。物品は記録としては残っても、後世まで語られるのは挑戦と勇気。私はＡＮＳＡの顔として、あなたたちの偉業を主張していきます」

ジェニファーは両手を広げると得意満面に微笑《ほほえ》み、会議室を出て行った。

ネイサンは立ち上がり、気持ちを切り替えるようにパンと手を叩《たた》く。

「こんな通達は想定内だ。さあ訓練に戻ろう」

そう言って、すたすたと部屋を出る。

レフはネイサンについて行かずに、少し考える。ＮＷＯの存在について、ネイサンには言わないつもりだったが、こういう影響が出てくるなら明かした方がいいのかもしれない。

どうすべきかイリナに訊《たず》ねると、すぐに返答される。

「言わない方がいいんじゃない？」

「どうして？」

「ＮＷＯの仕業って確証はないし、それに、もしネイサンに言ったら、サンダンシア女王にも言いたくなる。カイエさんやバートさんにも伝えたくなる。キリがないわ」

もっともな意見にレフは頷《うなず》く。

「そうだな……。教えてもいいことはなさそうだ」

ついさっき、ネイサンは職分を超えることはしないと暗に表明していた。そんな彼に、手出しができない権力者層の情報を教えれば、不快な気持ちにさせるだろう。同時に、共和国という国家に不信感を抱かせてしまうかもしれない。それは得策ではない。

部屋を出たネイサンが戻ってきて「何を話している？」と顔を覗《のぞ》かせた。

レフは咄嗟《とっさ》に言い訳をする。

「国旗を立てようとしても、月の地面が固くて刺さらない可能性について、イリナと話してました」

「そう、旗がポキッと折れちゃうかもって」

イリナはレフに合わせた。すると、ふたりの話を聞いたネイサンはニヤリとする。

「たとえ立てられても、月着陸船が離陸するときのエンジン噴射で吹き飛ぶだろう」

フフッとイリナは笑みをこぼす。

「そのあと強烈な太陽光に照らされて、真っ白に色落ちして、劣化して粉々になるわ」

三人は一瞬黙り、互いに顔を見合わせると、プッと吹き出す。

レフは笑いたくなる気持ちを抑えて言う。

「今の話は秘密で」

「了解」とふたりは声を合わせ、ここに密約を結ぶ。

上にどういう者たちがいて、そこにどういう野望や意思があろうと、自分たちの成すべきことは変わらない。偉業の達成を楽しみにしている人びとの期待に応えて、明日への活力や未来への希望をもたらす。それがこの壮大なミッションにおける、宇宙飛行士の役目だ。

☽☽☽

第四ミッション終了から二週間が経過した一一月一二日。クラウス博士、ブライアン、ヴォルコフ所長らの責任者や専門家たちが集まり、最終ミッションの日時を決める会議が開かれ、ついに最終ミッションの打ち上げ日が確定した。

月着陸船の打ち上げは一二月一八日、有人宇宙船の打ち上げは一二月二一日、そして月面着陸は一二月二五日となった。

現場の準備も着々と進む。何百人もの技術者が関わる機器類の審査は終わり、両国のロケット発射基地では打ち上げへの作業が進行する。管制に関わる者たちは、シミュレーションで精度を高める。通信機器やシステムは、これまでのミッションの成果を反映し、修正される。

そして、宇宙飛行士たちも最終準備に入る。

レフは月の地形を完全に暗記し、『月面着陸試験機』の操縦も身体《からだ》に覚えさせた。イリナもネイサンも抜かりなく、三人でのシミュレーター訓練も完璧に仕上がる。訓練担当技士の繰り出す危機も、乗り越える技術とチームワークを身につけた。

また、すべての判断の指針である『ミッション・ルール』は、第四ミッションで使用されたものを更新する。その膨大なルールの中で、今回が初めての実施となる月面着陸のフェイズだけはまだ詳細が決まっておらず、間もなく始まる最終シミュレーションを行いながら決める予定だと、レフは連絡を受けた。

レフはここに、ひとつの懸念がある。

これから決めるルールが多くとも、『ミッション続行の判断』については、ほかのフェイズと同様、管制室が決めるというルールがそのまま適用されるだろう。ルールはすべてにおいて優先され、絶対的な力を持つ。そしてそれは、ミッションを遂行する上で正しい。

しかしレフは、着陸に関する部分だけは、この方針に対して、言い知れぬ不安を抱いていた。

その不安は明確な言葉にならないまま、最終ミッションは最後の期間に突入する。

☽☽☽

一一月も後半に入ると、全世界の街は年末に向けて賑《にぎ》わい始める。

しかし『サユース計画』の関係者たちは浮かれることなく、本番に向けて準備を急ぐ。

両国の管制センター、宇宙飛行士、発射基地、そして世界各地の地上局などを含む関係者全員で、打ち上げ前の宇宙飛行士の体調管理から帰還後まで含むすべての手順を、通常飛行だけでなく緊急事態も合わせて徹底的に確認する。関係者たちは連続するミッションと更新のつづく作業で疲労困憊《こんぱい》だが、歴史に残る大一番がすぐそこに見えているので士気は高い。

最終ミッションの打ち上げまで、あと一か月。

地球上の本拠地となるニューマーセイルの有人宇宙船センターでは、各セクションが参加する最終シミュレーションが順調に進行している。

レフ、イリナ、ネイサンは『司令船・ミッションシミュレーター』に入り、システムや手順を確認しながら、飛行中に実際に行うように管制室と交信し、すり合わせていく。

イリナは訓練の成果を遺憾なく発揮して、操縦士の役割をミスなく適切にこなし、月周回軌道上でのランデヴーとドッキングも一発で完了した。

「はい、成功っ」

レフはイリナの成功がただうれしくて、シミュレーター内で褒《ほ》め称《たた》える。

「いい感じだったぞ、イリナ！」

イリナは喜びを嚙《か》み殺すような顔で、冷静に対応する。

「ありがとう、船長。当然だけどね」

この『サユース計画』が始まったとき、イリナの能力は不安視されていた。宇宙開発初期にキャビンで飛行しただけの吸血鬼というレッテルが貼られて、ＡＮＳＡの内外から多くの批判が寄せられた。味方など、ほとんどいなかった。しかし彼女は負けずに立ち向かい、今回の成功で、少なくとも関係者の不安は吹き飛ばした。

つづいて、月面への降下と着陸のフェイズに突入する。レフとネイサンの出番だ。イリナを残して、ふたりで月着陸船のシミュレーターに入る。

「あなたたち、まさか、失敗しないわよね？」

すっかり余裕が生まれたイリナに、レフは笑顔で返す。

「失敗したら、極厚のステーキをみんなにおごるよ」

そして、シミュレーションが開始する。レフとネイサンは厳しい訓練で培った技術を用いて操縦し、月面着陸に見事に導く。べつに、喜ぶことではない。先ほどのイリナ同様、シミュレーターではできて当然。もし今の段階で失敗しようものなら、責任者会議になる。

この最終シミュレーションでの確認事項は、関係者のすべてが、あらゆる状況に対して的確に対応できるように準備を整え、心構えを固めることだ。

その中のひとつとして、誰もが望まない展開である『中断』——言い換えればミッション終了がある。

ビ——！

シミュレーター内に、主警報装置のブザーがけたたましく鳴り響く。DSKY《ディスキー》の警告ランプがビカビカと黄色く光り、『HGC』の異常発生を知らせる。

「ネイサン、エラーコードの照会を」

「了解」

ネイサンがDSKYを使って手早くエラーコードを確認すると、ディスプレイに数字が表示される。ふたりとも、その数字が何を意味しているのかわからない。しかしそれで問題はない。

「ニューマーセイル、エラーコード『一〇〇一』の意味を教えてほしい」

レフが管制室に問い合わせると、キャプコムを務めるアーロンから返事がある。

《すぐに調べる。異常がなければそのまま飛行を》

しばらくすると、管制室から調査結果が届き、アーロンの指示に従って警告を解除する。

警告の種類は一〇〇個近くあり、その中には即中断になるような致命的なエラーもあるのだが、エラーコードの詳細と対処方法は管制室が把握しているので、レフは覚えなくてもよかった。覚えた方が良いのは間違いないけれど、宇宙飛行士は覚えるものが多すぎるため、管制室に頼れるところは頼るという取捨選択をしている。

その後、月着陸船は月面付近まで降下していき——

ビ————！

今度はべつのエラーコードが出た。同じ流れで、管制室に問い合わせる。

《エンジン系統の異常だ。ミッションは『中断』。繰り返す。『中断』》

本番で一番聞きたくない言葉だ。この指示が出てしまうと人命が優先され、レフは【ＡＢＯＲＴ《中断》】を押し、速やかにイリナの待つ宇宙船まで帰還しなければならない。

「シミュレーションとはいえ、気が滅入《めい》るな……」

レフはため息交じりに、目の前まで迫っている月面を見ながら、【ＡＢＯＲＴ】を押そうと手を伸ばす。

するとネイサンがボソッとこぼす。

「何のエラーかわからないが、エンジン系統の数値は正常だぞ。シミュレーターが不調なのか？」

「！」

胸にあった不安の種が破裂し、レフは全身が締め上げられるような恐怖に襲われた。

もし、これが本番だったらどうなる。

数値は正常で、着陸できそうだというのに、月から遠く離れた管制室の判断で終わりになる。その状況を想像するだけで、宇宙の闇《やみ》に放り出されたような絶望に包まれる。

「レフ、早く押せ」

ネイサンに肘《ひじ》で小突かれて、レフは我に返る。

「あ、ああ……」

レフは【ＡＢＯＲＴ】を押す。ミッションは中止となり、月着陸船は着陸装置の付いた下降段を捨てて、月から離れていく。背中から冷や汗が噴き出す。今のうちにルールを変えておかねば、現実になりかねない。

現場の判断を待たずにミッションが終わるという、最悪の事態が。


訓練の終了後、レフはシミュレーターを飛び出すと、ひとりで管制室に駆け込む。直談判の相手は、ミッション責任者の席に腰かけるブライアン。

開口一番、レフはルールの変更を提案する。

「船長として話をしにきました。月面着陸のフェイズだけは例外的に、ミッション続行の可否を宇宙飛行士にも委ねてください」

「なんだと？」

ブライアンは眉間《みけん》に皺《しわ》を寄せる。レフの唐突な申し出に、周囲の管制官たちもざわめく。

レフは必死にブライアンを説く。

「誤解しないでください。俺は、管制チームを信頼しています。ですが、ここと月とは三八万キロメートルも離れていて、判断は数値が頼りとなり、交信には往復で三秒弱の遅れが生じます。それに比べて、俺とネイサンは月の真上にいて、この目で月面を見ています。そのとき、俺が着陸できそうだと感じていても、管制室から『中断』と指示されたら、着陸を諦《あきら》めなければならない。それは避けたいんです。もちろん無茶な着陸はしません。致命的な警告が出ていたり、機器に明らかな異常が確認されたりした場合は、速やかに指示に従い、ミッションを中止します」

「なるほど……君の意見は理解できる」

ブライアンは完全には納得できない様子で、腕組みをして考え込む。

レフは周囲の管制官にも訴える。

「たとえば、誤判断が起き得るときは、こういう場合が考えられます。通信障害が起きていて、データが正しく地球に伝わっていない、警報装置自体の故障……ほかにもいろいろあるでしょう。それで月への挑戦が終わってしまったら、死んでも死にきれません」

黙って聞いていたアーロンが口を開く。

「レフ、ひとつ訊《き》きたい」

「はい」

「率直に言ってしまえば、君がここで許可を得なくても、管制室の指示は無視して操縦はつづけられる。それはわかっているよな？」

レフは深く頷《うなず》く。

「ええ、正直にいえば、それでもいいかと考えました。でも、それは避けたかった。だって、そういう思いを隠して月に向かうのは、管制チームへの裏切りでしょう。ルールを無視して着陸したって、心から喜べません。俺は、みんなが納得いく形でミッションを達成したいんです」

「俺は君に賛成する」

アーロンは即答し、ブライアンと向き合う。

「宇宙飛行士の立場で考えたとき、レフの意見は極めて正しいと感じます。地球から見る月と、間近で見る月はまったく表情が違います」

つづいて、最前列の席にいたバートが立ち上がり、ブライアンに真剣に訴える。

「僕も賛成します。逆のケースとして、こちらがミッション続行の判断をしても、向こうで中断したい場合も考えられます。なので、ルールは柔軟にしておくべきかと思います」

黙って聞いていたブライアンは管制室の面々を見渡し、ひとりひとりの表情を確認すると立ち上がる。そしてゆっくりとレフに歩み寄り、正面から見据える。

「我々は人命を最優先する。無謀な着陸はしないと約束をしてくれるか」

「はい。俺も月に接吻《せっぷん》をするつもりはありません。危険を感じれば引き上げます」

「了解した。月面着陸のフェイズに限り、続行と中止の判断は双方にあると、『ミッション・ルール』に記す」

ブライアンはレフに手を差し出す。

「我々は宇宙飛行士を信じる」

レフはその手を握り、心からの感謝を告げる。

「あなたたちがいるから、宇宙飛行士は挑戦ができます。みなさんの思いを、必ず届けます」


続行と中断を含むすべてのルールについてレフは確認作業を終えると、管制室を出る前にバートに声をかける。

「さっきは賛成してくれて、ありがとうございます」

バートはやや恐縮気味に姿勢を正す。

「いえ、本当に正しいと思ったので」

「ところで、近々もし時間があれば、一緒に食事しませんか？　共和国に渡る前に、あなたとカイエさんをぜひ自宅に招待したいと、イリナと話してまして」

バートは目を丸くして、前のめりになる。

「え、よろこんで！　カイエと時間を調整します！」

こんなに乗り気になってくれるとは、誘ってよかった。最終シミュレーションが終わったあとなららば多少は落ち着くだろうと、互いの都合を合わせることにした。

☽☽☽

共和国への渡航が間近に迫る中、有人宇宙船センターでの勤務を終えたバートとカイエが、レフとイリナの住む丘陵地帯にやってきた。

レフの家の庭先に出したテーブルに、街で買ってきたハンバーガーや海鮮スープなどの料理を適当に並べて、簡単な食事会をする。年中温暖なニューマーセイルも晩秋の夜ともなれば気温は下がり、料理はすぐに冷えてしまうけれど、星空の下で食べようと皆で決めた。

こういう会合ではいつも酒を飲むレフだが、打ち上げに向けて体調を整えるためと、このあとにも自習をする予定なので控える。バートもイリナもアルコールには弱く、カイエはひとりだけ飲んでも寂しいという理由から、全員が、檸檬《れもん》の輪切りを浮かべた炭酸水になった。レフ以外の三人も、帰宅後に最終ミッションに向けた勉強をするということで、本当に食事をするだけの短い時間を共有する。

レフが音頭を取り、グラスを月に掲げる。

「忙しいところ、集まってくれてありがとう！　それじゃ、最終ミッションの成功を祈願して、乾杯！」

「乾杯！」

四人の張りのある声が、美しい星空に木霊《こだま》する。

レフは炭酸水を一気に飲み干す。心が爽快《そうかい》になり、檸檬《れもん》の香りが一日の疲れを癒《い》やす。

「今夜はせわしないけど、目いっぱい飲み食いするのは、ミッション成功後にとっておくということで！」

バートはしみじみとした口調で語る。

「いやぁ……妄想でしかなかった共同での月面着陸が、もうすぐ実現するなんて……信じられません。ねえ、カイエ」

カイエは感慨深そうに頷《うなず》く。

「私たちが開発したコンピューターが宇宙船に載るのも、夢みたい。共和国のみなさんには信じてもらえないかもしれないですけど、昔は地下の片隅に追いやられていて、木箱に座ってコーヒーを飲んでいたんです」

今やミッションの要《かなめ》となっているコンピューターがそのような扱いだったとは、レフは本当に信じられない思いだ。もしかしたら、彼女が新血種族ということも酷《ひど》い扱いの一因かもしれない。

イリナは連合王国のふたりに羨望《せんぼう》の眼差《まなざ》しを向ける。

「私がひとりでも宇宙船を操縦できるのは、コンピューターのおかげ。そう思ってるのは、私だけじゃなくて、宇宙飛行士全員よ。そうでしょ、レフ」

「ああ、そのとおり。月着陸船だって、すべてを手動操縦でやれなんて言われたら絶対にできない。ところでバートさん、警告のエラーコードは管制室に頼る形になってしまうけど、よろしくお願いします」

レフがぺこりと頭を下げると、バートは頼もしく胸を張る。

「はい、どんなエラーでもすぐに回答できる態勢を取っておきます！　ついこの前にも、バグによるフリーズを回避するためのプログラムを追加したばかりなんです！」

バートは早口で熱弁を振るう。

宇宙飛行中に『ＨＧＣ』の処理機能を超えた場合、警告を鳴らして自動的に全プログラムを終了させて、そのときの優先度が高い処理のみを実行する——と説明してくれているようだが、レフにはその仕組みがわからない。イリナもポカンとしている。

するとカイエがバートの肩をそっと叩《たた》く。

「そのくらいで、いいんじゃないかな……？　私たちが把握していればいいんだし」

バートはアッと言葉を止め、苦笑いを浮かべる。

「す、すいません。つい……」

レフはいいえいえと手を振る。

「共和国には作れないコンピューターの性能は、心底すごいと感じてます。革命的な魔法の機械と話題ですよ」

惜しいのは、コローヴィンが現場に不在であることだ。もし指揮を執っていれば絶対にコンピューターに興味を持ち、彼らと共同で想像を超える開発を行ったはずだ。

そのときレフの胸に、ふたりにコローヴィンについて知ってほしいという気持ちがフッと芽生えた。

だが、その思いは即座に飲み込む。コローヴィンは国家機密なのだ。彼らが〈運送屋〉から妙な疑いを持たれないためにも、一時的な感情に流されて教えてはいけない。きっといつか、スラヴァ・コローヴィンという名を正式に明かせる日が来るはずだ。それまでは、内緒で名前を呼んでもらおうと、レフは密《ひそ》かに企んでいる。

「さあ、ご飯もどうぞ。好きなだけ食べてください」

レフが促すと、遠慮していたバートとカイエは食事に手を伸ばし、ぎこちなかった会話も次第に温まる。ミッションについてだけでなく、雑談も交わす。訓練と勉強ばかりの毎日だったので、レフは久々に息抜きができている実感を得る。バートとカイエに共和国の印象について訊《き》くと、自由のなさに驚いたようで、出張で働くのはいいけれど、完全な移住は難しいとバートは感想を答えた。そして逆に、連合王国はどうかとバートに訊かれたレフは、同じ感想かもしれないと言う。自由ですばらしいところも多いけれど、逆に自由すぎるところにときどき戸《と》惑《まど》ってしまう。

そんな話をしていると、すぐに終わりの時間も迫ってくる。すると、急にバートとカイエがもじもじし始めた。カイエがバートの耳もとで囁《ささや》き、頬《ほお》をポッと桃色に染める。なんだろうと、レフとイリナがホットドッグを手にしたまま顔を見合わせると、バートが意を決したように切り出す。

「おふたりに今日、話したいことがあって……。じつは僕たち、最終ミッションのあとに、結婚するんです……！」

「え！」「えええ⁉」

レフとイリナは同時に驚きの声を上げる。

気恥ずかしそうにバートは頭を掻《か》く。

「兄さん以外にはまだ秘密にしていて、これ、職務中は外しているんですけど……」

と、バートとカイエは、それぞれポケットから綺麗《きれい》な指輪を取り出して、指にはめる。それを見たイリナが胸の前で両手を組んで、花のような笑顔をパッと咲かせる。

「わぁ、素敵！」

指輪を見つめるイリナの表情に、レフは胸の奥がキュッとなる。日頃、首飾り以外の装飾品を身につけない彼女も、やはり契りの指輪は特別なものなのだ。

耳の先まで赤くなったカイエはテヘへとはにかむ。

「突然すみません。この機会を逃したらいつ言えるかわからないと思って……。ふたりで相談して、今日伝えようって」

レフはふたりにあらためて向き合う。

「いやぁ、おめでとうございます。発表したらすごい話題になりそうですね」

するとバートは少し顔を曇らせる。

「発表できれば、いいんですけど」

「ん……？　マスコミが騒ぐのが嫌だとか、そういう意味ですか？」

「いえ、まあ、それはそれで面倒ではあるんですけど、べつの理由で……」

バートはカイエと一瞬視線を交わすと、口もとに憂いをにじませる。

「兄さんは喜んでくれたんです。でも、両親の許可を得てなくて。うちのファイフィールド家は古くからつづく名門の家系で、兄さんも名家の女性と結婚しました。だから、もしかしたら、新血種族のカイエは拒まれるかもしれなくて……」

カイエからは笑みが消えて、切なげに目を伏せる。

連合王国の歴史がそうさせるのかと、レフは暗澹《あんたん》たる気持ちになる。無論、家には家の事情があるのだろうから、外部の自分が単純に批判をするのはお門違いだ。そしてまた、これはイリナの悩みにも通じるものがあり、レフはイリナの顔をそっと窺《うかが》う。

するとイリナは肩をすくめて、カイエを励ますように声をかける。

「同じ地球人なんだからいいのにね」

「地球人？」

「そう。ここにいる四人ってみんな違うけど、宇宙から見たら同じでしょ？」

言われて、カイエはバートと目を合わせる。そしてフフッとふたりとも笑みをこぼすと、カイエはイリナに微笑《ほほえ》みを向ける。

「イリナさん、ありがとう」

「あ、違うの。今のはレフの受け売り」

三人から注目されたレフは、なんとなくこそばゆい。

「俺とイリナは同じだっていう話をしてただけです」

「へえ。ところで、そちらはどうなんですか？」

カイエに出し抜けに問われ、レフは首をかしげる。

「どうとは……？」

「すみません。私、おふたりはご結婚されるものだと思ってたので、予定とかあるのかなって……」

「ええと、それは……」

どう答えようか迷う。レフとしては、このふたりには将来について教えてもいいと思う。ただ、イリナの気持ちを尊重したい。

そう考えて、レフがイリナに目を向けると、イリナは目を合わせて、しっかりと頷《うなず》く。その真剣な表情を見て、レフは言っていいと判断し、バートとカイエに告げる。

「おめでたい報告を聞いたばかりで言いにくいんですけど、事情があって、俺たちは結婚はしません。でも、生涯を共にすると決めてます」

「あっ……。事情……そうなんですね」

気まずそうなカイエに、イリナは明るく声をかける。

「ごめんなさい、結婚しないというのは、私のわがままなの。事情っていうのは……ちょっと重い話なんだけど、聞いてくれる？　例の暴露本には載ってない、私の過去」

バートもカイエも、神妙な面持ちで頷《うなず》く。

イリナはひと呼吸置くと、同情はしてほしくないという気持ちを醸《かも》して、客観的に語る。彼女の故郷や両親が人間によって酷《ひど》い目に遭わされたこと。宇宙飛行という夢を叶えるために村を自ら出て、実験体として殺されかけたこと。人間の科学に頼ることは村への裏切りだと考え、一度も村に戻らなかったこと。

イリナの境遇を聞いているうちに、カイエは朱《あか》い瞳《ひとみ》に涙を溜《た》め、バートはそっと彼女の背中に触れる。もしかしたら、カイエは新血種族であるがゆえに、何かつらい過去があったのかもしれない。

イリナは淡々と話をつづける。

「私たちの種族——人間の呼び方で言えば吸血鬼は、人として扱われていないから、戸籍も国籍もない。人でも動物でもない、異端の生き物なの。でも私だけは、史上初の宇宙飛行士として世界に明かされたその日から、共和国籍を与えられた。政府が利用するために都合がいいという理由でね。その国籍は押しつけられたものだし、飾りに過ぎないと思って私は生きてきたけど、もしレフと結婚すれば、私は自分の意志で共和国民になることにほかならない。つまり、種族を虐《しいた》げた国に自ら属するという非道をしてしまう。それを私の心がどうしても拒絶してしまって、だから、結婚はできないとレフに言った……」

イリナは確認をするような表情で、レフを見る。レフが微笑を返すと、イリナは落ち着いた口調で話を再開する。

「共和国では、男女が生涯を共にすると決めたとき、結婚をしていないと不都合な点が多くある。たとえば、子どものこととか……。でも、それは当然なの。だって、結婚をすることが今の共和国の常識だから。きっと連合王国もそうだと思うし、私の故郷の村でも同じ。村では、契りを交わさないで同居する人はいない。それで、私とレフはどうしたらいいだろうと話していて、お互いに思ったことがあるの」

レフは会話を引き継ぎ、バートたちに理由を伝える。

「彼女とこの先、どういう関係性で生きていけばいいか迷いました。でも、べつに今のままでもいいんじゃないかって気づいたんです。俺とイリナは宇宙飛行士になってから、世界中を回ってきました。思い出してみると、各国で結婚の概念はいろいろ違って、時代や場所で変わっていくものじゃないかなって。だから、今まで生きてきた環境の常識に縛られる必要はないと考えたんです。イリナが嫌な思いをしてまで、国家に関係性を認めてもらわなくていい。今の常識は、未来には非常識になっているかもしれない。だから、制度上の結婚という契約はしないで、どこでどう暮らすか、人生は自分たちで決めようと話しました」

そして、これはバートたちに言うことではないので伏せるが、もし共和国政府から強制結婚を命じられたら、そのときはただでは従わずに、逆に上手《うま》く利用する方法を考えてやろうとイリナとあらかじめ相談している。

バートとカイエはグラスを手にしたまま、黙りこくってしまった。

レフは申し訳ない気持ちでふたりに声をかける。

「すみません。ふたりの結婚を教えてもらった日に話す内容ではなかったかもしれません。でも、あなたたちには曖昧《あいまい》に濁したくないと思ってしまって。誤解しないでください。俺たちは立場上、特殊なだけなので……」

イリナはやや慌てた様子でバートとカイエに言う。

「私、ふたりの結婚はちゃんとうれしいからね！　心からおめでとうって言いたいわ。ただ、私が面倒くさいこと考えちゃうだけだから、気にしないで。水を差してごめんなさい」

バートは首を横に振る。

「いいえ、謝らないでください。急に言われて、ただびっくりしただけです。僕はふたりが良いと思う形が一番だと思います」

カイエもうんうんと頷《うなず》く。

「私もバートと同じで、そういうふうに考えたことがなかったから、感心しながら聞いてました」

ふたりとも快く受け入れてくれた。レフはイリナと目を合わせて、ホッと息を吐く。

するとカイエはふと思いついたように言う。

「おふたりがそういう道を選ぶなら、同じように考える人たちも増えそうですね」

確かにそうかもしれないとレフは感じる。それと同時に、かつてリュドミラに告げられた言葉を思い出す。

——宇宙という新世界へ到達したあなたは、民衆を導く権利を手にしたの。革命を成功させれば英雄、失敗すれば反逆者。

革命を起こす気などは欠片《かけら》もない。しかし結果的に、月へ行くという偉業は人びとの注目を集めて、その後の生き方は、世界中の人びとに影響を与えるのかもしれない。

背負うものの重さを痛感する。だが、それはつまり、NWOという見えない存在よりも、自分の方が直接的な強い力を持つと言えるのではないだろうか。圧力に屈さずに、自分が道を誤らなければ、未来はより良い方向に進むと確信する。

そして、望む未来に進むためには、今が重要だ。

「まずは最終ミッションを成功させないと」

レフの言葉に皆は大きく頷《うなず》く。

「私は成功すると思ってるわ」

「僕も」

「私もです」

皆の声を受けて、レフは自信満々に宣言する。

「必ず月に着陸して、この惑星に帰還してみせる」

四人は同時に夜空を見上げる。闇《やみ》に浮かぶ大きな月は薄雲を纏《まと》い、不気味なほど美しい光を放ち、世界を照らしている。

イリナは月を見上げたまま言う。

「月に行ったあとも、有人宇宙飛行はつづくのかな」

バートは少し寂しげな表情で答える。

「中止になってしまった『プロジェクト・ハイペリオン』では、月面着陸後も探査をつづける予定でした。でも、その代わりになる計画の話は、今のところありません」

もともと、ずっと前から、有人探査の是非は問われていた。月への競争が終わり、宇宙飛行士が旗手としての役目を果たしたら、その先は無人機だけを作るようになってしまうのだろうか。

カイエの瞳《ひとみ》は月光を浴びてきらきら輝く。

「私は、いつか惑星クッキーの宇宙旅行ができたらいいなと……私たちが生きてるあいだは無理でも、その礎《いしずえ》を作りたいと考えてます」

レフはその言葉に強く同意する。

「俺もそう思います」

世界中の市民が有人宇宙飛行を求めつづければ、きっと継続できる。宇宙開発競争の副産物として、さまざまな道具が発明され、技術が進化した。それはＮＷＯが望む人類と科学の発展にもつながる。

その未来に導く役目こそ、自分の仕事だ。イリナとの関係性が人びとに影響を与えるくらいなら、宇宙開発への熱はそれ以上に伝わるはず。巨大な組織や各国の政府が上に立つこの地球で、そのもっと上にある宇宙について語り、人びとに宇宙開発の意義を訴えていく。

それはひとりでは無理だ。しかし、目の前に心強い仲間がいる。生まれも育ちもまったく違う四人だからこそ、より多くの人たちに影響を与えられる。二一世紀博覧会で出会ってから八年という月日が経ち、それぞれの立場も世界情勢も大きく変わったけれど、宇宙への想いだけは変わらない。

その想いを、これからも燃やしつづけられるように。

レフはグラスを手に取ると、バートたちににっこりと笑顔を向ける。

「共和国では、何度でも好きなだけ乾杯するんです。だから、もう一度、乾杯しませんか？今度は、最終ミッションの先にある未来に」

イリナも、バートも、カイエも、大きく頷《うなず》いてグラスを取る。

レフはグラスを星空に掲げて、声高らかに叫ぶ。

「宇宙開発の未来に、乾杯！」

「乾杯！」

地球の片隅から、宇宙の彼方《かなた》に向けてグラスを突き上げる。最終ミッションから帰ったあとも、何度も何度も集まって、新しい冒険やすばらしい発見を喜びあえるように乾杯をしよう。

四人それぞれがまだ見ぬ世界を想像し、それぞれ異なる光を宿した瞳《ひとみ》で夜空を見上げ、輝く星々に未来を願う。

願いだけでは終わらせない。願いを現実にするために、未知との戦いに挑む。

第一〇章　打ち上げ

藍の瞳　Очи индиго

二月一日、最終ミッションの搭乗予定者たちは、サングラード最寄りの空港に降り立つ。

この時期にもなると霜の精《マロース》はすっかり勢いづき、広大な大地は真っ白な雪に覆われている。

温暖だったニューマーセイルとはまるで違う氷点下の世界に、ネイサンやオデットはぶるりと身体《からだ》を震わせる。レフは慣れているとはいえ、寒いものは寒い。

ただひとり、イリナは活き活きしていて、凍えるレフたちをにんまりとした顔で見る。

「はぁー、快適。このくらいがちょうどいいわ。そうだ、みんな、共和国名物のアイスクリームでも食べたらいかが？」

「イリナさんのお勧めなら食べます！」

オデットが意気込むとイリナは焦って否定する。

「待って。冗談よ。身体を壊すと大変でしょ……」

そのとおりで、打ち上げ前の大事な期間に風邪を引いたら一大事だ。やるべきことはたくさんある。

このあと、レフたちはサングラードの城塞区画《ネグリン》に立ち寄り、政府上層部への挨拶《あいさつ》や、報道対応などの諸業務を行う。そして一泊してから、アルビナール宇宙基地へ移動する。

共和国の街に興味津々なオデットはイリナに小声で問う。

「余計な行動は取らない方が良いんですよね？」

「そうよ、捕まりたくなければね」

とイリナが目を向けた先には、早くも〈運送屋〉が迎えに来ている。


空港のロビーで二国の手旗を手にした市民から歓迎を受けたレフたちは、バスに乗ってサングラード市内に入る。

街のあちこちに月面着陸を宣伝するポスターが貼られていて、雑誌の表紙にはレフたち宇宙飛行士が大きく載っている。最終ミッションを目前にして盛り上がる街中で、とくに大きく変わったとレフが感じる点は、市民たちが連合王国製のコーラを求めて列を作っていることだ。これまでならば排斥されていたものが公然と売られている景色を目の当たりにして、レフは違う国に来たような気持ちになる。この変化は、第二ミッション終了後に開かれた首脳会談の成果で、連合王国でも共和国の製品が買えるようになっている。両国間の壁が取り払われたことを良く思う一方で、レフは心の隙間に冷気が吹き込むような、薄ら寒い感覚を抱く。

これから、この変化をもたらした傀儡《かいらい》の首脳に、月に向かう挨拶をするのだ。

レフたちは城塞区画《ネグリン》の閣僚会議館に足を運び、国家の上層部が集う壮行会に参加する。正装をしたゲルギエフの傍《かたわ》らに、デミドフが影と一体化するように控えている。

政府公認の記者たちがカメラを向ける中、ゲルギエフは壇上にあがると、宇宙飛行士たちに向けて、朗々と挨拶《あいさつ》をする。

「祖国の平和を愛する考え、そして秀でた科学力が、東西二国による月への上陸を可能にしました——」

国家の威容を誇る内容はいつもどおり。挨拶文を書いた人物がリュドミラだろうとデミドフだろうと、中身は変わらない。これに対して、レフは形式どおりに受け答える。ネイサンやオデットたちは政府の委員たちから盛大な祝福を浴びる。

記録と宣伝のための壮行会は滞りなく、ごく短時間で終わった。

そしてレフが部屋をあとにしようとしたところ、音もなく忍び寄ってきたデミドフに、一枚の文書をすっと手渡される。

「月面に降りたとき、これを第一声にしてもらいたい」

やはりきたかと、レフは身構えながら文書を見る。

『この一歩は、東西の二大国にとって、偉大なる一歩となる』

月面での国旗掲揚と同じく、二国を押し出す方針は一貫している。レフとしては二大国ではなく人類全体の偉業としたいところだが、この場でデミドフに言っても、聞き入れられるわけがない。無駄な抵抗をして心証を損なうよりも、今は飼い犬のように従順でいるべきだ。

そこへ、つかつかとゲルギエフが歩み寄ってきて、レフの両肩をガシッと摑《つか》むと、腐った玉《たま》葱《ねぎ》のような瞳《ひとみ》でぎょろりと覗《のぞ》き込んでくる。

「よろしく頼むよ、同志レフ・レプス」

「承知しました、同志フョードル・ゲルギエフ」

レフは笑顔を作ってそう言った。


連合王国の宇宙飛行士たちが共和国のお偉方から歓待を受けているあいだに、レフとイリナは密《ひそ》かにコローヴィンの入院している病院に行く。勝手に抜け出すのではなく、レフは連合王国にいるうちに政府の上層部に連絡をして、「宇宙に行く前の最後の機会だから」と頼み込み、見舞いの許可を取っておいた。

国立軍科学病院に偽名で入院しているコローヴィンの病室に入ると、娘のクセニアと、ダーシャを抱きかかえたローザが和やかに談笑している。

ふたりはレフとイリナを見て、パッと顔を輝かせる。レフは事前に彼女たちにも連絡を取り、会えるなら病室で会おうと伝えていた。クセニアとローザは家が近く、家族が大変な目に遭ったという共通点もあり、互いに助け合っているとレフは聞いている。

ローザは目を細めてイリナに声をかける。

「お帰り……と言っても、すぐに行くんでしょ？」

「ええ、ゆっくりできるのは月から帰ってからね」

病院に滞在できる時間は一〇分ほどだ。このあとにはメディア対応や記念撮影など、予定が目いっぱい詰まっている。

ベッドに横たわっているコローヴィンの傍《かたわ》らにレフは跪《ひざまず》き、手をそっと握る。

「あなたの想いを継ぐ宇宙船は、見事に役目を果たしています」

声をかけても、反応はない。コローヴィンは骨と皮ばかりに痩《や》せこけて、指先まで萎《しお》れ、肌はかさかさに乾いていて、奇跡は起きそうにない。枕もとに立つイリナの表情には切なさが溢《あふ》れている。

クセニアはひょこっとレフを覗《のぞ》き込み、悲壮さを感じない早口で話しかける。

「お父さんを月に連れて行ってくれるの、ありがとね！」

「俺にできる精いっぱいのことをしたまでです。喜んでもらえるならうれしい」

ローザは眉《まゆ》をひそめて訝《いぶか》しむ。

「どういうこと？　まさかこの状態で乗せるわけじゃないでしょ？」

イリナが少しもったいぶって答える。

「レフがね、サユース計画の委員会と交渉したんだって。私たちの乗る宇宙船のコールサインを『スラヴァ』とするようにって」

「え、スラヴァ……って、チーフの名前でしょ？　機密を明かしていいの？」

当惑するローザに、レフは説明する。

「名前であると同時に、スラヴァは『栄光』という意味を持つ一般的な単語だ。だから、そっちの意味で使えば、チーフの正体は発覚しない……と委員を説得した。宇宙開発の真の立役者が、最後まで名前を呼ばれないなんて、そんな悲しい話はないからさ。管制センターの人たちや世界中のメディアは、知らず知らずのうちに、チーフの名前を呼ぶんだ。『今、スラヴァが月周回軌道に乗りました！』ってね」

理解したローザはフフッと愉《たの》しげな顔をする。

「チーフ本人に聞かせてあげたいわ。あ、でも、もしチーフが起きてたら、照れ臭そうに断りそうね」

イリナはコローヴィンの額に優しく手を当てる。

「あなたは夢の中で月まで飛んでいってね。月への乗車賃はそのまま置いておくから」

枕元に置かれた一九四三年の銅貨を、イリナはちょんと指先で触る。

長々と雑談をしていると時間がなくなるので、レフはここに来た目的をまずは果たそうと、ローザに訊《たず》ねる。

「月に持って行くものを預かっていいかな？」

「これをお願い。軽いから大丈夫よね？」

ミハイルが軍服に付けていた徽章《きしょう》をローザから預かる。搭乗者の三人は、個人的な物品を小袋に入れて宇宙船内に持ち込み、月面に置いてくることを許されていた。レフは特別なものを持ち込むつもりはなく、五歳のときに描いた月旅行の絵を置いてこようと考え、実家から郵送してもらった。イリナは月面に降りないのでレフが代理で持っていくのだが、小袋の中身は互いに教えないので、彼女が何を月面に置いていくのか、レフにはわからない。

クセニアに希望の物品を訊《たず》ねると、「スラヴァって名前だけで十分」と言った。

出発の時間が早々と近づき、レフたちは別れの挨拶《あいさつ》を交わす。ローザが抱きかかえるダーシャに、イリナは穏やかな口調で話しかける。

「月面着陸に成功したら、あなたが大きくなる頃には、自由に宇宙旅行ができるようになってるかもしれないわ。ちょっとだけ楽しみにしていてね」

幼いダーシャはまだ話は理解できないだろうけれど、ニコニコと甘えて、小さな手をイリナにのばす。イリナは愛《いと》おしそうに手を握り、まるで母親のような慈しみの笑みをにじませる。

その姿をレフは見ていると、自分の子どもは不幸になると嘆いた彼女の懸念を全力で払拭すべきではないかと感じる。宣伝に利用されそうになったり、メディアに騒がれたりしたら、身を挺《てい》して守ればいい。

しかし、それもすべては、最終ミッション成功の上に築かれる未来だ。

病室を出る間際、レフはコローヴィンに心の中で語りかける。

あなたとともに月へ行き、この手で未来を掴《つか》み取ってきます。どうか見ていてください。

☽☽☽

サングラードでの諸用を終えたレフたちは、粉雪の舞うアルビナール宇宙基地に入る。

まずは打ち上げ前の慣例となった、楡《にれ》の苗木の植樹をする。

宿泊施設の近くにある道に沿って、宇宙へと旅立った者たちが植えた樹がすくすくと成長している。厳しい環境に負けず、健やかに育ってくれることを願い、レフ、イリナ、ネイサンの搭乗者三名は植樹をする。そしてレフは、空へと大きく枝を広げたミハイルの木に触れて、心を込めて語りかける。

「君の子は元気にしてるよ。ローザからは君の徽章《きしょう》を預かった。君の想いと一緒に、月に届けてくる」

感傷的な思いにとらわれ、レフは植樹を見渡す。

有人宇宙飛行がこの先も継続されて、どこの国の誰もがこの宇宙基地から打ち上げられるようになり、楡の木がどこまでもつづく並木道になればいい。

レフたちは宿泊施設に入り、打ち上げまでの最終準備が始まる。この先、搭乗予定者は宿舎と訓練施設以外への立ち入りを禁止され、人との接触も制限される隔離措置をとられる。なぜか宇宙では免疫力が弱まるため、宇宙で発病しないように細菌やウィルスをあらかじめ避けておくのだ。そのため、レフたちの身の回りにいる者は全員が流行性感冒《インフルエンザ》の予防接種を受けていて、面会者はガラス越しに話をする厳戒態勢となる。

また、隔離は地球に帰還後にも行われる予定で、着水直後から危険な伝染病患者として扱われる。月面は過酷すぎて病原体すらも存在しないと考えられているが、未知の何かがいる可能性があるため、レフたちの安全性が確認されるまでは、特殊施設に監禁される。

ネイサンは監禁のスケジュールを見て、うんざりした顔になる。

「人類の夢の地は、異生物の支配する場所だった……なんてくだらない映画もあったな」

レフは苦笑を漏らす。

「映画の中だけでお願いしますよ」

画像を見る限りでは、月面は岩ばかりだけれど、実際に降りてみたら新発見があるかもしれない。そう考えるだけで、胸がわくわくする。

隔離生活となっても、レフたちの訓練は打ち上げの直前までつづく。

操縦感覚を維持するため、雪砂漠の上空を音速練習機で飛び、フライトスケジュールの修正と更新を確認し、各種マニュアルを熟読する。長期間の飛行に耐えられるように、体調も万全に整える。

一方、連合王国では、先行して月周回軌道に向かう月着陸船『ライラプス』の打ち上げ準備が進む。

コールサインの『ライラプス』は、月の女神アルテミスが従えたとされる猟犬だ。神話では、『狙《ねら》った獲物は決して逃さない運命に定められている』とされ、この命名は、月に必ずたどり着くという願いと共に、王室の犬《ロイヤルドッグ》に重ねる――とANSAから採用理由が発表されている。

しかしレフは、名前の裏にはべつの意味が込められているように感じる。共和国が実験で死なせた犬を、連合王国が代わりに月へ連れていくという辛辣《しんらつ》な皮肉だ。

閉鎖都市のアルビナールで生活していると世間の盛り上がりにはまったく気づかないが、各地の熱気はニュースとなってレフたちのもとに届く。

多くのメディアで特集が組まれて、人びとは熱心に月や宇宙について勉強する。同時に、連合王国での反対デモも勢いを増している。宇宙の聖地があるニューマーセイルはとくに混沌《こんとん》としているようだ。有人宇宙船センターには報道陣から学者、政治家まで四〇〇〇人近くの関係者が集まり、一方、街のあちこちで反宇宙開発、反吸血種族、反共和国を掲げる集団がストライキを呼びかける。打ち上げ当日にはさらなる騒動が予想され、連合王国政府とANSAは警戒している。

そういう状況を知ると、レフは有人宇宙船の打ち上げ場所がここで良かったと心から思う。

ネイサンやオデットたちも同じ気持ちらしく、不自由だけれど雑音のないこの場所が気に入ったようだ。

ただし、アルビナールから報道陣は完全に締め出されたわけではない。『サユース計画』は世界各国の地上局を使う共同事業であり、情報公開や広報活動も必要だ。もし打ち上げ当日まで宇宙飛行士が雲隠れしていたら、世間は「共和国的な秘密主義」と非難し、月面着陸は特撮だと騒ぐ者たちを増長させてしまう。

そこで共和国政府は許可を与えた記者のみを対象に、打ち上げ前最後となる特別な記者会見を設定する。


一二月一八日。

連合王国から月着陸船『ライラプス』が無事に打ち上げられ、最終ミッションがついに幕を開けた。月の猟犬《ライラプス》は頑丈な檻《おり》に閉じ込められたまま、月周回軌道を目指す。

そしてこの日、レフたち三名の記者会見が、アルビナール宇宙基地内の小ホールで開かれる。隔離状態のレフ、イリナ、ネイサンは医療用マスクを付けて、四方を透明なプラスチックで覆われたブースに登壇する。記者会見場にもかかわらず、レフたちの前には、記者はひとりもいない。感染予防のため、記者は隣部屋に集められ、声だけで質問をする。

異様な雰囲気の中、記者会見は始まる。

基本的にはレフが船長として受け答え、名指しの質問だけ、各人が個別に答える。記者たちは政府公認なので、低俗な質問を投げてくる者は混ざっていない。もしおかしな質問をしたら〔運送屋〕に運び出されるだろう。

レフたちは顔の見えない記者からの問いに、ただ真面目《まじめ》に答えていく。

——月面着陸で得られるものは？

「優れた科学技術力の証明と、未知の大地に関する資料です」

——月に宇宙基地はできると思いますか？

「今は不可能です。宇宙開発が発展すれば、未来には建造できるでしょう」

淡々と質疑応答は進行する。

やがて少し厳しめの、ミッションの成否に関する質問がレフに飛んでくる。

——失敗する確率はどのくらいですか？

レフは回答に力を込める。

「失敗は想定してません」

記者の姿が見えないせいか、レフはプラスチック板に反射する自分に問われているような感覚を抱く。

——では、月面着陸は必ず成功するというのですか？

「私は成功だけを思い描き、この腕で着陸に導きます」

心の奥の弱気を打ち砕くように、強く言い切った。

――月着陸船が離陸できなければ、月面に取り残されるそうですね？

「これも同じく、成功のみを想像しています。『ライラプス』は連合王国のみなさんが造り上げたすばらしい乗り物です。離陸できないという事態は考えません」

――すべてにおいて自信があると？

「揺るぎない自信を獲得するために、訓練を重ねてきました」

そうは言えども不確定要素が多すぎて、正直なところ、降りてみるまでわからない。しかし自分を信じるしかない。信じなければ判断に迷って失敗する。

――月面着陸後の第一声は？

「まだ決めていませんし、仮に決めていたとしても今は言いません」

デミドフに渡された文章を言うかどうかも決めていない。降りたそのとき、自然に言葉として出てきたものでいいと、今は考えている。

記者からはネイサンにも厳しい質問が飛ぶ。

――あなたが最終ミッションに自薦した件は、エゴだという意見があります。

ネイサンは深々と頷《うなず》く。

「否定はしません。批判は受け入れます。ですが、その批判よりもずっと多くの人たちから応援を受けているのも事実です。連合王国の代表として、任務を完遂します」

――四〇代後半という年齢と、過去の病歴に対する不安も囁《ささや》かれています。

「どなたが囁いているのか存じませんが、身体《からだ》については、医師は太鼓判を押しています。年齢も、若者に負けないだけの努力をしてきました」

まったく動じずに自信満々で受け答える姿は、とても頼もしい。

つづいて、鋭い質問の矢はイリナに飛ぶ。

――ひとりだけ月面に降りられない件について、どう思いますか？

イリナは表情ひとつ変えず、平然と答える。

「誰かひとりは絶対に降りられないのだから、その役を私が担うだけのこと。地球への帰り道に土産話をたくさん聞かせてもらうわ」

――月着陸船が離陸できなければ、月面に人間を残し、吸血鬼のあなただけが地球へ戻る。

――そういう悲劇は考えていますか？

イリナは凜《りん》とした態度で対応する。

「考えてないわ。レフと同じく、成功だけを想像してる。でも、万が一そうなれば『ミッション・ルール』に従い、私はひとりで地球に帰還する」

――ふたりを見殺しにする？

「そうよ。帰還したらきっと『吸血鬼が死ねば良かった』と責められるでしょうね。でも、それで構わない。責められる覚悟がなければ、操縦士は務まらない。ただし、それは私が背負った責任。ミッションの失敗を理由に、無関係な吸血種族を責める者がいれば、私は許さない。こう言っても責める者は責めるでしょうね。たとえば、私が見殺しにするのを望む質問をぶつけてきた、あなたのような人は――」

と、イリナは姿形が見えない記者を非難したかと思うと、声色を和らげる。

「でも、ミッションは成功して三人で無事に帰還するから、何も問題ないわ」

その後、レフたち全員が前を向き、成功を言いつづけていると、否定的な質問は出なくなった。

記者会見の最後、レフは真摯《しんし》に訴える。

「ここにいるのは三人ですが、有人月面着陸は、『サユース計画』が始まるずっと前から、何十万という人びとが目指してきた目標です。我々は、その成果を証明するために月に行きます。記事にする際は、それをどうか念頭に置いていただきたい」

レフはがらんとした記者会見場へ、粛然と告げる。

「それでは、行ってきます」

☽☽☽

月着陸船『ライラプス』を載せた檻《おり》が月周回軌道に達した頃、星屑《ほしくず》のような雪が舞うアルビナール宇宙基地では、技術者や基地職員が打ち上げへの準備を着々と進める。

発射台から五キロほど離れた宿泊施設の小会議室で、レフたち三名は最後の打ち合わせを終えた。長い訓練からの解放感と、本番が迫る緊張感が入り混じり、レフは心が落ち着かない。蒸留酒でもひとくち飲みたい気分だが、打ち上げを控えているので当然禁止だ。

ネイサンはレフに目で合図を送り、サッと立ち上がる。

「私は家族に電話をしてくる。では、また明日」

それだけ言うと、ネイサンは部屋を出て行った。レフの正面にいるイリナは、資料を片づけると、ぼんやりと頬杖《ほおづえ》を突き、物思いに耽《ふけ》るような顔で窓の外を見る。

地球最後の夜なので、せっかくだから屋上にでも出て話したいところだけれど、外は氷点下だ。ここまできて体調を崩したら元も子もない。

レフは座ったまま、イリナに声をかける。

「いよいよ明日だな……」

イリナは感慨深そうな眼差《まなざ》しをする。

「不思議な気持ち。緊張するかと思っていたんだけど、なんだか落ち着いてる」

レフは抑えきれない昂《たかぶ》りを胸に感じ、心臓あたりに手をあてる。

「俺は……。今夜ちゃんと眠れるかな……」

「あなた、記者会見では強気だったけど、月への着陸、実際はどうなの？」

「実際は、やるまでわからない」

目を閉じれば暗闇《くらやみ》に月面が浮かぶほど、訓練を重ねてきた。それでも未知の要素が多すぎるため、客観的に見て成否は五分五分だと、ネイサンと話している。

イリナは目を据えてレフを見つめる。

「あなたそれでも宇宙飛行士の代表？　成功させるって言いなさいよ」

少しでも自信のなさを表に出すと、彼女は強引に背中を押してくる。候補生の卒業試験のときもそうだった。彼女に押されつづけて、この未来にたどり着いた。

「そうだな。成功させる」

「そうよ。私をひとりで地球に帰すようなまねしたら、許さないから」

強い口調で言ったイリナは、おもむろに首飾りを外して、テーブルに置く。

「これ、あなたに月面に置いてきてもらおうか、迷ってるの。アニヴァル村から実験体として出てきた頃は本物の月の石だと信じてたし、絶対に月に持って行くんだと思ってたけど、今ではそんな感じでもないのよね」

首飾りについた宝石は、蛍光灯の光でも美しく煌《きら》めく。

「俺は、いつか君が月に行くときに持って行けばいいと思うけど……」

「そのいつかは来るのかしら？」

レフは返答に悩み、少し考えてから口を開く。

「……この先、宇宙開発が発展しつづけて、誰でも自由に月旅行ができる日が来たら……かな」

正直に告げた。

仮に有人月面着陸が『サユース計画』以降もつづいたとしても、イリナが月面に降りる機会は残念ながらないだろう。政治的な事情で吸血鬼が特別扱いされるのは、今回だけのはずだ。いまだに宇宙を飛んでいない飛行士たちが順番待ちをしているのに、彼女だけが優先される理由がない。それは彼女自身もわかっているはずだ。

それゆえ、彼女は宝石をどうするか迷っている。

イリナは宝石に目を落とし、物憂げに考える。そして数分間の沈黙のあと、すっと顔を上げるとすっきりした表情を見せる。

「決めたわ。月に置いてくるものは、私は何もなしでいい。宝石は私が持ってる。月旅行をできる日が来るようにという願いを込めて。それから……代々受け継がれてきたこれを、いつか誰かに渡す日が来たときのために」

誰かというのは自分の子どもだろうかと一瞬レフは考えたが、それならばそう言うだろう。おそらく、イリナは相手を限定せずに、あえて濁した。だから、レフはそこには深く触れない。月から帰ってきたあと、どういう未来が訪れて、そのときにどう思うかなど、レフにもイリナにもわからない。

今決まっている未来は、ふたりで生涯を共に生きるということだけだ。

その誓いの証《あかし》を、レフは今日持ってきている。打ち上げまでに渡そうと思っていたのだが、準備が多くて良い機会がなく、見かねたネイサンが場を作ってくれた。

今日は絶対に逃してはいけない。レフは姿勢を正してかしこまり、首飾りを付け直しているイリナに告げる。

「イリナ、突然だけど、君に渡したいものがある」

「なに?」

レフはポケットから指輪のケースを取り出すと、イリナの前に置く。

「バートさんとカイエさんを見て、俺たちにもあった方がいいと思ったんだ」

「え、もしかして……」

「そう、指輪。結婚するかどうかは別として、誓いの証を」

「えっ、え、そんな……開けていいの?」

頬《ほお》を桃色に染めるイリナに、レフは微笑を浮かべて頷《うなず》く。

イリナは宝物を扱うように、そーっとケースを開ける。そして指輪を取り出すとキョトンとして、アレッと首をひねる。

「何もついてない……?」

指輪の石座は空だ。ケース内に宝石が転がっていないか探すイリナに、レフは柔らかな声をかける。

「月の石をつけようと思う」

イリナはハッとレフを見る。

「それは、あなたが採ってくるの？」

「ああ。でも、石は地球に持ち帰ったら国の所有物になるし、俺の自由にはできないから、帰りの宇宙船限定になっちゃうかな……」

イリナは瞳《ひとみ》を潤ませる。

「それでもうれしいわ」

物質としての美しさだけで比べれば、地球上にある宝石の方が間違いなく上だ。月の石など、色彩も光沢もない、ただの石ころだろう。しかし月の石こそが自分たちにとって最高に価値があり、何よりもふさわしいものだとレフは考えて、提案した。イリナの幸福そうな表情を見ると、間違っていなかったようだ。

「アニヴァル村は右手、左手？」

「右の薬指よ」

レフはイリナの右手を取ると、薬指に指輪をとおす。

「ありがとう……」

よろこびを噛《か》みしめるように唇を震わせるイリナは、照れ隠しなのか、意地悪な目をレフに向ける。

「知ってる？　月の石を船の中に持ち込むと、酸素に触れて石が燃えるかもしれないっていう話」

レフは負けずに言い返す。

「未知の微生物がくっついてるかもな」

「石に毒性があるかもしれないわ」

ふたりで目を合わせて、フフッと笑う。

「その真実を確かめるための冒険だ」

イリナは瞳《ひとみ》を潤ませながらも、挑戦的な顔をする。

「月の石を採ってきて、レフ。それが私からのミッション」

レフは力強く言い切る。

「成功を誓う」

「その意気よ」

イリナは指輪をケースに戻すと、レフの手を包むように握る。

「私にも不安はある。でも、あなたがいるからできると思う」

「思う、じゃない。できる、だろ？」

「そうね。私はできる」

イリナの手の温《ぬく》もりがレフの心に伝わってくる。やるべきことはすべてやった。あとは本番を待つだけだ。

☽☽☽

夜明け前の黒紫色の空に、二国の国旗が掲げられる。風も雪もやみ、絶好の打ち上げ日和となった。

午前九時半の打ち上げに向けて、レフたち三名は午前四時に起床する。

朝食は連合王国の慣例に合わせて、ステーキと卵を食べる。これから一週間以上も宇宙食になるので、レフは肉の旨味をじっくりと味わう。しかし、朝から油がギトギトで胸焼けする。隣で、ネイサンは食べながら苦笑する。

「我が国の慣例で、ゲン担ぎだが……これは身体《からだ》によくないだろう」

イリナはステーキをうんざりした顔でつつく。

「ほんと……どっちの国も意味不明な慣例があるわね」

共和国にも多くの慣例があり、宇宙飛行士はそれに従って行動する。宿泊施設の扉に日付と署名を残すのも、その内のひとつだ。

『レフ・レプス　一九六九年一二月二一日』

書き終えたレフは、扉に書かれたほかの宇宙飛行士の名前を見て、未知の世界に挑んできた者たちの、時を超えた想いを受け取る。

つぎに聖職者から祝福をされる。九年前はイリナを吸血鬼だと知らずに清めた聖職者は、戸《と》惑《まど》いながら、聖水を大量に振りかける。

顔や髪をビショビショに濡《ぬ》らしたイリナはぼやく。

「何の意味があるのよ……」


午前六時、体調の検査を通過したレフたちは、身体《からだ》にセンサーを貼り、打ち上げ時の気圧変化から身体を守るため、宇宙服に着替える。イリナにもらった冬蔦《ブルーシ》の栞《しおり》は肩のポケットに入れ、肌身離さず持つ。全身が完全に密閉された状態になるので、呼吸は生命維持装置から送られる純酸素に頼り、会話は通信機越しになる。

——と、しっかり準備をしたにもかかわらず、バスで発射場に移動する途中、慣例のために、バスは停車する。

イリナは呆《あき》れ果て、バスを降車するレフたちに目も合わせずに言う。

「くだらない、さっさと終わらせて」

「行ってきます……」

レフは恥ずかしさと申し訳なさに襲われながら、ネイサンとバスを降りる。そして、せっかく着た宇宙服を部分的に解き、寒さに震えながら、ふたりで車輪に向けて立ち小便をする。

小便を終えると、ネイサンはレフに困惑の視線を向ける。

「これは君が作った慣例なんだってな？」

「いやぁ、まさかずっとつづくなんて……」

とんでもない慣例を作ってしまったと、レフは冷や汗をかく。宇宙服は打ち上げ前に最終チェックがあるので、ここで一度解くのは問題ないのだが、それにしても……だ。

バスに戻りながら、ネイサンは少し切なげな目をする。

「この馬鹿みたいな慣例が、今日で最後にならないといい」

「最後ではなく、新しい始まりになりますよ、きっと」

根拠もないただの希望に対して、ネイサンは目を細くする。

「つぎは暖かいニューマーセイルで頼む。凍え死ぬかと思った」


純白の絨毯《じゅうたん》のような雪砂漠を、地平線から頭を出した太陽が橙色《だいだいいろ》に染める。その自然界の美しい光景に不釣り合いな巨大なロケットが天に向かって聳《そび》え立っている。

発射台に到着したレフたちは、自分たちを宙《そら》へと飛ばすロケットを見上げる。氷片の貼りついた胴体には二国の国名と国旗が描かれている。このロケットの最上部に、人類を栄光に導く有人宇宙船『スラヴァ』が載っている。

発射台の周囲には大勢の関係者が見送りに来ていて、撮影隊が宇宙飛行士の勇姿をおさめようとカメラを構える。極寒の地でここだけは熱気に溢《あふ》れている。

レフはあたりを見回す。ゲルギエフやデミドフの姿はない。おそらく現場から離れた快適な場所で見ているのだろう。

ヴィクトール中将が大声で皆に呼びかける。

「さあ見送りだ！　連合王国のみなさんも座って！」

慣例となっている出発の儀式が行われる。連合王国の人びとは戸惑《とまど》いながらも動きを合わせて座り、すぐに立ち上がる。

「出発だ！」

ヴィクトール中将の号令で、盛大な拍手が巻き起こる。

この意味も由来もわからない慣例が、レフの心にじんと響く。ネイサンが言ったように、今日で最後にならないといい。

搭乗者の三名は、レフを先頭にしてエレベーターに向かう。

昔はイリナと別々の日に歩いたこの道を、報道陣に撮影されながら、今日は一緒に進む。かつては敵視されていた連合王国の宇宙飛行士は、共和国の技術者たちから熱烈な拍手を浴び、手を振って応える。

もう以前のような秘密の打ち上げではなく、競争でもない。

世界は変わった。そんな実感を覚えながら、レフはエレベーターに乗り込む。

エレベーターは緩《ゆる》やかな速度で上昇する。外界の音はヘルメットに遮断されて何も聞こえず、ガタガタという振動だけが身体《からだ》に伝わってくる。レフは前回の宇宙飛行を思い出す。あのときは、嘘《うそ》を吐《つ》いていたイリナの命が心配で、夢を叶えにいく幸福感など微塵《みじん》もなかった。今回も幸福感などない。あるのは使命感のみだ。

やがてロケットの頂点に到着し、エレベーターを降りると、レフは地球を見下ろす。発射場の人びとはすっかり小さくなっている。

この惑星ともしばらくのお別れだ。朝焼けの美しい光景を目と胸に焼きつける。

また、英雄として戻って来る。

感傷に浸るのもほどほどに、レフは『スラヴァ』との接続部分であるクリーンルームに入り、発射場担当の技術員と乗船作業を始める。

するとそこへ、『スラヴァ』の船内から予備搭乗員のステパンやオデットが顔を覗《のぞ》かせる。彼らは先に船内に入り、四〇〇項目以上のチェックリストを見ながら、機内の設定が正常か確認していた。

午前七時、黒竜と犬のぬいぐるみが仲睦まじくぶら下げられた船内にレフは入り、横並びになった三台の寝椅子《いす》の左側に座ると、シートベルトを締める。ステパンと技術員が酸素供給ホースと通信用ケーブルを宇宙服に接続する。接続を終えたステパンがレフに笑顔を向け、ぽんぽんと肩を叩《たた》く。レフはニッと笑顔を返す。

つぎにイリナが入り、右側の席に座る。オデットが元気にガッツポーズを作る。イリナは動かしにくい宇宙服を上手《うま》く操り、可愛《かわい》らしくガッツポーズを返す。

最後にネイサンが中央に座り、準備を終える。

無線がつながり、アルビナール宇宙基地の管制センターから声が届く。

《――こちらアルビナール。聞こえるか》

「こちら『スラヴァ』、レフ。音声は良好」

搭乗作業は完了。ステパンやオデットたちは宇宙飛行の無事を祈り、船内から退去する。『スラヴァ』のハッチは閉じられ、クリーンルームは折りたたまれる。

船内は三人だけになった。この少人数で月面着陸に挑む。心細くはない。互いの能力を信頼し、言わずとも伝わる関係性を築いてきた。

九年前の史上初の有人宇宙飛行は、わずか一〇八分の飛行で、地球をぐるりと回っただけだった。今回、ロケットの出力は一〇〇倍、一週間以上も宇宙を飛ぶ往復七八万キロの旅だ。

レフはふたりに呼びかける。

「月面近くまでは、すでに道が築かれている。気楽にいこう！」

ネイサンは宇宙服の感触を確かめながら言う。

「そうだな、集中しっぱなしでは疲れてしまう」

イリナは気負いのない声で答える。

「前はしゃべることもできなかったし。今回は思う存分、宇宙旅行を楽しむわ」

「よし、それじゃあ点検を始めよう」

レフの指示で打ち上げ前の最終確認を行う。


打ち上げの直前まで、アルビナール宇宙基地の管制センターとやり取りを交わす。

《――動作七五を入れて、待機》

「了解。動作七五、待機」

ネイサンが応答し、DSKY《ディスキー》で入力をする。

打ち上げが迫り、各種シーケンスが実行される。

あと三分で『スラヴァ』は地球を飛び立つ。

今ごろ世界中のテレビで特番が流れ、人びとは大騒ぎだろう。反対運動も激しくなっているはずだ。しかし、この船内にはいっさい伝わってこない。訓練と同じ淡々とした調子で管制官と交信し、チェックリストの手順どおりに進める。

《バス接続、いいか?》

「了解、バス接続」

イリナは冷静に作業をこなす。まったく焦るところはない。レフも気持ちの昂《たかぶ》りはあれど、頭も心も落ち着いている。

打ち上げまでのカウントダウンが開始される。

《二〇……一五……》

管制官の緊張がレフに伝わってくる。

点火シークエンスに入る。

《一〇、九、八――》

エンジン内で燃焼、発火する。すさまじい騒音に身体《からだ》全体が包まれ、宙《そら》に焦がれる魂に火が点《つ》く。

《五、四――》

推力が上昇。鼓動が高鳴る。

月への旅が、今始まる。

《三、二――点火！》

「了解、点火！」

レフは力強く言い放つ。

「さあ、行こう！」

全エンジンが稼働し、轟音《ごうおん》と振動が機体を激しく揺すぶる。低い唸《うな》りが足先から頭の芯に伝わる。核爆弾級のエネルギーが噴出され、窓から差し込む強烈な光が、船内を煌々《こうこう》と照らす。

ロケットはゆっくりと上昇し、地球の重力が身体にのしかかる。

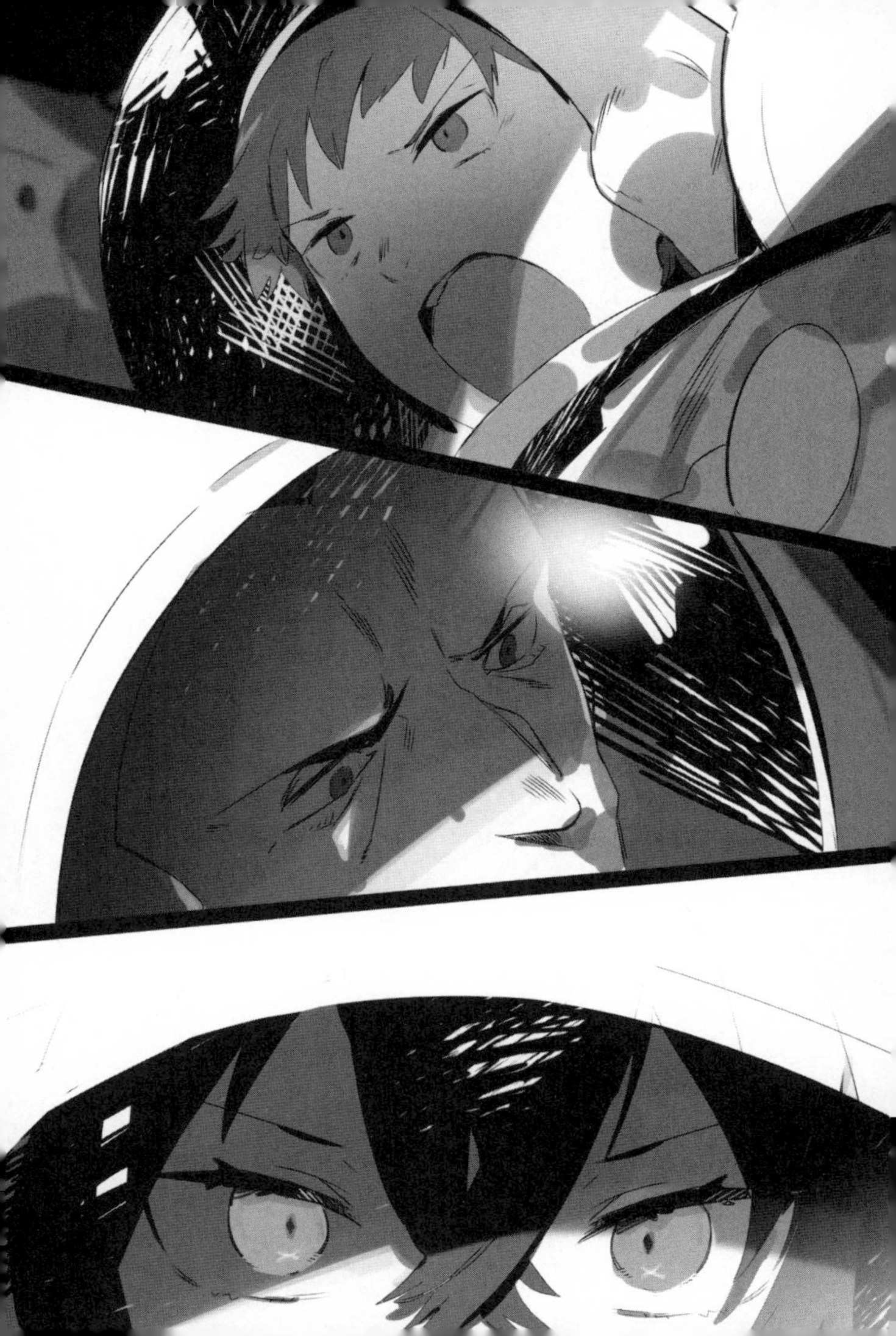

すべてのシステムは正常。計器も正常。

『スラヴァ』は適切な方向に打ち上げられる。

上昇する過程で、レフは管制官に報告を入れる。

「ロールプログラムを取得」

《——了解、ロール》

「ロール完了」

ロケットはぐんぐんと加速し、大地を引き離す。身体《からだ》に襲いかかる激しい負荷に、レフは懐かしさを覚える。機体の揺れ幅が大きくなる。宇宙が近づいてくる。

打ち上げから二分四〇秒後、第一段ロケットが燃焼を終えた。

「ステージング……点火」

第二段ロケットが始動し、さらなる推進力が加わる。雷鳴の轟《とどろ》きに似た爆音、心臓が縮むような上下震動に襲われる。

《推力良し、すべてのエンジンも良し》

「了解。通信も良好」

人類を地球にとどめんとする恐るべき力が、ぐぐっとレフたちを押さえつける。

「大地が見えるわ」

イリナが声を上げた。

窓の外に広大な地球が広がる。

だが、長々と鑑賞している暇《ひま》はない。『ミェチタ計画』のキャビンとは違い、座っているだけではないのだ。計器と『ＨＧＣ』を監視し、問題が起きていないか確認をつづけ、管制官と交信を重ねる。

そして。

打ち上げから一二分後、黒竜と犬のぬいぐるみがふわりと浮かんだ。

《こちらアルビナール。『スラヴァ』は軌道に乗った》

地球を周回する軌道に入った。細かい塵《ちり》がゆらゆらと舞う。手足から重さが消えて、身体が解放される。長く忘れていた感覚が蘇《よみがえ》り、胸の奥が熱くなる。

「わぁ……」とイリナが感嘆の声を漏らした。レフはそのちょっとした反応で、瞳《ひとみ》が潤んでしまう。国家に隠蔽《いんぺい》される実験体としてではなく、地球を代表するひとりとして宇宙に来られて、本当によかった。

《やぁ、ネイサン、初めての宇宙はどうだ？》

いきなり訊《たず》ねられたネイサンは、咳払《せきばら》いをして少し考えてから答える。

「……ん、『嘔吐彗星《おうとすいせい》』よりは、ずっといい感じだ」

言葉は冷静だが、声はうわずっている。彼もおそらく感動しているのだろう。

眼下に広がる青い地球は、誰にとっても特別だ。しかし、これでもまだ地表を一〇〇キロメートルほど離れただけだ。地球の反対方向を見れば、果てしない闇《やみ》が広がっている。

これから地球を周回しながら機器やシステムをチェックする。その後、既定のタイミングで地球周回軌道を離脱し、レフもイリナも未体験の真の宇宙空間を飛行して、三八万キロメートル離れた月に向かう。

管制担当がアルビナールからニューマーセイルに切り替わる前に、共和国の管制官から激励が届く。

《我らが同志よ、西の友人よ！　母なる大地より、良い旅を祈っている！》

レフは想いを受け止め、自信に満ちた声を返す。

「ありがとう！　新たなる大地より、すばらしい成果を持ち帰る！」

まもなくして、管制がニューマーセイルに移る。

《――こちらニューマーセイル。『スラヴァ』、応答を》

アーロンの声が聞こえた。

「こちら『スラヴァ』、レフ。音声は良好」

《アーロンだ。よろしく。交代で月への旅を案内させてもらう》

通信機からはキャプコムであるアーロンの声しか聞こえず、姿も見えないけれど、レフの脳裏には小劇場のような管制室と、若き管制官たちの顔がはっきりと浮かぶ。バートやカイエも集中して業務をこなしてくれているはずだ。レフは仲間たちへの想いを、元気な声で告げる。

「ニューマーセイルのみなさん、よろしく！」

　地球を周回してしばらく経つと、身体《からだ》の調子が変化してくる。地球上では下半身に落ちていた体液が上に移動してきて、身体中で均等になる。首の脈動が強くなり、内臓もすべて浮き上がるような感覚だ。気持ちのいいものではないので、身体や脳が慣れるのを待つしかない。

「宇宙酔いになりそう……」

　つらそうにこぼしたイリナに、ネイサンが同意する。

「浮遊が新鮮なのは最初だけだな」

　これまでのミッションでは、宇宙に出て数時間後に頭痛と吐き気に襲われたらしい。月周回軌道でひどい状態になったという報告もあり、レフはなるべく軽く済むように願う。ただでさえ困難な月面着陸は万全の体調で臨みたい。

　しかし自分の体調ばかりを気にしていられない。地球周回軌道の飛行をつづけながら、機器のチェックを進め、地上局の通信ネットワークも確認する。

《サヤナースクの信号喪失まで残り一分。そのあと、五九分からホシマチの信号受信を開始》

　予定時間どおり、ホシマチからの信号を受信する。

《ホシマチのＳバンド、音量を上げて》

「了解」

　イリナは管制の指示に従って設定すると、誰に言うでもなく、ボソッとつぶやく。

「ホシマチ、懐かしいわ」

世界各地の地上局の中には、レフとイリナで世界周遊をしたときに立ち寄った都市がいくつかある。ホシマチもそのうちのひとつだ。レフも懐かしさを覚える。目を閉じれば、街の人びとの笑顔がまざまざとまぶたに浮かぶ。当時は好奇の目で見られていたイリナのことも温かく迎えてくれて、イリナはすごくホッとしていた。あのときは『宇宙旅行の準備を！』という内容の講演をして、講演後には地元の子どもたちと写真を撮り、サインをした。宇宙開発に携わりたいと言ってくれた中学生もいた。きっと今、この最終ミッションをドキドキしながら見守っていてくれるはずだ。

あの講演が嘘《うそ》にならないように、宇宙旅行の準備だけで終わらないように、未来へとつながなければいけない。

五分ほど経つとホシマチの信号は失われ、つぎの地上局へ移る。

そして地球を一回転半後、すべてのシステムチェックは終わり、月へ向かう準備が整った。

《こちらニューマーセイル。【TLI】へ移行。以上》

「了解、ありがとう」

レフは端的に返事をする。これから地球の重力を抜けるための、第三段ロケットの再点火準備が始まる。一歩間違えば命を失う危険なポイントだが、過去のミッションの成功と経験の蓄積があるため、手順どおりに落ち着いて対応をするだけでいい。

コンピューターの計算で弾《はじ》き出された時間に合わせ、エンジン噴射を行う。

《点火まで一分弱。システムはすべてゴー》

「了解」

イリナが返す。ＤＳＫＹ《ディスキー》のディスプレイの表示と、宇宙でも正確に動く腕時計のストップウォッチでタイミングを計る。ネイサンが「いいぞ！」と合図を送る。

レフが指示を出す。

「点火！」

「点火！」

イリナは復唱すると同時に、点火スイッチを入れる。ロケット噴射が行われ、機体がゴウンと揺れる。点火状況のデータは地上へ逐一送られる。

《点火を確認》

管制から通信が入った一分後、再度、管制から確認が入る。

《推力、弾道、誘導、すべて良好》

「よかった……！」

声を上げたイリナに、レフはわざと意地悪く言う。

「操縦士、まだまだこれからだぞ」

「わかってるわよ、船長」

ふたりのやり取りをネイサンがサッと引き取る。

「では、噴射の確認をつづけよう」

ロケット噴射はつづき、飛行速度を秒速一一・二キロメートルまで高める。そのあいだもレフたちは管制室と矢継ぎ早に情報交換を行い、さまざまな数値の確認をする。

そして、五分四〇秒を超える噴射は終了。レフは管制室に飛行状態を問い合わせる。

「やあニューマーセイル、どうですか？」

《月への道に乗った。すばらしいね》

「ありがとう、このまま月に向かいます」

最初の大きなポイントは軽く乗り越えた。『スラヴァ』は地球を離れて、一路、月を目指す。役目を終えた第三段ロケットはイリナの手で切り離され、宇宙の彼方《かなた》に消え去る。

この先は軌道を調整しながら、次のポイントである月周回軌道投入まで飛行をつづける。地球へのテレビ中継が予定されているような、安全で余裕のある時間が二日以上もつづく。

ここまで来て、ようやく宇宙服を脱ぐことができる。レフはホッとため息を吐《つ》く。

「やっと解放だ……」

しかし、脱ぐという行為ひとつにも、非常に苦労する。

地球上でさえ脱着には手間のかかる装備なので、無重力では言うに及ばず。ゆっくり丁寧に脱ごうとしても身体《からだ》は自由に動かせず、地球で決めたとおりの手順でやろうとするも、上手《うま》くいかない。移動するために宇宙船の壁を押すと、身体は望まぬ方向に動き、パーツを手から離すとゆらゆらと浮遊していく。イリナは上手く腕が抜けず、ぐいぐいと力を込める。

「もう、このっ……むうーっ……！」

不用意に力を入れたイリナは腕が抜けた途端に体勢を崩し、ネイサンにドカッとぶつかる。

「わあっ！　ごめん」

ぶつかった拍子《ひょうし》に、ネイサンが触っていた装着具が手を離れた。

「しまった！　レフ、避けろ！」

装着具がバラバラになってレフの顔めがけて飛んでくる。

「!?　危なっ！」

レフは慌てて手で防御し、装着具は船内に飛び散った。

「……みんな、気を付けよう」

三人は二時間以上もかけて汗を流しながら宇宙服を脱ぎ、上下つなぎのジャンプスーツに着替える。脱いだ宇宙服は傷めないように折りたたんで、座席の下にある収納スペースに押し込む。着替え終わった頃には、運動を終えたくらいに疲れてしまい、レフは大きく深呼吸をする。

「はぁ、予想以上に大変だ……」

窮屈さと息苦しさから解放されたものの、宇宙服との格闘の影響か、全員、宇宙酔いをしてしまった。軽い吐き気と、頭の鈍痛で気分が良くない。初めて宇宙に来たときの身体がふわふわする感動はもうない。人体がいかに地球に合わせて進化してきたのか、身をもって思い知る。

難しいのは着替えだけではない。食事も三人がかりだ。

レフが宇宙食の袋を持ち、ネイサンがハサミで封を切り、イリナが水鉄砲のような特殊な道具で袋に水を注入し、食べられるようにする。

苦労したわりには美味《おい》しくない。スープは液状ではなく、ぐにゅぐにゅした半固形の塊で、宙《そら》に浮かぶものを魚のようにパクッと口に入れる。ほかの食べ物もだいたいが固形物だ。水を飲むために水鉄砲で口を狙《ねら》うとき、下手《へた》すると顔に当たる。

レフは生ぬるいチューブコーヒーを口に含みながら、宇宙は苦労の絶えない生活だと、子どもの頃の自分に言ったらどう思うだろうかと考える。現実を知らされても、宇宙は夢の場所だから行ってみたいと憧《あこが》れるだろうか、それとも興味を失ってしまうだろうか。と、そんなことを思い浮かべながら、ふと窓の向こうを見る。

「あっ……」

レフは息を呑《の》む。大きな弓なりの線を描いていた地球は、徐々に球体になってきている。写真で見るのと肉眼で拝むのとでは全然違う。この想像を超えた絶景を目にしたら、どんな苦労も宇宙の彼方《かなた》へ吹き飛んでしまうだろう。

気づけば、『スラヴァ』は地球から遠く離れていた。秒速一〇キロメートルを超える速度で飛行をしていても、船の中にいるとわからない。風を切る音もなければ、窓の外を見ても暗闇《くらやみ》があるだけで、速さを体感できる要素が何ひとつないせいだ。唯一、飛行を実感できるものは、地球が丸くなり、そして、月がぐんぐんと大きくなっていくという変化だった。

飛行速度は【TLI】以降、自然と漸減《ぜんげん》していく。それは、地球が『スラヴァ』を引き留めるために、見えない力で引っ張ってくるからだ。けれど、科学者たちはその力もすべて計算済みだ。月への飛行は、未知の大地への挑戦でもあり、地球という揺り籠《かご》から抜け出す戦いでもある。


宇宙を行く『スラヴァ』は太陽光の直射による過熱を避けるために、毎秒〇・三度でゆっくりと回転し、機体が均等に熱せられるようにして飛行をつづける。こういった制御もコンピューターによる自動化の恩恵は計り知れず、機体の調整を担うイリナの負担はかなり軽減されている。

イリナは船内をふわふわと泳ぎながら点検を行い、地球と交信をする。

「ニューマーセイル、機械系統は問題ないわ」

《了解、数値も順調のようだ》

管制室のチームは交代していて、キャプコムもアーロンからジョレスに変わっている。

イリナの役割は点検以外にもたくさんある。電池の充電、排水や空調の管理、飲料水の殺菌に食事の準備など、安全な飛行のために必要な作業を、黙々と行う。

レフとネイサンは、イリナの作業が忙しいときは手伝いつつも、基本的には月面着陸の打ち合わせを念入りにする。地球上のどの街よりも月の地形にくわしくなり、降下の手順もレフは完璧に頭に入っているが、絶対に後悔しないように、何度でも何度でも繰り返す。

打ち上げから一一時間が経過すると、一日目は終了。昼も夜もない世界で、就寝の準備に取りかかる。

しかし、何が起きるかわからない宇宙で全員が熟睡するわけにはいかないので、一日交代で誰かが当直の当番をする。一日目の当番のイリナはベルトで座席に身体《からだ》をつなぎ止め、ヘッドセットを顔に貼り付けて緊急連絡に備え、船内を浮きながら仮眠をする。レフとネイサンは、しっかり睡眠を取るために、左右の座席の下に寝袋を引っかける。

「イリナ、悪いけどよろしく」

「明日はゆっくり寝かせてもらうわ。おやすみなさい」

イリナはにっこりと微笑《ほほえ》み、軌道修正に備えて、六分儀を使って星の位置を合わせる。

レフは寝袋に入る前に窓を覗《のぞ》き、どの程度の距離を進んだのか確認する。

地球は完全な球体となり、大きさも窓に収まるほどに小さくなってしまった。

「本当に、丸いんだな……」

見たままの感想が、レフの口からこぼれた。真っ黒な闇《やみ》を背景に、青い海と白い南極が同時に目に飛び込んできて、レフの胸の底に、何か大事なものが失われたような寂しさが揺らぐ。

無限の闇に浮かぶ球体は、核戦争でも起きれば簡単に砕けてしまいそうなほど脆《もろ》く、儚《はかな》い光を放っている。

「レフ、寝ないの?」

ぼんやり眺めていると、イリナに声をかけられた。

「ああ、おやすみ。当直、よろしく」

レフは寝袋に入り、目をつむる。身体のどこにも圧力がかからず、蛹《さなぎ》となって海中を漂っているような不思議な感覚にとらわれる。まぶたの裏に月面への飛行経路を想像し、着陸を試みているうちに、深い微睡《まどろ》みに落ちていった。

☽☽☽

《――こちらニューマーセイル。おはよう》

「イリナよ、おはよう」

管制室からの挨拶《あいさつ》にイリナが応答し、一日が始まる。

「システムの数値はどう?」

《良好だ。そちらの準備ができたら、飛行計画に更新をかける》

レフは八時間も眠ったものの、疲労は取れていない。ふわふわする寝心地よりも、船が狭くて自由がない点が身体《からだ》に堪《こた》える。ネイサンも同じらしく、大きなあくびをする。長期の宇宙旅行をするには、まだまだ改良が必要だろう。

二日目の作業は、前日の飛行中と大差はない。細かく定められたスケジュールに従って行動し、レフとネイサンは月面着陸の確認を、イリナは船の整備を中心に行う。

作業中、気分転換に音楽をかける。息が詰まる閉鎖空間で作業だけして過ごすのは精神衛生上よくないため、音楽テープと再生機を持ち込んだ。両国の民謡やヒット曲、クラシック、そして地球の環境音もある。環境音はこれまでの搭乗者たちの評判が良く、試しに流してみる。

車の走行音や鐘の音、人びとの雑踏、動物や鳥の鳴き声、海の波や川のせせらぎ――

何気なく聴いていたレフは、心が穏やかになっているのを感じる。

「……なんだろう。懐かしい気分になる」

ネイサンはレフの言葉に頷《うなず》く。

「車のクラクションも、案外いいものだ」

「私は川の音が好き」

イリナも同じ気持ちのようだ。流していても気にならない点がいいのだろうか、ほかの音楽を差し置いて、もっとも長時間かけつづけるものとなった。

月に向かって飛行をする途中、軌道修正が必要かどうかをチェックするポイントに差しかかる。地球から月のあいだには障害物はないので、目的地に向かって一直線に飛べばいいのだが、機体が月と地球と太陽の三つの天体から引っ張られるせいで、誤差が生じる場合がある。

《——少々、修正が必要だ》

管制室からの指示に、イリナが了解と答える。正しい数値に戻すために、エンジンを噴射させて調整しなければならない。

地球から約二〇万キロメートル離れた地点に到達し、毎秒一・五キロメートルで飛行しているとき、六分儀を用いて、軌道修正の準備に入る。

管制室から姿勢制御のための数値が伝えられ、機体の角度を前後・左右・上下《ロール・ピッチ・ヨー》に調整する。

《——ロール〇九六、ピッチ三五六、ヨー〇一八を使用》

「了解、ロール〇九六、ピッチ三五六、ヨー〇一八」

ネイサンが復唱、入力して、イリナがエンジンの逆噴射を実行する。

「点火」

三秒の逆噴射後、レフは管制室に報告をする。

「ニューマーセイル、燃焼は完了」

三人の息はぴったりで、東西の二国が九年間かけて切り開いた道を、快調に飛ぶ。

あまり美味《おい》しくない宇宙食の昼食を終えたあと、二日目に行う大事な業務がある。テレビの生中継だ。

地球から二四万キロメートル離れた地点から、四〇分ほど放送をする予定になっている。『スラヴァ』から送信される映像は、複雑な処理を施されて地上局のネットワークを伝い、世界各国に届けられる。

レフたちは通信用のヘッドセットを付けて、システムをテレビ放送用に構成し直すと、撮影を開始する。

まず、レフは窓の外にカメラを向け、宇宙に浮かぶ地球を映す。対話の相手は管制室のアーロンが務める。

《おお、すばらしい。美しい映像が届いています。色も綺麗《きれい》ですね》

交信用の淡々とした口調ではなく、アーロンはテレビ向けの話し方をする。

《これは地球でしょうか?》

「ええ、あなたたちの暮らしている地球を、二四万キロメートルも離れた場所から撮影しています」

レフは視聴者に伝わるように、地球の様子をゆっくりと丁寧に話す。白い雲が棚引いていることや、南極に氷があること。また、広大な熱帯雨林や、不毛な砂漠地帯を解説する。視聴者の反応はレフにはわからないけれど、自分たちの住んでいる場所をきっと食い入るように見ているだろう。

　レフは一〇分ほどで地球の解説を終えて、今度は船内にカメラを向ける。

　共和国の軍部からは、機密保持のためにできるかぎり船内は映すなと指示されているが、偶然を装って、いろいろな部分を映してやる。映したところで、漏れるような機密はない。もし帰還後に文句を言われたら「無重力で身体《からだ》が自由に動かなかった」と言い訳をするつもりだ。それでも不満があるようならば、『嘔吐彗星《おうとすいせい》』に乗せて、無重力を実際に体験してもらう。

「さあ、搭乗者を紹介しましょう」

　と、レフは最初にイリナを撮影する。

「宇宙船『スラヴァ』の操縦士、イリナ・ルミネスク。リリット共和国出身。ご存知、人類史上初の宇宙飛行士です」

　緊張気味のイリナはスプーンと水鉄砲を手にしている。

「地球のみなさん、今から手品を見せてあげるわ」

　水鉄砲から撃ち出された水は塊となり、ゆらゆらと浮遊する。イリナはスプーンで水を受け止めると、逆さまにする。水はスプーンにぺたりと貼りついている。地球の人たちは初めて目にする光景だ。イリナは得意げにポーズを取り、少し照れ臭そうに成功をアピールする。

「じゃーん。どうかしら？　ここに来たら誰でもできるわよ」

　この手品は、彼女自身がやりたいと提案した。理由は深く訊《き》かなかったが、彼女の表情を見

ていると、宇宙は楽しい場所だと伝えたい想いや、もしかしたら、吸血種族の怖いイメージを払拭したいという気持ちもあるのかもしれない。

つぎに、レフはネイサンを映す。

「月着陸船『ライラプス』の操縦士。アーナック連合王国、ANSAの宇宙飛行士部隊のリーダー、ネイサン・ルイス」

ネイサンは満面の笑みでカメラに向かい、力強く語りかける。

「私は病に冒され、何度もくじけそうになった。しかし、くじけぬ心を持つ少年に励まされ、ただのおじさんは、今ではこんなこともできるようになった」

そう言うと、ネイサンは無重力だからこそできる曲芸を披露する。天井に足をつけたり、空中に浮かんだり、地球上では絶対にできない回転をしたりする。レフは撮影しながら、入院中の少年はきっとうれしいだろうと感じる。もちろん、少年だけではなく、ネイサンの背景を知るすべての人たちが勇気を受け取るはずだ。

最後に、ネイサンは宇宙食のチューブに入ったブリュシチを美味《うま》そうに食べる。

「うん、美味い。しかし地球に帰ったら、本物の熱々のブリュシチを食べてみたいものだ。それでは、ブリュシチの国の英雄を映そう」

今度はネイサンがカメラを持ち、レフに向ける。

「史上初の月面着陸に挑む男、船長のレフ・レプス」

レフは笑顔で視聴者に話しかける。

「地球のみなさん。おはよう、こんにちは、こんばんは！　我々は今、秒速一・三キロメートルで月に向かって飛んでいます」

遠く離れたこの場所からは、地球の人たちの声は聞こえないし、顔も見えない。それでも、このミッションに期待しているすべての人たちが、この放送を喜んでくれていると信じる。

間奏五

星町天文台は一瞬たりとも気が抜けない緊張感に満ちている。宇宙から届けられる映像は、ミサは感動しながらも、落ち着いて鑑賞できない。

叶えた夢は、夢見心地からはほど遠い、心臓が痛くなるような大変な責務だ。

先月、ANSAから「スケジュールの変更により、月面着陸の追跡・中継地点として使いたい」と要請が届き、星町天文台は急きょ主要局に昇格していた。

これだけでも大役だというのに、もし、宇宙飛行士が月面に降り立つタイミングが変更されれば、星町天文台が月面歩行の映像データを受信し、中継を担当する可能性もありうる。

もし担当になれば畏《おそ》れ多くも光栄だけれど、危ないトラブルでスケジュールが変わるような事態だけは避けてほしいと、ミサは二四万キロメートル先の『スラヴァ』に手を合わせて祈る。

無事に月面に立ち、戻ってきてください。

☽☽☽

連合王国の女王・サンダンシアは、生中継で映し出される地球を見て、あの青い惑星に今自分がいるのかと考えた途端、熱いものが胸に迫り、気づくと涙があふれていた。そして、遙《はる》かなる宇宙に思いを馳せる。

共同事業による宇宙開発は平和の象徴であってほしい、と。

第二ミッションのあと、『サユース特別委員会』に属するＮＷＯの者が、王室に接触をしてきた。その者は新世界秩序の理念を語り、平和を謳《うた》っていたけれど、諸手《もろて》を挙げて賛同するものではないとサンダンシアは判断した。

月面に二国の国旗を立てるという話を聞いたときは、宇宙条約に違反するのではないかと反対したくなった。しかし、両国政府の決定に対しては意見できない。「征服ではなく平和のため」という話は尊重し、自分の想いは月に置いてくるディスクのメッセージに込め、あとは帰還後の式典での挨拶《あいさつ》で語るつもりだ。

人類が月に到達したあと、新世界の秩序がどうあれ、超大国の女王としての使命は変わらない。多くの命が失われた悲劇が二度と繰り返されないように、二十一世紀博覧会で描かれた未来が実現するように、連合王国の国民だけでなく、すべての世界市民に向けて、自分の言葉で発信する。もしＮＷＯが争いを企てるならば、そのときは強い態度でけん制する。

サンダンシアは、初めて月に降りる大役を担うレフを思う。カンファレンスに登壇したあの日、彼を初めとする同年代の若者と出会い、臆病だった自分は一歩を踏み出せた。今回の月面着陸は、世界中の多くの人びとにとって、明るい未来への一歩となることを切に願う。

☽☽☽

管制センターの支援室で待機するクラウス博士は、休憩時間に外に出て、空を見上げる。太陽のまぶしさに目を細めながら、今まさに月を周回飛行している『ライラプス』と、宇宙を行く『スラヴァ』を頭の中に思い描く。

夢の宇宙ロケットの開発をするために悪魔に魂を売り、戦略ミサイルの製造に手を染めた過去を何度も悔いてきた。当然、過去は消えず、この先も戦犯と罵《ののし》られることはあるだろう。

戦争の罪を隠して連合王国に渡り、テレビ番組に出演するなどして宇宙開発を啓蒙《けいもう》しつづけ、今日に至るまで、二〇年以上もの歳月がかかった。そしてまもなく、有人宇宙開発は第一の目標に到達する。つぎの目標は火星、さらにもっと果てだ。

しかし残念ながら、『サユース計画』以降の有人宇宙開発は白紙状態となっている。

それでも、今回の最終ミッションを達成すれば、世界中の人びとの心は大きく動くだろう。そして、月周回軌道ランデヴーを提唱してくれた優秀な若者たちが、夢を引き継いでくれるはずだ。

クラウス博士は東を向き、共和国の同志に語りかける。

東の妖術師《チーフデザイナー》よ。今、君もどこかで同じ空を見ているのだろう？　私の予想では、君は集団ではなく個人だ。年齢は私と同じくらいか？　東西の開発競争が終われば会えるだろうか。そのときには、せめて名前くらいは教えてくれ、『スラヴァ』の設計者よ。

☽☽☽

カーテンの隙間から冴《さ》え冴《ざ》えとした月光が差し込み、寝台に置かれた銅貨を鈍く照らす。静謐《せいひつ》に満ちた病室に横たわる偉大な科学者は、宙《そら》への想いを現世に託し、見果てぬ夢の中で、永遠なる宇宙を旅する。たとえ肉体が失われても、その熱き魂は受け継がれていく。

☽☽☽

北極気団が吹きすさぶ軍医学研究所の屋上で、毛皮にくるまった小柄な女性が寒さに震えながら月を見上げる。昔犯した罪のせいでレフたちへの接触を禁じられ、地下出版《サミズダート》の余波で手紙すらも届けてもらえなくなった。

しかし、いつか再会できる日が来ると彼女は信じている。

「レフさん、イリナちゃん。素敵な地球の映像をありがとうございます」

アーニャは炭酸水の入ったグラスを黄金色の月にかかげる。

「月から帰ったら、みんなで肉の煮凝り《ホローデーツ》を食べて、茱萸《グミ》の実の浸酒《ナストイカ》を飲んで、たくさんお祝

いしましょうね」

煌《きら》びやかな月光に照らされ、微細な泡が星屑《ほしくず》のように輝く。

☽☽☽

レフの故郷では、村に一台しかないテレビに人だかりができている。その中心にいるレフの両親は、息子が遥か彼方《かなた》で撮影したテレビ中継を、夢を見ている心持ちで見つめていた。

《――最後にもう一度、地球を映して終わります。それではまた月の近くで会いましょう》

中継が終わると拍手が湧《わ》き上がり、テレビの撮影隊は、蒸留酒を飲んで盛り上がる村人を撮影する。父は嬉々《きき》として自慢の息子の昔話をする。空に憧《あこが》れて、木の棒に布を張った自作の翼で飛び降り、大怪我《おおけが》をした馬鹿な子どもだった。母は吸血鬼の怪奇譚を脅し文句に使っていたことを話し、「イリナさんやアニヴァル村の人びとに謝らなければいけない」と苦笑する。

第四ミッションが終わったあと、連合王国にいたレフから、両親宛に手紙が届いた。『アニヴァル村に行っていて帰郷できなかった。月に吸血種族の巣がないことを確認したら、必ず村に行く。そのときにはイリナも一緒に連れて行く』と。そして、手作りの月旅行券が二枚同封されていた。有効期限は一〇〇年間。

「みんな死んでいるよ」と父は笑った。

☽☽☽

夜霧の煙るアニヴァル村の広場に、赤い瞳《ひとみ》と牙《きば》を持つ村人たちがぞくぞくと集まる。「今、イリナが月へ向かっている」と共和国の軍人に教えられ、成功を祈念する宴《うたげ》を夜な夜な開く。

エニユータは子どもたちに、姫君の幼き日々を教える。いつも夜空を見上げ、寂しげに月の詩をつぶやいていた。本を読んで空想し、月の神話を創作して、エニユータに語ってきかせた。地球から遠く離れた場所で輝く月は、魂の眠る地であると同時に、両親を失った姫君にとっては唯一の希望だった。そんな姫君はこの閉塞した村を飛び出して、人間の世界に入っていった。そして、理解のある善き人間と出会い、新しい夢と、新しい希望を見つけた。

「イリナさんなら、その名前のとおりの平和を、新しい世界を、我々にもたらしてくれる」

エニユータと村人たちは、種族の故郷とされた天体を見上げ、月の女神の加護を願う。

第一一章　月面着陸

藍の瞳　Oчи　индиго

身体《からだ》の重さをレフは忘れてしまった。無重力状態が長くつづくと、地球での手足の感覚を思い出せなくなる。気づくと、宇宙酔いの不快感は消えていた。頭と身体が宇宙に順応したのかもしれない。

宇宙の深遠では朝日も夕暮れもなく、太陽はただ明るい光を照射する。果てしなく広がる闇《やみ》の海では星々が微弱な光を放ち、地球は小さな青い硝子《がらす》玉と成り果て、寄る辺ない孤独な姿をさらしている。

打ち上げから三日が経った。

地球から三一五〇〇〇キロメートル離れたあたりまでは、地球の重力に引っ張られて徐々に速度は下がり、時速三二〇〇キロメートルまで落ちていた。そして、障害物のない宇宙で、水の壁を抜けるような、コトンとくる軽い衝撃を身体に感じた。

地球の重力圏を完全に抜けた瞬間だった。

『スラヴァ』はもう地球とは完全に離れた存在になってしまった。今は月に引き寄せられ、再び加速を始めている。

窓の向こうに浮かぶコンクリート球のような月は、徐々に存在感を強めている。

再び訪れた軌道修正のチェックポイントでは、数値に誤差はなく、修正不要だ。トラブルの起きない、極めて順調な飛行がつづく。

だが、あまりにも順調だと、疑心暗鬼にとらわれる。

コンピューターは故障せずに動き続けるのか、見えない場所でネジが外れたり、燃料が漏れたりしていないか。管制室のキャプコムはトラブルを伝えないだけで、管制センターで問題が起きていないか。

いや、そんなことはない。

考える時間が多すぎて、余計な想像をしてしまう。

イリナが船内の点検をする傍《かたわ》らで、レフは疑念を振り払うべく、着陸予定地点である『静かの海』への飛行経路を確認する。

また、降下だけでなく、月面から帰還するときのシミュレーションも頭の中で繰り返す。遥か上空を飛行する『スラヴァ』のもとへ戻るには、上昇段を起動させるプログラムをDSKY《ディスキー》で打ち込み、実行ボタンを押す。すると、降下段との接続部分にある分離ボルトが弾《はじ》けて、エンジンが噴射され、月面から飛び立つ。

実行ボタンを押すとき、どういう気持ちになるだろうか。名残惜しくて寂しくなるのか、早く帰りたいと焦るのか。実際にその瞬間が訪れるまでは、レフには答えは出せない。

☽☽☽

地球を基準にした時の流れでは、四日目に入った。いつしか、昼夜や時間の感覚が失われている。

そして安全な宇宙飛行は、そろそろ終わりを告げる。

月周回軌道への投入が近づき、レフたちは作業を進める。すると、いきなり船内が暗くなった。窓から差し込んでいた明かりが不意に消えた。

「なんだ?」

レフは窓の外に目をやる。

微弱だった星々の輝きが強くなっている。月のあった位置には真っ黒な球体が浮かび、その周囲には白色の光がもやもやと突き出している。

「あの黒いやつは、月か……?」

どうやら月が太陽を隠し、『スラヴァ』は月の影に入ったらしい。闇《やみ》に目が慣れてくると、月面を照らす仄《ほの》かな青い光に気づく。

「青の光源なんて、どこにある……?」

レフが疑問をつぶやくと、イリナがぽそりと答える。

「地球の海に反射した光じゃないかしら……？」

「ああ……。こんなところまで届くのか」

言ってから、月の光が地球の夜を明るく照らしていることを思い出す。

薄暗い月面をレフは凝視する。月には大気がないので、遠く離れていても地表がくっきりと見える。

穴が開くほど見ていた画像と同じ景色が、レフの瞳《ひとみ》に飛び込んでくる。巨大なクレーター、ざっくりと裂けた谷、薄黒い平地。

不気味だ。

光の衣を剝《は》がされた月は、ただ不気味だった。

幻想的な美しさとはかけ離れた、生々しい現実が目の前にある。月の魔力というものに騙《だま》されていたのだろうか。ここに夢を見ていたことが空恐ろしくもなり、月はただの岩だと貶《けな》していた人たちが正しくも感じる。

その一方で、幼少期から憧《あこが》れつづけた場所に到達するという感動もレフの胸を突き、感情が混乱して、言葉が出なくなる。イリナもネイサンも窓の外に目を向け、黙り込んでいる。

薄気味悪い月を眺めていると、身体《からだ》中の体液が細波立《さざなみだ》つような、得体の知れない不安が、レフの心に侵食してくる。そのとき、唐突に『吸血鬼症候群』という言葉が脳に浮かんだ。

「イリナ、平気か？」

無意識に、レフの喉《のど》から声が押し出された。

いきなり声をかけられ、イリナはきょとんとレフを振り向く。

「え……何が？」

「ああ、体調は……」

「宇宙酔いだったら平気よ。ただ、月の姿に圧倒されていただけ」

イリナの瞳《ひとみ》はいつもと変わらず、透きとおった綺麗《きれい》な赤さを湛《たた》えている。

レフは全身がほぐれるような安堵《あんど》を覚える。新聞記者のくだらない煽《あお》りに惑《まど》わされてしまった自分を反省する。しかし、世間にはイリナを疑う人たちもいるだろう。だから、月周回軌道時のテレビ中継では、平然としているイリナをしっかり映そうと心に決める。

レフは気を取り直して、ふたりに声をかける。

「月は想像以上に荒れ果てている。ふたりもそう感じたと思う」

ネイサンは眉間《みけん》に深い皺《しわ》を刻む。

「あの場所に降りるのかと思うと、怖気《おぞけ》が立つ」

イリナは肩をすくめて、両腕をさする。

「ゾクッとした。お世辞にも美しいとは言えないわ」

レフは強気の姿勢を見せる。

「もうすぐ月周回軌道に入る。覚悟して、集中していこう」

☽☽☽

月に接近すると、窓のほとんどを月面が占めるようになった。月の大地は地球の砂漠と同じくらい単調で、変化が少ない。荒れたクレーターや凹凸がどこまでもつづいている。

先に打ち上げられた月着陸船『ライラプス』は頑丈な檻《おり》に入ったまま月周回軌道をぐるぐると回っていて、レフたちに解き放たれるときを静かに待っている。

《――【LOI】、ゴーだ》

管制室から許可が下りた。

レフがイリナに指示を出す。

「船体の回転を停止」

「了解」

太陽の照射から守るための回転を止め、姿勢を整えて、【LOI】の準備を始める。六分儀で星の位置を確認し、コンピューターによる計算を反映する。

月周回軌道に上手《うま》く乗るための二度の減速は、宇宙飛行士の腕にかかっている。しかしこのフェイズもこれまでと同様、過去のミッションで成功しているので、過剰な心配は不要だ。指示に従い、手順を間違わずにやれば上手《うま》くいく。

　信号喪失まで一分。管制室から挨拶《あいさつ》が届く。

《システムはすべて順調だ。では、また月の表で再会しよう》

「了解、月の裏を楽しんできます」

　レフは明るく返す。地球からは見えない裏の景色は、いったいどんなものだろうか。

　予定の時間どおりに『スラヴァ』は月の左側から裏に回り込み、管制区域を外れる。これから四八分間、地球との交信が途絶える。そのあいだの機内でのやり取りは、レコーダーで録音する。

「さあ、エンジンの逆噴射の準備だ」

　レフの合図で作業を開始する。まずは月の重力に『スラヴァ』を捕まえさせるため、速度を時速四八〇〇キロメートルまで落とさなければならない。三人で協力して、チェックリストの手順どおりに、DSKY《ディスキー》の入力を行う。『HGC』が姿勢や噴射時間を指示する。

「燃焼開始まで三五秒」

　ネイサンが言った。しばらくして、DSKYの表示が五秒間空白になる。それを確認したイリナはつぎの手順を実行する。

「動作九九、続行」

　イリナがDSKYを使い、書き込みを許可してプログラムを進める。燃焼が始まると、イリナはストップウォッチで噴射時間を正確に計測する。

そして六分ほど噴射したとき、ＤＳＫＹのディスプレイが、月周回軌道に乗ったという状態を示した。レフは数値を確認して、思わず声をあげる。

「すごい！　遠月点、近月点とも、目標値とほとんどズレてない！」

イリナは上機嫌に目を細める。

「訓練の成果ね」

ネイサンはＤＳＫＹに向けて、祈るように手を合わせる。

「帰還したら、コンピューターの技術者にあらためて謝罪をしなければいけない。邪魔者扱いしていた自分たちは愚かだったよ」

ここまで来られたのは、バートやカイエたちの手柄であることは間違いない。交信不可能な状態にいる彼らの尽力にレフは感謝する。

「見て、月の裏よ」

イリナに言われて、レフは窓の外に目を向ける。星の海をぽっかりとくり抜くような、巨大な黒い円がある。今は太陽光が当たらない夜の時間帯にある。

月の裏側は、表側よりもさらに不気味だ。起伏が激しく、ごつごつした山脈や大きなクレーターばかりで、平らな面は全然見つからない。外から飛来する隕石《いんせき》を大量に浴びたのだろう。

レフとネイサンが月面への降下をしているあいだ、イリナはひとりでこの領域を飛行する。

地球の人びとは月面着陸に注目していて、管制室との交信もできない。そんな完全なる孤独を想像するだけで、レフは骨の髄まで染みとおる寂しさに襲われる。イリナは今どう思っているのだろうかと横目で窺《うかが》うと、これまでと変わらず、作業を黙々とこなしていた。

月の裏を飛びつづけ、表に出る時間が近づいたとき、月の地平線に、青い色がぽっと浮かびあがった。

瞬間、レフは息を呑《の》む。

『地球の出』だ。

暗黒の世界でただひとつ鮮やかな色彩を持つ地球に、イリナとネイサンは感嘆の息を漏らす。

《——こちらニューマーセイル、『スラヴァ』、聞こえるか?》

地球との交信が再開し、レフは挨拶《あいさつ》をする。

「ただいま。『地球の出』の美しさに、言葉を失っていました」

これから月周回軌道飛行の二周目に入る。

スケジュール上では、『ライラプス』とのランデヴーを実施する前に、着陸予定地点である『静かの海』の大まかな位置を確認する。

レフは月面の地図と、頭に叩《たた》き込んだ目標物を頼りに、目を皿のようにして探す。

しかし簡単には見つけ出せない。『静かの海』は、現在夜明けの時間帯にあるのだが、月の夜明けは暗い。しかも太陽光線の当たる角度が浅いせいで、山脈やクレーターの影が地表に長く伸びて、目標物の視認を困難にしている。

それでもしつこく探していると、地球から届く薄青色の光に照らされた、『静かの海』らしき平地を見つけられた。

「あった……！」

レフは目を凝らして観察する。

ところが、そこは予想とはかけ離れた姿をしている。尖《とが》った影が、大地に荒々しい模様を描いている。穏やかで静かな場所ではなく、大戦争で荒廃したあとに訪れた静けさ、という印象を受ける。

「……本当にあそこなのか？」

レフは月面図と照らし合わせて、何度も確認する。

「合ってるな……」

計器のチェックをしていたイリナは顔を上げる。

「どうしたの？」

「いや、写真では着陸しやすそうに見えたんだけど、クレーターや大きな岩があちこちにあるように思える」

ネイサンも窓を覗《のぞ》き、顔を歪《ゆが》める。

「暗くて見にくいが、とても平坦には感じられないな」

「私にも見せて」

イリナはふわりと浮遊して窓に顔を貼りつけ、『静かの海』を観察すると、不安に揺れる声を出す。

「ちょっと……あんな場所に着陸できるの？　でこぼこじゃない」

レフは努めて冷静に返す。

「たぶん、今は影の黒さのせいで、ひどく荒れて見えてる気がする。もっと平坦なはずだ」

希望を込めて、そう言った。明日、『静かの海』に朝が来て、光に照らされれば、実体はわかるだろう。

「さあ、二回目の減速の準備を開始しよう！」

怯《おび》えの芽を吹き飛ばそうと、レフは言葉を強くする。


一回目の減速から一時間一三分後、『スラヴァ』は二回目の減速も成功し、【ＬＯＩ】を完了。

「今回も目標値とほぼ変わらずだ……すごいな」

あらためてレフは『ＨＧＣ』の能力に驚愕《きょうがく》する。しかし月面着陸の終盤には、この優れた『ＨＧＣ』の計算能力に頼れなくなってしまう。最後は己の技能にすべてが懸かっているという重圧が、少しずつレフの心にのしかかってくる。

☽☽☽

《――ランデヴー、続行》

管制室からの指示に、操縦を担当するイリナが素早く返答する。

「了解、ランデヴーに入る」

月周回軌道を回る『ライプラスの檻《おり》』後方三〇キロメートルに『スラヴァ』は追いつくと、そのまま並行飛行をする。船長席の窓から監視しているレフは、イリナに声をかける。

「いい感じだ」

「このくらい楽勝よ」

虚勢ではなく、実際にイリナには余裕がある。ランデヴーとドッキングは彼女が一番力を入れて訓練したところだから当然だろう。なんせ、このフェイズを単独でこなせなければ、レフとネイサンが漂流した場合に救えないのだから。

《ミッション続行、ドッキングの準備を》

レフたちは衝突に備えて、念のため宇宙服を着る。ドッキングの手順は第四ミッションと同じ。月を背景にして視認性を高め、檻に接近し、結合する。そして囚《とら》われた『ライプラス』を引っ張り出す。

準備が完了すると、レフはイリナに声をかける。

「焦らずに行こう」

「任せて」

イリナはDSKY《ディスキー》を操作しながら、プログラムを読み上げる。

「ランデヴーレーダー、開始。動作四四、入力——完了。動作四八、入力。動作二一——」

レフが返す。

「動作二一、取得」

「動作二一、入力」

イリナは姿勢制御システムを的確に操作し、『スラヴァ』を檻《おり》から三五メートルほどの至近距離まで移動させる。

「ここからね」

檻を閉ざしている蓋《ふた》に『スラヴァ』の先端が向くようにイリナは機体を制御すると、慎重に接近させる。

「お願い、開いて」

イリナの祈りに反応するように、檻を閉ざしていた四枚の蓋がゆっくりと口を開き、脚が折りたたまれた状態の『ライラプス』が姿を現す。

「やった、無事ね！　今、助けてあげるわ」

イリナはＤＳＫＹにプログラムを手早く入力し、ドッキング用の探針《プローブ》を作動させる。そして『ライラプス』のドッキングターゲットとなる受け口を狙《ねら》い、接近を行う。

「救出を開始するわ。レフ、ネイサン、指示をお願い」

「了解」

レフは単眼鏡を覗《のぞ》き、『ライラプス』を捉えようと試みる。しかし視界が非常に狭く、なかなか合わない。

「難しいな……どのあたりだ？」

ネイサンは広い視野からの助言をする。

「機体が右に寄りすぎている。イリナ、左だ」

イリナはふたりの誘導に従い、慎重に機体を操る。

「これで、どう？　レフ、見えた？」

「艦の端は捉えた、ネイサン、どうだ？」

「よし、イリナ、そのままいこう」

三人で情報を共有し、神経をすり減らしながら、何分もかけて細かい調整をつづける。

イリナは集中し、必死に機体を操る。

「絶対に助けるんだからっ……」

やがて、単眼鏡を覗くレフの瞳《ひとみ》は、『ライラプス』の受け口と『スラヴァ』の探針が合わさる位置を捉えた。

「イリナそこだ！」

「了解！」

探針《プローブ》を『ライラプス』の受け口にピタリと合わせ、『スラヴァ』を前進させる。

「どう!?」

イリナの声が明るく弾む。探針は受け口にするすると差し込まれていく。

「いけたでしょ!?」

カチリとドッキングラッチが音を立てる。

ビ――――！！！

船内にドッキング成功のブザーが鳴り響く。

「やったぁ！」

歓喜するイリナに対し、レフは冷静に諭す。

「まだ早い。つながっただけだ」

「りょーかいっ」

つっけんどんに答えたイリナは、『ライラプス』を檻《おり》から引っ張り出す作業に入る。

「おとなしく出てきてね、ワンちゃん」

ドッキングさせた状態の探針を引っ込めながら、『ライラプス』を『スラヴァ』にぐいっと引き寄せ、檻から完全に引き出す。

　これで完了だ。

　イリナは大きく息を吐き、胸をなで下ろす。

「今度こそ、成功でしょ」

「お疲れさま、見事だった！」

　レフが褒《ほ》めると、ネイサンは軽口を叩《たた》く。

「その腕があるなら、我々は安心して宇宙を漂流できそうだ」

「馬鹿を言わないで。回収費用を別料金で貰《もら》うわよっ」

　言い返すイリナの声には、任務を達成した喜びがにじみ出ている。

《――すばらしいできだった、イリナ。地球から拍手を送る》

　照れ臭そうにイリナは返す。

「ど、どーいたしまして。ま、私だけの力じゃないけどね」

《では、機体の確認を》

「了解！」

　万が一、機体が破損していたら地球に戻らねばならない。

「外側は大丈夫そうね」

　頑丈な檻のおかげで、ひとまず損傷はないようだ。つぎは船内の点検と同時に、地球に向けた放送をする。そして、明日の着陸に向けての準備だ。レフとネイサンは船内に入って作業をするため、動きにくい宇宙服を脱ぎ、作業のしやすいジャンプスーツに戻る。着脱が本当に大変で、時間も体力も消費してしまう。

ふたりの移乗の準備が整うと、イリナは『スラヴァ』の先端部分のハッチを開ける。

「はい、いってらっしゃい」

ハッチの先に、幅一メートルのドッキングトンネルが現れる。

テレビ用のカメラを手に、レフはハッチをとおり、ネイサンがつづく。トンネルを潜《くぐ》り抜け、『ライラプス』の天井部にあるハッチを開けると、頭を下にしてふわりと落ちながら、途中でくるりと身体《からだ》を回転させて、床に足をつける。

「うっ……」

上下が逆になる移動で脳が混乱したのか、頭がクラッとした。ネイサンも同様に頭痛がするようだ。

「ここにきて宇宙酔いは勘弁してくれ……」

脳の混乱は一瞬で治まり、レフはホッとひと息吐くと、『ライラプス』の船内を見渡す。

全体的に無機質な灰色で、配管類が剝《む》き出しになっている。正面の制御卓《コンソール》にはスイッチや計器類が並び、制御装置がふたり分ある。見た目はほぼシミュレーターと同じ。違う点は、身体の浮遊感や、三角形の窓の外に、本物の宇宙と月があることだ。

「船内にも破損はなし」

レフが確認すると、システムの点検や機械の調整を進める。

チェックリストに従い、電源を入れ、通信機能をテストし、ふたりで手分けして各種スイッチを設定する。また、月面での船外活動に必要なものも先に持ち込んでおく。

作業の合間には、休憩を兼ねて、テレビ放送用に船内を撮影する。『ライラプス』は連合王国製で撮影制限がないので、遠慮なくあちこち撮る。

「──ふう、終わった……」

ネイサンは額の汗を拭《ぬぐ》う。ふたりで四時間かけて、点検と下準備を終わらせた。機能はすべて異常なし。これで月面着陸に挑戦できる。

作業で疲れ果てた身体をふわっと浮かび上がらせて、ふたりはトンネルをとおり、イリナの待つ『スラヴァ』に戻る。

「おかえりなさい」

イリナは気を利かせて飲み物を用意してくれていた。そのイリナに、レフは唐突にテレビカメラを向け、撮影を始める。

「我々が『ライラプス』にいるあいだ、彼女が母船を管理していました」

イリナは動揺を露《あら》わにする。

「な、なに？　撮影なんて聞いてないわ」

「こっちで許可は得たよ。イリナ操縦士、ひとりで旅をした気分は？」

「ちょ、ちょっと待ってよ。急に言われても……」

照れて目を伏せるイリナ。その背後の窓には大きな月が見える。これで『吸血鬼症候群』を利用しようとする者たちの悪意を、完全に防げなくとも、ある程度は抑止できるはずだ。

イリナは表情を整えると、カメラに向かって話しかける。

「……ひとり旅は、広くて静かで、気楽だった。見て、すぐそこに月があるわ」

レフは窓の外にカメラを向けて、月を映しながら解説をする。

「有人宇宙船『スラヴァ』は月の周りを順調に航行中です。予定どおりにいけば、明朝には月着陸船『ライラプス』を切り離し、月面着陸に挑みます」


明朝に向けて、レフたちは最終準備に入る。

まず、少し明るくなってきた『静かの海』を観察し直す。太陽の照射が変わり、かなり視認度が上がっている。レフは単眼鏡を覗《のぞ》き、月面の目標物を頼りに、実際の飛行経路に沿って、『静かの海』の中にある着陸予定地点を探していく。そして、クレーターや山々の向こうに、その場所を発見する。

「えっ……？」

狼狽《ろうばい》の声が漏れた。まだ遠く離れているので細部までは不明瞭とはいえ、ひと目見て、衝撃を受けた。

大きな岩がごろごろ転がっている。

いや確かに、ほかの場所に比べれば平坦ではあるが、岩石の量は、着陸に適した場所とはとても言えない。おそらく、まだ見えていない小さな岩もたくさんある。

あの荒れ地に、初めて操縦する『ライラプス』で降りることなど、不可能ではないか？

「……」

浮遊感のあったレフの身体《からだ》に突然重さが戻って、視界がぐにゃりと潰《つぶ》れるような恐怖に襲われる。

「レフ、どうした？」

不安が伝わったのか、ネイサンがレフの肩を叩《たた》いた。

レフはネイサンに単眼鏡を譲る。

「見てほしい」

着陸予定地点を見たネイサンは重いため息を吐《つ》き、額に手を当てる。

「まいったな。少なくとも『静か』ではない」

別の作業をしていたイリナがレフの隣に来る。

「難しそうなの？」

「ああ……想像の一〇〇倍くらいいね」

月は人類を拒絶している。それがレフの正直な感想だった。巨大なクレーターはギョロリと目を剝《む》き、大地を裂く谷に「人類は地球でおとなしくしていろ」と嗤《わら》われているかのようだ。

だが、不可能に感じようと、ここでおめおめと引き返すわけにはいかない。月への道は少しずつ築かれ、時に犠牲を出しながらも、あと僅《わず》かのところまで完成している。その最後を自分がつなぐ。

「歓迎されずとも、必ず降りてみせる」

レフは窓の向こうに浮かぶ月を睨《にら》み、自分に言い聞かせるように言い切った。

本番が翌朝に迫っても、地球の視聴者向けにカメラを回す時間帯が設定されている。着陸前の最後となる放送では、月への着陸を船長であるレフが解説する。

レフは重圧を押し隠し、『ライラプス』の飛行経路に沿って撮影し、クレーターや山脈などの話をしながら、脳内では降下のシミュレーションをする。しかし、着陸予定地点に関する詳細は、月周回軌道から観察した『岩が多い』という情報しかない。月面付近まで降下して、実際に目で見て不可能だと判断したときは、限られた燃料でべつの降下地点を探さねばならない。

そんな場所は、どこにあるのか？

もはや、単眼鏡で覗《のぞ》いた地点に、平坦な地面が少しでもあることを願うのみだ。もし新たな着陸地点を探して月面を彷徨《さまよ》うことになれば、燃料が重要になる。重量制限でただでさえ少ない燃料を節約するためにも、現状で考えられている目的地点までの降下は完璧にする必要がある。

本番までの時間は残りわずか。レフは無我夢中で月面地図や降下手順を読み返す。食事時でも資料を手放さず、液状の物質を胃に流し込みながら、理想的な降下と着陸を思い描く。ネイサンも激しく危機感を抱き、レフと共に手順の確認を繰り返す。

しかし不安は拭《ぬぐ》いきれない。限界まで訓練を行い、心構えと覚悟はできていたはずが、月面を目の当たりにした瞬間、ぼろぼろと崩れ落ちる。

さらに、今までは気にしていなかった懸念がつぎつぎとレフの脳裏に浮かぶ。降下中に機械は壊れないか、『ライラプス』は言うことを聞いてくれるのか、うまく着陸したはずが、脚が地面にめり込み、折れないか――

息苦しくなり、宇宙酔いのような吐き気に襲われ始めたとき、レフの頬《ほお》に、冷たい塊がぴちょんとへばりついた。

「うわあっ！」

びっくりして顔を上げると、イリナが至近距離で水鉄砲を構え、じろりと見ていた。

レフはへばりついた水を手で除ける。

「何するんだよ……」

「根を詰めすぎると本番に響くわ。ほら、残りの船内作業は私がやっておくから、ふたりは早く寝なさい」

口調は強くても、イリナは瞳《ひとみ》を心配そうに揺らしている。

「ほら、寝なさいってば。びしょびしょにするわよ」

イリナは水鉄砲でレフとネイサンを狙《ねら》い、寝袋をさっさと用意しろと脅す。

ネイサンは月の地図を閉じて、レフに言う。

「彼女に賛成だ。寝不足では、着陸まで集中力がもたないぞ」

「うん、そのとおりだ……」

レフも資料を片づける。そうしてふたりが就寝の準備を始めると、イリナは満足そうな表情で水鉄砲をおろす。

「そうそう。心配しなくていいの。だってあなたたち、十分すぎるほど準備してきたんだから。着陸は成功する。月の種族と言われた私が保証してあげるわ」

フフッとイリナは自嘲《じちょう》的に微笑《ほほえ》む。

彼女とのわずかなやり取りで、レフの沈んでいた心は、ふわりと引き上げられた。根拠などないが、成功する気がしてくる。

寝つけるかどうかはべつとして、レフは早めに寝袋に入り、休息を取る。

☽☽☽

太陽光の加減で、月は刻々と表情を変えていく。暗黒の夜から、鋭利な影が伸びる夜明けを過ぎ、朝の訪れと共に陰影は薄くなる。灰色だった地表は黄色みを帯びて、黄褐色となる。

《――おはよう。いよいよだな》

連合王国時間の午前六時に、キャプコムを務めるアーロンの声が届いた。

レフは熟睡はできず、長いあいだ夢現の境界を漂っていた。着陸を失敗する悪夢も見た。降下をしていると月面に人の顔が現れ、大きな口ができて吸い込まれた。

しかし、夢は夢だ。現実に引きずりはしない。レフは自分の気持ちを高めるためにも、元気よく挨拶《あいさつ》をする。

「おはよう、ニューマーセイル！　三人とも準備は万端だ！」

《頼もしい。今日一二月二五日は、連合王国は祝祭日だ。女王陛下も議員たちも、多くの市民も、教会で祈りを捧《ささ》げている。神への祈りと共に、君たちの成功を祈っている》

地球の喧噪《けんそう》からは遠く離れた静かな機内で、三人は協力して宇宙服に着替える。月面での船外活動をするレフとネイサンは当然として、『ライラプス』を切り離すときのトラブルに備えて、イリナも着なければならない。レフは冬薔《プルーシ》の栞《しおり》を忘れずに肩のポケットに入れ、頼むぞと優しく撫《な》でる。

ヘルメットと手袋以外の装着を終えたネイサンは、レフの腕を軽く叩《たた》く。

「先に入って準備をしている」

そしてネイサンはイリナの方へ身体《からだ》を向けて、きちっと敬礼をする。

「月に降りてくる」

イリナは敬礼を返す。

「了解。レフとの蜜月旅行《ハネムーン》を楽しんでね」

フッとネイサンは笑うと、ドッキングトンネルに入っていった。

イリナはレフの着替えを手伝いながら、小声で話しかける。

「今、何を考えてると思う?」

「切り離しの手順?」

「いいえ、将来、こんなふうに宇宙の職場に送り出す日が来るのかなって……」

イリナは自分で言ったくせに気恥ずかしそうにするので、レフはなんとなく照れてしまい、身体がほわっと熱くなる。

「将来か……その頃には、もう少し着やすい服が完成してるといい」

「そうね、毎日こんなのじゃ遅刻するわ」

ヘルメットと手袋を残して、レフは着替え終える。

するとイリナはふわりと浮いて、レフの両肩に手を置き、顔を引き寄せると、頬《ほお》に軽く接吻《せっぷん》をする。

「月の上で待ってる」

「了解、必ず戻る」

レフはイリナに敬礼をすると、またの日の再会を祈り、懐かしい名で呼ぶ。

「いってきます、『彼岸花《リカリス》』」

イリナはにっこりと微笑《ほほえ》み、敬礼を返す。

「いってらっしゃい、『十五夜草《アスタル》』」

一部の人びとにしか伝わらないコールサインで呼び合うと、レフは床を軽く蹴《け》って飛び上がり、ドッキングトンネルに入る。イリナは『スラヴァ』側のハッチを閉じ、レフは『ライラプス』側のハッチを閉じる。つぎにハッチが開くときには、この手に月の石を持っているはずだ。

「いってきます、チーフ」

レフは『スラヴァ』に敬礼すると、最終確認を進めるネイサンのもとへ向かう。


船室の正面中央にあるDSKY《ディスキー》を挟む形で、レフは左側、ネイサンは右側にある制御卓《コンソール》の前に立つ。淡い光を放つ計器表示の中、レフの目に、ひときわ目立つボタンが飛び込んでくる。

【ABORT《中断》】――これを押すような事態だけは回避したい。

身体を安定させるために靴を面ファスナーで床に固定し、宇宙服をベルトで結ぶ。

まだドッキング状態は解除しない。周回飛行をつづけながら『スラヴァ』の力を借りて、『ライラプス』の調整をする。

「イリナ、名詞二〇を入れてくれ」
《了解、レフ。動作〇六、名詞二〇——》
短い交信を繰り返し、機体の微調整や切り離しの準備を進める。そして、ミッション中止時に備えて、『スラヴァ』とのランデヴーレーダーをオンにする。あくまでも念のためだ。この設定が無駄に終わるといい。
すべての用意が調うと、管制室からアーロンの声が届く。
《こちら、ニューマーセイル。『ライラプス』の切り離しを許可する》
「了解。イリナ、切り離しを行う」
一二月二一日に『スラヴァ』が打ち上げられてから、一〇〇時間が経過した。そして今、月の裏側で月面着陸に向けた切り離しが行われる。
イリナの声が届く。
《切り離し一分前……設定は大丈夫?》
レフが答える。
「大丈夫。準備は完了」
《了解……三〇秒前》
レフはストップウォッチで計り、時間ぴったりに姿勢制御エンジンを噴射させた。
グァン、グァン！

物々しい金属音が響く。機体を限界まで軽量化しているせいで音を防ぐ層がないため、エンジンの作動が船室に直に伝わってくる。

「心臓に悪い鳴き声だ」

ネイサンのつぶやきと同時に『ライラプス』は解き放たれ、『スラヴァ』から二〇メートルほど離れた。

《やったわ、成功！》

このまましばらく二機はランデヴーをつづける。レフは『ライラプス』をゆっくりと回転させて、『スラヴァ』にいるイリナに見せる。

「イリナ、機体の確認を頼む」

《……えーっと、胴体も脚も異常なし。着陸装置は正常に展開してるわ》

「ありがとう。分離は無事に完了だ」

《お腹《なか》を見せちゃって、甘えん坊のワンちゃんね》

交信の終わりに、イリナはフフッと笑った。現在、『ライラプス』は上下逆さまの姿勢で飛行していて、レフは窓の向こうに宇宙ではなく月面を見る。

一方、イリナの乗る『スラヴァ』は『ライラプス』を追跡しながら管制室に情報を伝え、緊急時には救助に駆けつけられる態勢を取る。現在は互いに目視できる距離を飛行しているが、この先、『ライラプス』が月への降下を始めれば、月周回軌道に残る『スラヴァ』とはぐんぐんと遠ざかり、やがて互いの視界から消える。

月の裏から表側に出ると、管制室との交信が復活する。

《――いいぞ、『ライラプス』。ミッション続行だ》

アーロンと短いやり取りを繰り返し、データの交換をして、『ライラプス』のエンジン噴射を行う動力降下の準備に入る。

降下の最初のフェイズは、現在の軌道よりも月面寄りにある楕円《だえん》形の軌道――月との最接近点が一五〇〇〇メートルという『降下軌道』に入ることだ。これは第四ミッションで成功しているので、チェックリストの手順に従えば問題はない。

この降下と同時に、レフは飛行経路を確認しながらつぎのフェイズの降下開始地点と、そこへの到達予測時間を正確に調べなければいけない。もし予定とのズレが発生したら、貴重な燃料を無駄に消費してしまうからだ。レフは窓に刻まれた目盛りと、月面の目標物を使って簡単な数式を解き、飛行状況をしっかりと把握する。

そして、切り離しから約半周後、『ライラプス』は再び月の裏側に回り込む。

「ニューマーセイル、まもなく月の裏だ。その後、降下軌道へおりる」

《了解、月の表で待っている》

降下軌道へと高度を落とすための、減速噴射をする予定時刻が近づく。

さあ、まもなくだ。

ＤＳＫＹ《ディスキー》のディスプレイに、噴射の実行を促す表示が点滅した。

「ネイサン、実行を」

「了解、噴射を開始」

ネイサンがＤＳＫＹに入力し、三〇秒弱の減速噴射を行う。

「よし、ぴったりだ」

ディスプレイに、降下軌道投入の成功を知らせる表示がパッと光る。『ＨＧＣ』との連携も完璧にできている。

上空を飛行するイリナから通信が入る。

《こちら『スラヴァ』。どうだった？》

レフは少し得意げに返す。

「燃焼完了、時間どおり。残差ゼロ、見事な降下だっただろ？」

イリナはうれしそうな声を返してくる。

《ええ、離れて行くのを見てたわ。その調子なら、私がいなくても平気そうね》

「見守っていてくれ。ふたりでがんばる」

《ネイサン、レフを頼んだわよ》

ネイサンがイリナに返す。

「そっちはどうだ？　ひとりで大変そうだ」

《いいえ、広くてとっても快適になったわ。それじゃ、男二人で犬のお散歩を楽しみなさい。何かあればすぐに助けに行くわ。何もないことを願うけど。レフ、お土産よろしくね。以上──》

イリナは一方的にしゃべると、通信を終えた。レフは彼女の強気な態度がいつもどおりで安心すると同時に、胸の奥が痛む。

彼女が強がるときは、つらさや寂しさを隠しているときだ。本人は平気だと言っていたが、月の上空までやって来てひとりだけ残るというのは、計り知れないほどの苦しみがあるに決まっている。瞳《ひとみ》を閉じると、『スラヴァ』の中でひとり寂しそうに窓の外を見ているイリナの姿が思い浮かび、目頭が熱くなる。

しかしこれは仕方がない。自分たちの私財を投じたわけではなく、二国での共同事業としての任務なのだから。

「ネイサン、イリナの想いも月に届ける」

「当然だ」

強い気持ちが込められた声で、ネイサンは答えた。

レフは深く息を吸い、気合いを入れ直す。

ここまでは、第四ミッションで道が築かれていた。

真の最終ミッションはこれからだ。

地球で決めてきた予定では、ここから約二時間半で、月面着陸を達成する。この高度から一気に着陸を狙《ねら》うのではなく、誘導方式によって、三つのフェイズに分割される。

第一、高度一五〇〇〇メートルから高度二三〇〇メートルへ、『HGC』の自動操縦で降下。

第二、高度二三〇〇メートルから高度一二〇メートルへ、搭乗者の目視も加えて降下。

第三、高度一二〇メートルから、手動操縦による着陸。

この間に、DSKY《ディスキー》では動作六三〜六八までのプログラムを入力する。動作六八が『着陸確認』だ。

レフは強い想いを込めて、右手側の操縦桿《そうじゅうかん》に触れる。

最初に使用するプログラム、動作六三では、前後・左右・上下《ロール・ピッチ・ヨー》に機体を回転させ、機体角度を調整できる。また、左手側の操縦桿では、降下速度を調整する。これらを駆使して、月の猟犬《ライラプス》を運命の地へと導く。

『ライラプス』は楕円《だえん》形の降下軌道を二時間ほど飛行して、第一フェイズの開始地点である『月との最接近点』を目指す。ここ以降、一度降下を始めると、機内をじっくり点検をするような余裕はない。燃料と時間との戦いになる。

ネイサンは計器の表示を見ながらレフに問う。

「さて……動作六三を始める準備はできたか?」

「いつでも行けます。予定地点が来るまで待機」

「了解、待機し、点検を進める」

動作六三を入力すると、『HGC』の働きによって、第一フェイズの減速が自動で始まり、『ライラプス』は少しずつ月に引き寄せられていく。自動操縦は『HGC』に記録された数値と現在の飛行状況とを比較することで実行される。しかし、自動と言えども、ボタンひとつで月面まで連れて行ってくれるわけではない。宇宙飛行士のやる作業は山ほどある。機器の起動や、机上の計算で算出された数値の修正、無数にあるスイッチの設定確認など、『ライラプス』を安全に誘導するために力を尽くす。

ネイサンは降下の様子を撮影するカメラで、録画を開始する。

「この映像は永遠に残るぞ。月の猟犬《ライラプス》に嚙《か》まれるなよ」

レフは自信を持って返す。

「なだめて、うまく着地させますよ。……よし、着陸用レーダーを起動」

「了解、起動」

降下軌道に降りてから、二時間が経過した。月への最近接点が近づく。

「まもなく、第一フェイズの開始だ」

ネイサンは制御卓《コンソール》の数値を注視する。レフは月面の目標物や地図から『ライラプス』の位置を二回測定する。

「飛行状況は正しい。すべて問題なし」

《こちらニューマーセイル、了解》

エンジン系統のシステムも正常に動作している。

あとは降りるだけだ。

レフの手のひらに汗がにじむ。

管制室から連絡が入る。

《第一フェイズ、動力降下、ゴー》

承認を得た。すぐにネイサンが言葉をつづける。

「最近接点に到達する」

ここから一五分で、月面着陸を完了する。これまでの宇宙開発のすべてが、この一五分にかかっている。

途中で燃料が切れたり、月に激突したりすればミッションは終了する。

だが、失敗はしない。

成功させて、イリナとの約束を果たす。

「さあ、行こう！」

降下の開始をレフが告げる。

「点火！」

ネイサンが応える。

「点火、推力一〇パーセント」

最初はスロットルを大きく開かず、『HGC』の処理が追いつくようにゆっくり進む。あまりに静かでエンジンが動いているのかどうかも疑うほどの状態から、じわじわと三〇秒かけてスロットルを開けていく。

出力が上がると機内に高周波振動が発生し、レフは身体《からだ》で速度を体感する。ニューマーセイルには逐一報告を入れる。

「現在、月へ向かって降下中」

《了解、数値はすべて良好のようだ》

ネイサンはDSKY《ディスキー》のディスプレイに表示される高度と降下速度を数秒おきに読み上げ、チェックリストの数値と照合する。

「降下速度、秒速九メートル——ほぼ一致、すばらしい精度だ」

計器類の数値も正常、滑り出しは順調と言える。

『ライラプス』は上下逆さまで、窓を下に向けたまま飛行をつづける。レフは月面に目を凝らし、目標物を確認して、飛行経路と通過時間の誤差を検証する。地形を暗記した成果で、地図を見なくてもわかる。

今のところ飛行に問題はない。

操縦桿《そうじゅうかん》に手を置き、レフは心の中で話しかける。月の猟犬《ライラプス》よ、抗《あらが》わずに、どうかこのまま宙《そら》を駆けてくれ。

降下開始から三分、高度一四〇〇〇メートルまで降りてきた。引きつづきレフは月面の目視に集中し、管制室との交信は主にネイサンが担う。

「レーダーのアンテナを月面に向ける」

機体の姿勢を少し引き上げて調整する。

だんだんと月面が近づいてくる。地表の陰影や濃淡がくっきりと見えてきて、上空からでは判別できなかった細かな地形も鮮明になる。冷静にいようと思っていても、地球とまったく違う光景に脳が刺激されて、心拍数が勝手に上がってしまう。

「目標のクレーターを確認」

通過時にレフはストップウォッチを見る。

「え？」

心臓がドクンと鳴る。

三秒早い……？

自分の計測ミスを疑い、別の目標物で確認をする。

しかし、おかしい。どれも三秒早い。

いつズレた？

とにかく、レフはネイサンに異常を報告する。

「目標物が、予定より三秒ほど早く視界に入ってきます」

「機体の数値を調べる」

ネイサンはディスプレイの数値を見たまま、冷静に返す。

「降下速度は正しい。姿勢も合っている」

「了解……」

どこで何を誤ったのか。少し前のチェックでは正しかった。減速も予定どおりだ。じわりと背中が汗ばむ。ルールに従えば、誤差が四秒に達した場合、着陸は中止となる。平坦な着陸予定地点を大きく通過して、荒れ果てた地に入ってしまうためだ。

ネイサンはレフに判断を求める。

「コンピューターが、毎秒四センチメートルほどのズレを示している。どうする?」

今の誤差を戻すには、かなり無理やりな操縦と噴射が必要になる。それは燃料を消費する上に、機体へのリスクも高い。降下は始まっていて、原因究明している時間はない。

リスクとズレを天秤《てんびん》にかけて、総合的にレフは判断する。

「飛行経路自体は間違ってないので、このまま続行します。三秒以上通過が早まるなら、そのとき考えます」

「了解、それでいこう」

レフは誤差と速度で距離を計算し、管制室に連絡をする。

「ニューマーセイル、着陸予定地点より、五キロほど先に降りることになりそうだ」
《了解、そのまま続行》
許容範囲内なので、アーロンの声に焦りはない。
何が起きているのかわからないまま進むのは不安だが、取り返しがつかなくなる前に気づいてよかった。レフはそっと自分の肩ポケットに触れて、この先、無事に行くことを冬蔦《ブルーシ》の葉に祈る。

誤差は現状維持のまま、安定した飛行がつづく。

そして降下しながら少しずつ、着陸への準備を進める。『ライラプス』を縦方向に回転させて、下向きだった窓をゆっくりと引き上げていく。

高度一二〇〇〇メートルを切ったところで着陸用レーダーが作動し、『HGC』が飛行状況のデータを取り込む。すると自動操縦のための計算が行われ、姿勢制御のエンジン噴射が自動で行われる。『ライラプス』はグァングァンと鳴き、前後左右にブルブル震える。噴射は幾度となく繰り返され、月の猟犬《ライラプス》は怯《おび》えているのか、怒っているのか、まるで月への接近を拒絶するかのようだ。

「こんなに激しく揺れるなんて……」

予想外の挙動に、操縦が難しくなる予感がレフの胸に膨れ上がる。手動操縦はただでさえ想像がつかず、真空ではちょっとしたことで機体が動いてしまうのに、まさかここまで暴れるとは。

レフは思わずネイサンに訊《たず》ねる。

「エンジンの噴射量は正常ですか？」

「正常だ。揺れの原因は燃料のうねり《スロッシング》じゃないか？」

「そうかもしれません。シミュレーターでも計算できなかったみたいだ……」

機体が極めて軽いため、貯蔵されている燃料のうねりが想像以上に影響を及ぼすらしい。ＡＮＳＡのシミュレーターはとても優れていたとレフは思っているが、やはり未知の世界とは異なる部分も多い。

それでも、降下も、機体の回転も順調に進んでいる。

しかし。

《――おかしい。『ライラプス』からの通信が、ときどき途切れる》

今度は地球とのやり取りが不調になった。安心する暇《ひま》はまったくない。

「原因は？」

《不明だ。調査する》

通信が不安定になるのは非常に困る。機体に関するデータのやり取りに支障をきたすため、集中力を削《そ》がれる。とはいえ、初飛行でトラブルが皆無という方が奇跡であり、何か起きて当然だとレフは最初から身構えている。機内のふたりでは判断できない事象も、管制センターに集結した地球最高の部隊と力を合わせれば、解決できる。

ネイサンは手順をさかのぼり、原因を探す。

「おそらくアンテナが安定していないせいだ。自動で決めた角度を、手動で修正してみよう」

こういうとき、経験豊富なネイサンの判断力と知識は助かる。レフとネイサンは管制室と交信を繰り返し、安定して送受信ができるアンテナの角度に調整する。

ネイサンは安堵《あんど》のため息を吐《つ》く。

「まったく反抗的なワンちゃんだ」

レフは操縦桿《そうじゅうかん》をポンと軽く叩《たた》いて、『ライラプス』に言い聞かせる。

「機嫌よく頼むぞ」

『ライラプス』はワンと鳴くかわりに、ぐらりと揺れた。

降下開始から五分が経過。つまり、着陸の予定時間まで一〇分を切った。降下しているあいだも機体はゆるやかに縦回転を進め、月面を向いていた機体はかなり上を向いてきた。着陸用レーダーは目標地点のロックオンに成功し、着々と準備は整う。

しかし、困難もつづいている。燃料のうねりは悪化し、二、三秒に一度は機体が震える。

「ネイサン、燃料の残量は？」

「五二％」

「なるほど。それなら、俺は今が揺れのピークと考えます」

「同感だ。燃料が軽くなっていけば、揺れも落ち着くだろう」

「今度は逆に、燃料切れが怖くなりますけどね」

「君と月面に接吻《せっぷん》するのだけは避けたい」

「俺もです」

燃料の残量は想定と変わらないので、このまま降下が進めば問題はない。

そのうえで一点、レフは早めに試したいことがある。

手動操縦だ。

月面に近づくと、着地点の良し悪《あ》しを目視で判断する作業が始まるため、その前には操縦試験を終えておきたい。

降下開始から六分、高度一〇〇〇〇メートルまで降下した、そのとき。

ビ————！

主警報装置のブザーが耳をつんざく。

「っ!?」

レフはハッとDSKY《ディスキー》を見る。警告ランプが派手に光り、『HGC』の異常発生を主張している。

「ネイサン、エラーコードを」

「了解。照会する」

ＤＳＫＹを操作すると、ディスプレイに『一二〇二』という数字が点滅した。

ネイサンの表情に険しさがにじむ。

「この数字、シミュレーションでは見たことがない」

「俺が問い合わせます」

レフは管制室に確認をする。

「ニューマーセイル、エラーコード『一二〇二』が発生。意味を教えてください」

《わかった、すぐに調べる。機体に異常がなければ、そのまま飛行を継続》

「了解！」

レフとネイサンは迅速に計器や『ＨＧＣ』の数値をチェックする。

すべて正常だ。

しかし、それは現時点での話だ。エラーが発生している以上は、見えない場所が致命的な状態に陥っている可能性がある。もし、このまま警報を解除できずに三分間が経過したら、ミッション中止か続行かを早々と決めねばならない。

レフは【ＡＢＯＲＴ】《中断》の赤い大きなボタンをチラリと見る。

不快な警報も相まって、恐怖に喉《のど》を締めつけられる。

レフは一度深呼吸をして、大丈夫だと自分に言い聞かせる。警報の解決策は、管制センターの仲間が必ず見つけ出してくれる。信じよう。不具合など発生していないと。

そして、二〇秒ほど待機していると、ジジッと、管制室と交信がつながるノイズが鳴った。

やや緊張したアーロンの声が聞こえる。

《エラーコードは問題ない。警報は止めていい。ゴーだ》

レフの心にパッと光が差した。

「了解。この警報は何ですか?」

《『HGC』がデータを取り込みすぎて、許容を超えた《オーバーフロー》と知らせているだけだ。飛行に関するプログラムは正常に動いていると、バートが判断した》

「ありがとうと彼に伝えてください」

遠く離れていても、頼りになる。

エラーの理由は判明したので、ネイサンは警報を止め、降下をつづける。

しばらくして、ネイサンがレフに飛行状況を伝える。

「コンピューターの計算値と着陸用レーダーの実測値に差がある。レーダーに合わせる更新をする」

「お願いします」

ネイサンが入力を終え、レフが手動操縦の準備をしようとすると。

ビ———!

再び『一二〇二』が鳴り響いた。

「また!?」

レフが驚きの声を上げると、ネイサンは苦々しい顔で管制室に報告する。

「名詞六八、動作一六を入れたら鳴った」

《対処を考える。そのまま飛行を》

ネイサンが入れたプログラムは、着陸地点までの距離や、つぎのフェイズまでの残り時間、そして飛行速度をディスプレイに表示させるものだ。それがコンピューターに影響しているのだろうか?

しばらくして管制室で検討された結果が、『ライラプス』に届く。

《『HGC』の負荷を軽くするために、こちらで『ライラプス』を監視し、必要な数値を口頭で伝える》

「ありがとう、ではこのプログラムの実行は控える」

ネイサンは警報を止める。管制センターでの処理が増えるということは、おそらくカイエの負担も増したはずだとレフは推測する。きついだろうけれど、どうか力を貸してほしい。

ところが。

ビ――――!

またすぐに鳴った。レフは動揺して呻《うめ》く。

「さっきのプログラムだけじゃないのか……!?」

止めても、しばらくするとまた鳴る。

ネイサンはたまらず管制室に問い合わせる。

「ニューマーセイル、本当に大丈夫なんだろうな?」

アーロンは深刻そうに、バートの解釈を代理で述べる。

《警報が断続的ならば問題はない。ただし、もし警報が止まらなくなれば、そのときは中止を視野に入れるべきだ》

「ならば、今は断続的なので問題なしと判断します」

レフは即断し、ネイサンに告げる。

「ミッション続行します」

「了解」

命懸けの状況でも、ネイサンは異を唱えない。飛行はレフに一任して、自身は窓の外を見ずに、ひたすらコンピューターを監視しつづける。きっと不安もあるはずだが、信じてくれている。

『ライラプス』は高度七〇〇〇メートルまで降下。しつこく『一二〇二』は発生する。

「鳴きすぎだ、お前は月の番犬か……」

手動操縦の試験ができず、レフは愚痴《ぐち》をこぼし、計器のチェックをつづける。

「姿勢制御システム、良好。下降エンジン、良好。圧力も良し」

速度も高度も適切。

《降下後、七分経過。犬が騒がしい以外は、今のところいい感じだ》

アーロンの言うとおり、警報が鳴っていても機体には問題は出ておらず、現在、高度六四〇〇メートルまで降りてきた。しかし、警報の対処に時間を取られて、手動操縦の試験をやれていないのは、レフにとって想定外だ。それでも今はミッションの継続が最優先であり、機体の安全を確認しつづけるしかない。

遥か上空を飛行するイリナには管制室とのやり取りが聞こえているはずだが、一度も交信をしてこない。無論、今は離れている『スラヴァ』には何もできないので、「大丈夫?」と訊《き》くような無駄な通信は控えて当然だ。

とはいえ、これだけ警報がつづけば言いたいこともあるだろう。

大丈夫だイリナ、安心してくれ。

レフは心の中で上空に向かってつぶやいた。

「高度四八七六メートル」

ネイサンは数値の読み上げをつづける。頻繁に警報が鳴るせいで、レフも機内の確認ばかりになる。気ままな月の猟犬《ライラプス》は揺れたり吠えたりしながら、ぐんぐんと月に向かって宙《そら》を駆けていく。

レフはチラリと窓の外に目をやる。月面はかなり近くなっている。第一フェイズは高度一一〇〇メートルまでなので、フェイズ移行のタイミングが近づく。

降下開始から八分が過ぎたとき、レフはネイサンに呼びかける。

「第二フェイズに移行する準備を」

「了解、管制室に確認を取る」

第二フェイズで使用する動作六四は、レフの判断で着陸地点の再設定ができるプログラムだ。

「ニューマーセイル、あと何秒で動作六四に切り替えればいい？　今、高度一一〇〇メートルを通過する」

《あと三〇秒だ》

「あと三〇秒」

ネイサンが復唱する。レフは時間をきっちり計り、ネイサンに指示を出す。

「動作六四を」

「了解、動作六四、入力」

「第二フェイズ、月面へのアプローチを開始する」

高度一一〇〇メートルから、月面間際の高度一一〇メートルまで一気に降下する。

『ライプス』は徐々に機体を起こし、窓を進行方向に向ける。『ＨＧＣ』による着陸予定地点への誘導は引きつづき自動で行われるが、地表の岩や凹凸までは計算に入っていないため、レフが目で見て、安全に降りられる場所を探す。

　これは非常に重要な作業であり、シミュレーター訓練では、動作六四を入力した直後から着陸地点の選定を始めていた。

　しかしどうだ、予期せぬ警告の連続で、まだ手動操縦の試験もできていない。

　ネイサンの読み上げがレフの耳に届く。

「高度一五〇〇メートル、降下速度、秒速三〇メートル、状態は良好」

　全体的に予定より遅れている。早急にやらなければ。

　——焦らないで。

　イリナの声がレフの頭の奥で響いた。

　そうだ、焦るな。まだ時間に余裕はある。

　レフはひと呼吸置いて、ネイサンと管制室に告げる。

「手動での姿勢制御をチェックします」

《了解》

　レフはスイッチを自動から手動に切り替えると、操縦桿《そうじゅうかん》を少しずつ動かして、『ライラプス』の飛行感覚を確かめる。エンジンを軽く噴射させて、姿勢制御システムを試す。左手でトグルスイッチを操作し、降下速度を秒速三〇センチメートルずつ調整する。

「ん……悪くない」

地球で訓練を重ねた月面着陸試験機と操作性が似ている。燃料のうねり《スロッシング》は手強《てごわ》いが、量が減ったおかげでかなり収まってきた。これならいけるという強い手応えを感じ、レフは明るい声で管制室に報告する。

「手動での姿勢制御は良好！」

《よし、そのまま着陸に向かってくれ》

「了解！」

高度六〇〇メートルまで降下。徐々に姿勢を変えていた機体はほとんど正面を向き、レフとネイサンは直立に近い体勢になる。

手動操縦の試験は終わり、ようやく『静かの海』の目視確認ができる。レフは窓に刻まれた目盛りと、『ＨＧＣ』の算出する数値を用いて、着陸予定地点を探る。

「ネイサン、ＬＰＤの準備を」

ビ――――!!

また主警報装置が鳴った。

「落ち着いたと思ったのに……」

いい加減、レフが呆《あき》れると、ネイサンは真剣な声で返す。

「『一二〇二』だ」

「え？」

一瞬、耳を疑った。これまでのエラーコードは『一一〇二』だ。

レフの身体《からだ》を戦慄《せんりつ》が貫く。

「違うエラー……!?」

ネイサンが即座に管制室を呼び出す。

「ニューマーセイル、『一一〇一』が出た。これは何だ？」

《確認する。計器は？》

レフは計器に目を走らせる。

「誘導システムは正常、エンジン噴射も正常」

ネイサンも素早く確認する。

「ディスプレイも異常なし。数値は更新されている」

すべて正常だと確認した直後、管制室から指令が届く。

《無視でいい。続行だ！》

「これも問題ないのか？」

訝《いぶか》しむネイサンに、アーロンは力強く返す。

《オーバーフローによるフリーズを防ぐため、一瞬すべてのプログラムを落とし、優先順位に従ってプログラムを動かしている。その通知だ》

「つまり、『HGC』はずっと正しく誘導をつづけている?」

《そうだ》

「なるほど。地球には優秀な技術者がいるらしい。ただし、問題のない警報は、楽しい音に改良してくれ。心臓に悪い」

《では君たちは、心臓に優しい、おもしろい航空ショーを見せてくれ》

「史上最高のショーを頼む、レフ」

「了解……!」

レフは気持ちを切り替える。

しかし、コンピューターが正常に動いているのはいいが、あまりに警報が騒がしいと操縦に集中できない。なんとかできないかと瞬時に頭を回転させる。

もしかしたら、単純なことかもしれない。

ふたつのエラーの原因がオーバーフローということは、事前に決めたチェックリストに不要なプログラムが混ざっているわけだ。初めて使う月面降下のチェックリストに、全幅の信頼を寄せることはない。状況は現場が一番わかっている。

「ネイサン、動かすプログラムは降下と着陸に必要なものだけにして、あとは管制室に任せよう」

「了解、それがいい」

その判断が功を奏したのか、高度五〇〇メートルを切る頃から警告は鳴らなくなった。

「着陸地点の選定に入ります」

すかさずレフは窓を覗《のぞ》く。でこぼこした月の地平線が目に飛び込んでくる。手前に目を移すと、クレーターの少なそうな平坦な地が視界に入った。あれが『静かの海』だ。レフは外を凝視したまま、ネイサンに声をかける。

「LPDは？」

ネイサンはDSKY《ディスキー》に表示される角度を読み上げる。

「四七度」

レフは窓の目盛りを頼りに、四七度下を注視する。その場所が、現在『HGC』が誘導している着陸予定地点だ。険しい山や谷はなく、悪くなさそうだが、まだ地表の状態ははっきり見えない。

『ライラプス』の降下が進むと角度も自然に変わってくるので、ネイサンは数値を読み上げつづける。

「――LPD三五度。高度二二八メートル。降下速度、秒速七メートル」

着陸予定地点がレフの眼下に迫る。

「――LPD三三度。高度二一三メートル。降下速度、秒速六メートル」

レフは集中して月面の目視をつづける。

「え、待て……」

動揺して声が漏れた。『ライラプス』は、平坦に見える場所を通過して、巨大な岩がごろごろ転がるクレーターに向かっている。

降下中の通過が三秒早かった件の影響か？　発見できていなかった重力異常で、飛行経路がズレたのか？

原因はわからないまま、見えない力に導かれ、宙《そら》を駆けていく。

無理だ。あんなゴツゴツした場所に降りたら、確実に脚が折れる。

回避して、平坦な地へ導かねば。

レフはこの状況をネイサンには告げない。管制室にも報告せず、イリナにも伝えない。告げたところで意味はないからだ。今、月の猟犬《ライラプス》の手綱を握っているのはレフひとりであり、全運命を背負っている。

やるしかない。

必ず成し遂げるという強い意思を胸に、着陸に挑む。

降下開始から一〇分が経過、燃料の残りは五分程度。ネイサンは冷静に数値を読み上げる。

「高度一五〇メートル。降下速度、秒速五メートル」

管制室から報告が入る。

《ロー・ゲート通過、最終フェイズだ》

ここから手動操縦が解禁される。

即刻、レフはネイサンに指示する。

「動作六六を」

「了解、動作六六、入力」

「高度の手動調整を開始」

月への降下自体はひきつづき『HGC』の自動操縦に任せ、レフは手動で方向転換や速度の調整を行い、新たな目的地へ誘導する。

「最終フェイズ。着陸に向かいます」

レフは宣言すると、前方に見えるクレーターを凝視したまま、左右の操縦桿《そうじゅうかん》に両手を置く。

右手の操縦桿では一回の操作で、機体を前後方向に二度、左右方向に〇・五度ずつ回転できる。

左手の操縦桿についたトグルスイッチでは、機体を上下方向に傾け、降下速度を三〇秒ずつ増減させる。

勝負のときだ。

まずは着陸予定地点を再選定する。トグルスイッチを操作し、機体をやや上向きにして降下速度を遅くすると、安全に着陸できそうな平坦な土地を探す。

クレーターの右か、左か？　手前に降りるか、あるいは飛び越えるか。

燃料の残量からして、迷っている時間はない。

レフは四方を迅速に目視する。

右は岩。左も岩。手前も岩ばかり。どこも着陸は困難だ。残る選択肢は、クレーターを飛び越える。だが、飛び越えた先の地形は見えない。さらにひどい荒れ地かもしれない。

いや、それでいい。

子どもの頃に宙《そら》に焦がれ、宇宙飛行士を志してからずっと、障害を避けず、常に乗り越え、前進してきた。

ここも同じだ。

飛び越える。

『ライラプス』はクレーターの上空にさしかかる。覚悟を決めて、レフはクレーターを通過するための操縦を行う。機体を後ろに傾け、前進速度を維持し、降下速度を落とす。

「——高度一二〇メートル。降下、秒速二七センチメートル。……前進速度、秒速一・五メートル」

外を見ていないネイサンの読み上げに、微妙な変化があった。操縦士の直感で、何らかの危機を察したのだろう。

レフは安心させようと平然と振る舞う。

「問題なし。順調に飛行中」

いついかなるときでも気丈なイリナのように、心を強く持つ。

そして『ライラプス』は約九秒かけて、クレーターを飛び越える。その途端、視界の先に岩の塊が現れた。レフは機体を左に傾け、岩を回避する。

「――高度一〇七メートル、降下、秒速一・二メートル。前進速度は維持」

気づくと降下速度がずいぶん上がっていた。減速し、平坦なところを探す。しかし、良い場所を全然見つけられない。

太陽の照射が強くなるにつれて、地表が真っ白な画用紙のように見えてくる。太陽光の反射のせいだ。大気がないために地表が直に照らされ、明るすぎて視界がつぶれる。

かなり厳しい。ここまで視認性が落ちるとは想定していなかった。いや、考えておくべきだったのだ。真っ暗な夜に煌々《こうこう》と輝く満月を、いつも眺めていたのだから。

今さら悔いても仕方ない。明るさに目が慣れ、土地の高低や岩石が判別できるようになるまで待つしかない。

「――高度九〇メートル。降下速度、秒速一メートル。前進速度、秒速一四メートル！　おい、速すぎるぞ」

声を大きくしたネイサンに、レフは冷静に返す。

「速度を落とします」

地表にばかり気を取られていた。機体を調整して減速し、ひきつづき月面を凝視する。しばらくすると目は慣れてきて、なんとか地表を判別できる程度に視界は回復した。

だが。

見回す限り、岩だらけだ。そして懸念は着陸地点だけではない。

「ネイサン、燃料は？」

「残り八パーセント」

かなり危険だ。シミュレーションでは、この残量で着陸できていた。現況を知らないネイサンも、そろそろ異常事態だと察するだろう。

どこか降りられる場所はないのか。山の裏側から谷の傍《そば》まで、くまなく探す。

「あっ……！」

小さなクレーターのあいだに、平坦に見える場所を見つけた。あそこならいけそうだ。

レフはネイサンに告げる。

「いい場所を見つけました」

「了解——高度七六メートル、降下速度、秒速七〇センチメートル」

ネイサンの声は心なしかホッとしたように感じる。

レフは機体の角度を変え、新たな目的地に一路向かう。

「——高度五〇メートル……ん？」

読み上げていたネイサンは、やや緊迫した声を出す。

「レーダーが地表を見失った」

「了解」

問題ない、そのうち回復する。

レフはそのまま最終降下に挑む。

「燃料ランプ点灯、残り五パーセントだ！」

ネイサンがひときわ声を大きくした。この瞬間から、管制室で九四秒間のカウントダウンが始まる。ゼロになった時点で『二〇秒以内に着陸するか、中止するか』の選択を迫られる。

しかし目的地はすぐそこだ。まだ余裕はある。

接近して、レフは地表を目視する。

「嘘《うそ》だろ……」

頭の芯をガツンと殴られた。遠くからは見えなかった岩が一面に散らばっている。

ここに降りるか……？

一瞬迷うが、頭を横に振る。

だめだ。無謀な着陸はしない。燃料の限界まで探す。

「もう少し先へ進む」

「了解、君を信じる。現在、高度三五メートル。よし、レーダーは回復した」

ネイサンの返答に力が籠もる。もう『ライラプス』に余力はない。本来の着陸予定地点から大きく離れて、もはや『静かの海』のどこを飛行しているのかもわからない。いつどこで間違えたのかという後悔が胸に湧《わ》くが、すぐに打ち払う。後悔するのは失敗してからだ。

通信機から、厳しさを伴うカウントダウンが聞こえる。

《あと六〇秒》

まだ六〇秒もある。

絶対に諦《あきら》めず、前に進む。

「――高度三〇メートル」

いくつもの大型クレーターが重なり、隆起が激しい一角に差しかかる。

険しい地形だ。けれど希望は捨てない。この『ライプス』はたかだか直径一〇メートル。滑走路は不要だ。ビルの屋上に着陸するヘリコプターと同じ。ぽっかりと開けた場所さえあれば着地できる。

両眼に全神経を集中させ、月面の隅々まで安全な地を探す。

「あっ、あそこは……!」

クレーターの淵と大岩に挟まれた場所に、平らで降りられそうな空間がある。高度三〇メートルから見て岩がないのだから、今度こそ間違いない。

「決めた! これが最後だ!」

レフは息が尽きかけている月の猟犬《ライラプス》に鞭《むち》を打ち、駆けさせる。

いける。岩はなく平坦だ。

「――高度二七メートル」

一点を狙《ねら》いすまして降下する。

「着陸態勢に入る！」

機体を引き上げて直立させ、地表に向けて噴射を行い、緩《ゆる》やかに減速しながら地面に降りていく。

その途端、窓に灰褐色の膜が広がる。

「なっ――!?」

見たこともない濃霧のような流体に、窓が覆い隠される。

この色、月の砂か？

おそらく、地表に吹きつけた噴射が、砂を巻き上げた。窓は完全に塞《ふさ》がれ、目視ができない。

こんなひどい状況は、非情なシミュレーション訓練でもなかった。

《――あと四五秒》

死の宣告は冷酷に進む。

レフは拳《こぶし》を握りしめ、歯を食いしばる。なぜ月はここまで人類の着陸を拒むのか。到達を許せば資源を略奪され、いずれ破壊されると感じているのか。

もしかしたら、将来的にはそうなるのかもしれない。

しかし今日、着陸はさせてもらう。

恨むなら貪欲《どんよく》な人類に夢を見させた己を恨んでくれ。月の猟犬《ライラプス》は、狙《ねら》った獲物は逃さない。それが運命の導きだ。

「視界不良。目視は捨てて、数値のみで着陸します」

レフは窓から目を離し、機内の計器を見据える。地面に岩がないのは確認した。ならば、やることは決まっている。

水平速度をゼロにして、直立した姿勢を保持し、垂直に降りるだけだ。

操縦桿《そうじゅうかん》を握り、計器の数値を頼りに、濃霧の海へ沈むように、ゆっくりと降下させる。姿勢は絶対にぶれてはならない。傾いて接地すれば、脚が折れて転倒する。

《あと三〇秒》

「──高度一八メートル。降下速度、秒速七五センチメートル。前進速度、秒速六〇センチメートル」

レフは計器を凝視し、ネイサンの読み上げに耳を傾ける。前進速度をゼロにするには、思っていた以上に時間がかかる。

大丈夫、まだ時間はある。

レフが少しずつ数値を調整していると、ネイサンが鋭い声を放つ。

「おい、機体が左に流れ、後方に向けて漂っている」

戦慄《せんりつ》がレフの背筋を這《は》い上がる。

「えっ!?　そんな操縦はしてない……」

「左方向に秒速六〇センチメートル」

「立て直します」

おかしな動作の理由がわからないまま、抗《あらが》いつづける月の猟犬をなだめる。

暴れないでくれ。

レフはトグルスイッチを数秒おきに操作し、慎重に機体を安定させる。

《あと二〇秒》

返事をする余裕はない。

「月面から一三メートル、降下速度、秒速六〇センチメートル。後方への移動は止まった」

ネイサンの声に焦りが感じられる。

あとは左への移動を食い止め、安定させる。

……間に合うのか？

もし無理して着陸して脚が折れたら、月の猟犬と共に、月の上で死ぬ。

計器の数値を確認しようとしたレフの目に、【ABORT《中断》】が飛び込んでくる。

これを押せば、イリナの待つ『スラヴァ』に戻れる。力なくふらふらと浮上しても、彼女が救出してくれるはずだ。

……そんな馬鹿なことがあるか。

イリナに笑われるぞ。「人間なんてその程度ね」って。

彼女に誓った。

月面着陸を成功させて、月の石を持ち帰り、生涯を共にすると。

だから失敗はしない。ここで死にもしない。

弱気は宙《そら》の果てに投げ捨てる。

成功して生還する。絶対だ。

「月面から五メートル」

《あと一五秒》

レフは左に滑る機体の制御を試みる。無理はしない。月の砂に包まれた月の猟犬《ライラプス》に優しく寄り添う。瞳《ひとみ》を閉じて、微細な動きを身体《からだ》で感じ、月面を漂う感覚と一体化して、操縦桿《そうじゅうかん》を繊《せん》細《さい》に調整する。

今、動きが止まった。

「――左方向の速度、ゼロだ！」

ネイサンが叫んだ。

「前進速度もゼロ。いいぞ！」

月の猟犬はおとなしくなり、ゆるやかに、すーっと垂直に降りる。視界不良で月面はどこにあるかわからないが、確実に月面に近づいている。

《あと八秒！》
「レフ！　まだか？」
《四秒！》
カウントダウンが終わる。息が詰まる。
《――二、一、ゼロ！　ゼロだ！》
アーロンの声が初めて感情的になる。
《着陸か中止か、二〇秒で決めろ！》
「着陸します」
即答した。中止という選択はない。もうすぐ降りられる。脚についた探針《プローブ》が接地すれば、計器盤の接地ライトが青く光る。
《本当にいけるのか!?》
接地ライトはまだ光らない。燃料はまもなく限界に達する。
《レフ！　帰還する燃料がなくなるぞ！》
鼓動が激しく高鳴り、レフの身体中の血管が脈打つ。しかし頭は澄みきっている。月の重力は地球の六分の一。高度一メートル以内の高さからなら、逆噴射を止めても脚を壊さずに降りられる。
試したことはないが、いけるはずだ。

《限界だ！　中止して戻れ！》

戻りはしない。

もう高度一メートルは切っている。

ならば。

レフはエンジン停止のボタンに手を伸ばす。

「エンジン停止！」

すべての想いを込めて、力強く押した。

噴射が弱まり、『ライラプス』は宙《そら》に浮く。

ネイサンは驚愕《きょうがく》して、レフを見たまま硬直する。

レフは接地ライトを見据えて、光の輝きを待つ。

噴射が終わると共に、機体の振動も収まっていく。やがて窓を覆っていた膜が消え去ると、すぐ傍《そば》にあるクレーターの淵が見えた。

そのときレフの瞳《ひとみ》が、青い光を捉える。

「接地ライト点灯っ！」

ネイサンは声をうわずらせた。

接地ライトは青く輝いている。探針《プローブ》が月面に触れた。

そして、永遠に感じられるほどの沈黙のあと、コトンと、月の猟犬《ライラプス》の脚が着地した軽い衝撃が機体を揺らす。その衝撃は一瞬の閃光《せんこう》のように、レフの足から頭へと駆け抜けていった。

機体は安定していて、転倒はしない。

着陸成功。

あふれ出しそうな感情をレフは飲み込み、固まった頰《ほお》を無理やりほころばせて笑顔を作ると、隣で棒立ちになっているネイサンの顔を覗《のぞ》く。

「着きましたよ」

ネイサンは引きつった笑みを返す。

「ああ、着いた」

「月に到着……」

言葉にした刹那《せつな》、形を伴う実感が腹の底から湧《わ》き上がり、レフの全身がぶるりと震えた。

そして、一度深呼吸をすると、レフは気持ちを整える。

「着陸後の作業を始めましょう」

腕と腕をガシッとぶつけて健闘を称《たた》え合うと、着陸時のチェックリストを迅速に実行する。

降下に使用したシステムをオフにして、DSKY《ディスキー》に動作六八、着陸確認のプログラムを入力する。

これで完了だ。

直後、地球から通信が入り、アーロンの疑問含みの声が聞こえる。

《こちら、ニューマーセイル。『ライラプス』、今、どんな状態だ……?》

レフは少しもったいつけてから答える。

「こちら、月面のどこか。月の猟犬《ライラプス》は運命を果たしました」

数秒後、これまでになく高揚したアーロンの声が届く。

《どうなるかと心配したよ！　史上最高に心臓に悪いショーだった！》

アーロンの声の後ろに拍手や歓声が聞こえる。管制室は盛り上がっているようだ。

それより、早くイリナに知らせないと。

一五〇〇〇メートル上空を飛行する『スラヴァ』に向けて、レフは話しかける。

「『スラヴァ』、聞こえるか？　こちら月面、レフだ」

しばらくの無音のあと、イリナの声が通信機から流れ出る。

《こちら、月の上空よ。お疲れさま、おめでとう》

薄雲に隠れた星のようなひっそりとした声色で彼女は告げた。

「ありがとう、イリナ」

感謝を口にすると胸が詰まり、熱いものがこみ上げる。

《宇宙飛行士第二号だったあなたも、月では史上初になれたわね》

ノイズ混じりに聞こえる彼女の声は涙に濡《ぬ》れている。

「すべて君のおかげだ。君に出会えたから、ここまで来られた」

《いいえ、あなたは私の教官なんだから、やれて当然よ。ところでレフ、気づいてる？》
イリナは声を潜める。
《この会話、地球に盗聴されてる……》
指摘されて、レフはハッと恥ずかしさに襲われる。傍《かたわ》らのネイサンは知らんぷりをしているが、横顔はニヤけている。
レフはアハハと苦笑で誤魔化《ごまか》す。
「ああ、油断していた。盗聴の本場で生まれ育ったのにな」
《もう、月の裏に入るわ。話は帰り道に聞かせてね、『冬蔦《ブルーシ》』……──》
プツリと通信は切れた。彼女が栞《しおり》にしてくれた植物の名をコールサインのように残して。
それが何を意味しているのか、交信を聞いている人たちは誰もわからないだろう。
冬蔦に永遠の愛という花言葉があるなんて。

☽☽☽

六分の一の重力は、無重力よりもずっと過ごしやすい。身体《からだ》は軽く、自由が利く。レフとネイサンは明日に予定されている帰還のシミュレーションを行うと、ほとんどのシステムをオフにする。

スケジュールに従えば、船外活動の前に、疲労回復のために六時間の仮眠をとる。しかし、目の前に餌《えさ》をぶら下げられている状態で眠るなど、到底無理だ。もし今トラブルが起きて至急帰還などということになれば、絶望しかない。早く月面に降りてしまいたい。そこでレフは時間変更をニューマーセイルに要請しようと考え、ネイサンに相談した。すると彼も同じように考えていたらしく、快諾する。

レフはその旨を管制室に連絡すると、管制室はすぐに変更を承諾する。

《了解。我々はそれでいい。テレビ放送の予定時間やデータを受信する地上局がズレて、現場は大変だろうな》

「苦情は地球に帰ってから受け付けます」

とレフは返した。

軽い食事をとり、船外活動の準備を始める。

しかし、地球で気軽に家を出るのとはわけが違う。窮屈な船内で、宇宙服を靴からヘルメットまで完全装備する。それだけではなく、出入り口の薄いハッチが気圧差で壊れないようにするため、船内の空気を少しずつ宇宙に排出して、月と同じ環境にしなければいけない。

この排出作業は非常に遅く、仮眠を取れるほどに時間がかかり、挙げ句の果てに、最後の最後で圧力計の針が止まってしまった。管制室に連絡をしてから半日以上も経っている。レフとネイサンは悩み、しばらく考える。

「……もう、開けてもいいんじゃないですか?」

「そうだな」

ふたりで同意し、開けようとしたとき、レフはアッと時計に目をやる。

「いや、待って」

レフは管制室への通信ネットワークを閉ざし、ネイサンだけに話す。

「今、外に出たら、ちょうどイリナが月の裏を飛行している時間帯に、月面に降りることになりそうなんです。降りるのは、彼女が無線につながっているときにしませんか?」

「嫌というわけないだろう?」

内緒話を終えると、レフは管制室との通信を再開し、二〇分後に外に出ると告げる。

《了解。ちょうど『スラヴァ』が月の表に戻ってくる。すばらしいタイミングだ》

もしかしたら狙《ねら》いを悟られたかもしれない。軽い恥ずかしさをレフは覚える。

時間を調整してから、ネイサンはハッチの端に手をかける。

「開けるぞ」

ハッチがゆっくり開く。すると、ほんの少しできた隙間から、船内に残っていたわずかな空気が外に吸い込まれていった。

そしてハッチが開ききると、月への入り口となる八〇センチメートル四方の開口部が、レフの目の前に出現する。

ネイサンはハッチが動かないように手で押さえて、レフに外に出るように促す。

「さあ、月の女神に挨拶《あいさつ》を」

「では、お先に。外で待ってます」

開口部に近づくレフの肩に、ネイサンは手を置く。そしてヘルメットの向こうから畏敬の眼《ま》差《ざ》しでレフを見つめる。

「人類の歴史上、たった一度きりの瞬間だ。君だけに許された永久不変の時間を、存分に味わってくれ」

「はい！」

レフはしっかりと返事をすると、狭い開口部に入るため、腹ばいになる。機体を破損させないように身をよじって開口部を抜け、ハシゴが設置された空間に移動する。そして手すりを摑《つか》んで身体《からだ》をふわりと起こし、姿勢を後ろ向きに変えると、月面につながるハシゴに足を掛けて、慎重に降りていく。

一段降りるごとに、鼓動が高鳴る。降りる途中で、手順に従い、機体側面のコードを引く。脚部に付けられた小型カメラが撮影を開始して、月の映像を地球に送信する。数秒後に、管制室から歓声が聞こえてくる。

《月の映像が届いた！》

レフはハシゴの最下段に達したところで、訓練と異なる違和感を抱く。ハシゴが接地部分のフットパッドに届いていない。どうやら、着陸装置の脚が縮みきらなかったようだ。フットパッドに降りるには、予定よりも高い位置から軽く飛ばなければいけない。

しかし大きな問題ではない。

レフはハシゴを摑んでいる手を離して、フットパッドに向けて、柔らかく飛び降りる。重い装備が気にならないほど身体は軽く、フワリと、両足で着地する。

レフはヘルメット内の通信機に向けて実況をする。

「今、フットパッドの上に立っています。月面まで数センチメートルのところにいます」

そして訓練と同じように、月面の様子を観察して伝える。

「月の表面は、きめの細かい、粉のような砂で覆われています」

この砂が着陸時に窓を隠したのだろう。

視線を上げると、荒れた大地は太陽光を浴びて眩《まばゆ》く輝き、クレーターの淵の上には深い闇《やみ》が広がっている。

レフは右手でハシゴを握ると、身体をフットパッドの外側に向ける。

「今から、月面に降ります」

左足を持ち上げると、フットパッドの外に出して、ゆっくりと月の地面に降ろす。

地表は柔らかくへこみ、靴の底が少し沈んだところで止まった。レフはしっかりと大地を踏みしめ、地面の固さを確認する。

今、自分の左足の下には月がある。

この一歩のために、人類は膨大な物資や資金を使い、膨大な人数が、膨大な時間をかけて、地球上には存在しなかった機器を開発してきた。数々の犠牲も生まれた。そして今、たったひとりの人間が、人類の叡智《えいち》を、太古からの夢や憧《あこが》れを、そして欲望の結晶を、前人未踏の真《ま》っ新《さら》な世界にもたらした。

レフは通信機に向かって、NWOに指示されたとおりの第一声を放つ。

「この一歩は、東西の二大国にとって、偉大なる一歩となる」

そしてすぐに否定する。

「しかし、それはくだらない、取るに足りないことです」

レフはハシゴから手を放すと、右足も月面に降ろし、両足で月の大地に立つ。

「今日の一歩は、すべての地球人にとって、宇宙への飛翔となるでしょう」

命を懸けた対価として、言葉の付け足しくらいは許してもらおう。このあと二国の国旗も立ててあげるのだから。無論、欲望の象徴など、ロケット噴射で吹き飛ばされて、太陽に灼《や》かれて、つぎに誰かが月に来るときには、見るも無惨な姿になっているだろうけれど。

レフは月着陸船から二歩、三歩と離れていく。

ふわりと身体《からだ》が浮いて、ふわりと落ちる。蹴《け》り上げられた月の粉は弧を描いて飛び、舞い上がらずに地表に落ちる。塵《ちり》や砂に紛れている硝子《がらす》のような粒は、陽光を浴びてきらきらと美しい。気づくと靴や宇宙服に月の色が付着している。

視界は地球では考えられないほど鮮明で、遥か先の地平線までくっきりと見える。太陽が照らす区域は眩《まばゆ》い黄褐色で、そこから離れるほど、コンクリートのような灰色に近づいていく。

振り向くと、生命の痕跡《こんせき》がいっさいない空漠とした世界に、くっきりと人類の足跡が残っている。

感慨に耽《ふけ》っている時間はない。レフは着陸装置から道具を取り出すと、月面での活動を開始する。まずは表面の物質を集め、袋に入れる作業からだ。特殊なスコップを大地に差し込み、すくい上げる。

塵や砂に混じって、小さな石が採れた。

ざらざらとしていて光沢はなく、鮮やかさの欠片《かけら》もない灰色をしている。愛する人に贈る指輪には到底ふさわしくない、ただの石だ。

レフは月の石を手に、顔を上に向けて、上空を飛行するイリナの姿を探す。すると、広大な闇《やみ》の中に、彼女の首飾りの宝石にとてもよく似た、青く輝く宝石が浮かんでいた。

そういうことだったのか。

その宝石を見つめていると、レフの瞳《ひとみ》は自然と潤み、涙は目尻からゆるゆると溢《あふ》れ、地球の

六分の一の速度で頬《ほお》を濡《ぬ》らしていく。

帰ったらイリナに教えてやろう。君が大切にしてきた月の宝石は、確かに、この地で美しく輝いていると。

この光景を、直接イリナに見せられないという哀《かな》しい事実が胸を打つ。

けれど、いつか彼女はここに来る。

レフは肩のポケットに手を伸ばし、冬蔦《ブルーシ》の栞《しおり》に誓う。

新しい夢は、君を月に連れて来ることだ。

五〇歳になっても、一〇〇歳になっても、たとえ魂となっても、いつの日か、築いた道を渡り、ふたりでこの地に来よう。

☽☽☽

緋の瞳　Очи алые

ずっと狭苦しかった『スラヴァ』の船内はがらんとしていて、コーコーという換気音だけが小さく響いている。レフが月面に一歩を踏み出すとき、イリナは単眼鏡を覗《のぞ》いて『静かの海』の中を探した。しかし、視界に入るものは岩やクレーターばかりで、『ライラプス』は影も形も見当たらなかった。

それでも、通信音声で歴史的な瞬間を共有できたことはうれしかった。

今、『スラヴァ』は月の裏側を回っている。月の向こうには三〇億の人びとがいて、こちら側はたったひとり。しかし、もし宇宙の外側に生命体がいると考えれば、こちらの方がたくさんいる。どこにどのくらいいるのだろう。

――などと、どうでもいい想像をしてしまうほどに、時間が有り余っている。

単調な月の景色は見飽きてしまった。地球から持ち込んだ環境音の音楽テープを流し、空中で横になり、瞳《ひとみ》を閉じてゆらゆらと浮遊する。

月面着陸のために『ライラプス』が降下してから、ひとりでシステムを点検し、さまざまな作業をこなした。機体には何も問題なく、レフとネイサンが月面にとどまっているあいだ、月周回軌道をくるくると飛行している。ふたりが帰還してくるまでは、定期点検以外にやることはない。宇宙にひとりぼっちでも、不思議なほど、恐怖も孤独も感じない。実験体として共和国にやってきたときのほうが、ずっと寂しくて孤独だった。

けれど、ドッキングを解除して、『ライラプス』が月面への降下を始めたときは、ひとりだけ置いていかれる寂しさを感じた。上下逆さまの状態で、綺麗《きれい》な炎を噴射しながら降りていく姿をずっと目で追いかけて、一度だけ交信をした。

それから先は、無事を祈っていた。落ち着いてやれば成功すると、心の中でレフに伝えた。

警報の連続には心臓が潰《つぶ》れそうになった。しかし何もできないので、管制室との交信にただ耳をかたむけているしかなかった。

正直なことを言えば、レフと一緒に月に降りたかった。でも、もう子どもではないので、そんな我《わ》が儘《まま》は言わない。何より、ネイサンよりも知識も技術も劣る自分では、失敗していたかもしれないと思う。だからネイサンにはありがとうと伝えたい。素直には言えないだろうけど。

今回、月面には立てなくても、叶わないはずだった夢は叶った。今、こうして月を間近で見られていることは、とても幸せに思う。

当然だけど、月に吸血種族が暮らしていた痕跡《こんせき》なんてない。そして、荒れ果てた土地が延々とつづく世界を眺めていると、さまざまな想像が脳裏に浮かぶ。

二国の国旗が立てられるこの場所も、いつかは奪い合いが起きるのかな。

それとも、仲良く火星やその先に向かうための国際基地ができるのかな。

それとも、ただ、地球から見上げるだけの場所になるのかな。

いくら考えても、未来は曖昧《あいまい》な霧に包まれている。

ひとつ確かなのは、月面着陸という偉業をレフが成し遂げて、未来につながる言葉を発したこと。そして、偉業を手伝った搭乗者のひとりは吸血鬼で、重要な役目を担ったカイエさんは新血種族であること。これは、吸血種族の立場に影響を与えるだろうと思う。社会的な地位が今よりも向上するかもしれない。虐《しいた》げられていた自分たちでもやれるのだと、自信を持つ新血種族が増えるかもしれない。同種の栄誉を武器にして、権利を訴えるような動きも生まれるかもしれない。すべては推測だけれど。

しかし、少なくとも、今と一〇年前とを比べれば、吸血種族全般にとって、地球はずっと暮らしやすくなったのは間違いない。

けれど、偏見や差別は一向になくならない。むしろ、連合王国での人間との争いは激しさを増している。では、もし人間と対等な地位を築いたとしたら、そのときには平和が訪れるのだろうか。

いいえ、たぶん、そうはならない。

今度は怒りを溜《た》め込んでいた新血種族たちが、弱い人間を虐《しいた》げるという復讐が始まる。だから、この先も争いは解決されず、各地で衝突は起きる。上に立つ支配者が誰であろうと、個人個人で生きている限りは、永遠に争いはなくならない。

人類の歴史は、その繰り返しだから。

将来、もし宇宙ステーションや月面基地ができても、そこにはごく限られた人びとしか行けない。もっと遠い未来、新しい惑星に移住して、何もないところから社会を築いたとしても、ふたり以上のひとがいれば、やがて差異は生まれる。差異がなければ、それは量産された機械だ。

月から地球に帰ったら、世界はどう変わっていくのだろう。

その世界で、レフと平和に生きていけるのだろうか。『サユース計画』が終わったら、どこで何をすればいいのだろう。宇宙飛行士のままでいられるのだろうか。NWOという組織の人びとに命令をされるのだろうか。

コツンと、いきなり頭頂部を叩《たた》かれた。

「痛っ……」

違う、誰もいないのに叩かれるわけがない。気づくと、ゆらゆらと浮かんだまま、自分から壁にぶつかっていた。

けれど、もしレフに今の想像を話していたら、ぽんぽんと軽く叩かれたかもしれない。前を向いて行こうって。

「まったく私は……」

大きなため息を吐《つ》くと、その反動で身体《からだ》がすーっと沈んでいく。悪い想像ばかりしてしまうのは、高所恐怖症を煩ったときから進歩がない。

何がどうあれ、月から帰還すれば、また地球で生きていくのだ。

気分転換に、大好きな『愛《いと》しのあなた』でも聴こうと思い、環境音のテープと交換する。

こういうふうに、すぐに気持ちも切り替えられたらいいのに。

と思って、ふと気づく。

悪いことではなくて、素敵なことだけを想像するのはどうだろう。

『愛《いと》しのあなた』が流れる中、初めてレフとジャズバーに行ったときの、心がくすぐったくなるような気持ちを思い出し、こういう未来を生きたいという、新しい夢を思い描いてみる。

私たち三人が月から地球に戻ると、世界中の人びとは史上初の偉業を盛大に祝福してくれる。テレビで特集がたくさん組まれて、大人も子どもも、みんな、月のことをもっと知りたくなって、月より先にある火星や木星を見たくなる。政府やＮＷＯはその意見を無視できなくて、有人宇宙開発はこれからもずっとつづく。

そういう世界でも、残念だけれど、吸血鬼の栄誉を嫌悪する人間は絶対にいる。人間と吸血鬼が親密になることを許せず、攻撃してくる人やメディアもあるはず。宇宙開発そのものを無駄だとか特撮だと批判する人もいるでしょうね。そういう悪意が皆無という世界は、さすがに想像はできない。

じゃあ、どうすればいい？

どうせ説得しても理解しあえないだろうから、そういう意見もあるのだと尊重だけして、近づかないようにして、共存する。これは仕方ないこと。

そういう嫌なことは横に置いておいて、大好きな人たちに会いに行こう。

バートさんとカイエさんの結婚式にレフと出席して、いっぱい祝福する。カイエさんはきっと美しいドレスを着ているの。サンダンシア女王もそこには来ていて、月の土産話をたくさん教えてあげる。私は降りてないけれど、レフが話してくれるわ。六分の一の重力は、どんな感じなのかしら。

それから、アニヴァル村に行って、月に行ってきたという報告をする。吸血種族の痕跡《こんせき》はなかったけれど、住む場所ではなかったと伝える。この谷には緑や水がたくさんあって、空気も美味《おい》しくて、月の大地よりもずっといいところだって。それから、もう少しだけ村の人たちが自由になれるように、政府の偉いひとにお願いをして、認めさせる。呪われた谷なんて、誰も呼ばなくなるように。

そして、アーニャとも会えるようにしてもらう。また肉の煮凝り《ホロデーツ》を作って、レフと三人でお祝いをする。アーニャはお酒は飲めるのかしら。飲めるのなら、茱萸《グミ》の実の浸酒《ナストイカ》で、飲めないのなら、炭酸檸檬水《レモネード》で乾杯をする。それで、今度こそ三人で一緒に映画を観る。なんでもいいわ。吸血鬼の怪奇映画を笑いながら観るのも楽しそうね。アーニャは「こんな吸血鬼はいませんっ！」ってプンプン怒るの。

ローザとダーシャちゃんは、政府の宣伝には利用されずに、メディアにも騒がれずに、穏やかに幸せに暮らすの。もしかしたら、ローザは新しい誰かとの出会いがあるかもしれない。ローザは素敵なひとだから、きっと出会う相手も素敵なひとよ。

連合王国では訓練が忙しくて全然遊べなかったから、オデットにいろいろ案内してもらうわ。新血種族の町にも連れて行ってもらわなきゃ。それから、オデットは『新サユース計画』の搭乗者に選ばれて、月に行くの。今度は私が教える番ね。

『新サユース計画』が始まると、民間企業もたくさん参加して、チーフが昔言ってたように、福引きの懸賞で宇宙旅行が当たるようになる。チーフは眠ったままかしら。でも、あなたの名前の宇宙船で月を往復したという報告をしに行くわ。もちろんレフも一緒にね。

　レフとの未来は、とても幸せになる。サユース計画が終わってからのことは何も考えてないけど、これまでの経験を活かして、宇宙開発に携わる。その空き時間に、世界中を旅して、史上初の有人月面着陸についてたくさん話すの。これまで講演をして回った街に、もう一度行きたい。『宇宙旅行の準備を！』という話は、近い将来、きっと現実になるって。厳しい訓練をしなくても、誰でも乗れるようになる。そのためには科学がもっと発達しなきゃね。狭苦しい船室や、窮屈な宇宙服じゃ、みんな嫌になっちゃうわ。水鉄砲の手品じゃ、付け焼き刃の子どもも騙《だま》しだものね。あれでちょっとでも素敵な場所だと伝わってたらいいけど。

　それから、私とレフの子どものこと。「不幸になる」とレフには言ってしまったけど、あれはなし。悪い想像ばかりして不幸だと決めつけただけで、幸せになるための努力を初めから放棄してた。月まで到達したふたりなんだから、どんな障害だって、きっと笑って乗り越えられる。

　それで、もしも子どもが生まれたなら、首飾りはその子にあげる。月の宝石ではないけれど、青く輝く星のように、とても綺麗《きれい》だから。

　その子が私くらいの年齢になる頃には、宇宙開発はとても発展していて、地球周回軌道には宇宙ステーションが回っていて、そこを起点に、人類は火星を目指すの。でも、私はそこから、レフと月を目指すわ。
だって、私は、まだ夢半ばだもの。
《──『スラヴァ』、応答願う》
いきなりレフの声が聞こえてきた。
《こちら、静かの海、『ライラプス』》
いつのまにか信号が回復していたらしい。窓の外を見ると、月の向こう側から、青く輝く惑星が顔を見せている。
イリナは慌てて返す。
「こ、こちら『スラヴァ』！　イリナよ」
焦りが伝わったのか、レフはアハハと笑う。
《退屈で眠ってたのか？》
「ええ、ひとりは本当に退屈だったわ」
《お疲れさま。月面探査は終わった。帰還の準備を始める》
レフの声は、ミッションを成し遂げて満足そうでもあり、寂しそうでもある。
「了解、こちらは受け入れの準備を始めるわ」
《あれも手に入れた。船内で燃えるかもしれないから、気をつけて》
「了解、変な微生物をくっつけて来ないでね」

《了解、また連絡する》

通信を終えると、イリナはランデヴーとドッキングのための点検を開始する。

長い時間をかけて到達した月とも、もうすぐお別れ。

名残惜しくなり、窓の向こうに目を向ける。

すべてを飲み込むような永遠の暗闇《くらやみ》に、月の地平線が弧を描き、その上に、青い宝石のような地球が浮かんでいる。月も地球も、永遠に広がる宇宙と比べたら塵《ちり》みたいなもので、月面着陸を成し遂げた今日という日も、宇宙の歴史と比べたら刹那《せつな》にも満たない。

けれど、そんな比較に意味はない。

ちっぽけな自分にとって、地球はとても大きく、色彩のない月よりも遥かに美しく、魅力に溢《あふ》れている。そしてその場所で、希望を叶えられるように、思い描いた未来に到達するように、一瞬一瞬を懸命に生きていく。つらいときや、くじけそうなときは、空を見上げて、こう思う。

すべてのことは、月に行くよりも簡単よ。

さあ、帰りましょう。

新世界より、私たちの故郷へ。

〈完〉

SPECIAL THANKS TO

〈コールサイン公募〉

げんごろう

田端聡司

藤井ごん

ゆーに

〈取材・協力〉

秋山文野

来栖美憂

土谷純一

藤堂

松浦晋也

宇宙《そら》を目指す
全力な君が、
未来をくれたから——

GAGAGA
ガガガ文庫

月とライカと吸血姫7 月面着陸編・下

牧野圭祐

発行　2021年10月24日　初版第1刷発行

発行人　鳥光 裕

編集人　星野博規

編集　湯浅生史

発行所　株式会社小学館
〒101-8001 東京都千代田区一ツ橋2-3-1
[編集]03-3230-9343 [販売]03-5281-3556

カバー印刷　株式会社美松堂

印刷・製本　図書印刷株式会社

Printed in Japan ISBN978-4-09-453037-7

第17回小学館ライトノベル大賞
応募要項!!!!!!!!!!!!!!!!!!!!!!!!!!!!!!!!

ゲスト審査員は武内 崇氏!!!!!!!!!!!!!!!!

大賞：200万円＆デビュー確約
ガガガ賞：100万円＆デビュー確約
優秀賞：50万円＆デビュー確約
審査員特別賞：50万円＆デビュー確約

第一次審査通過者全員に、評価シート＆寸評をお送りします

内容 ビジュアルが付くことを意識した、エンターテインメント小説であること。ファンタジー、ミステリー、恋愛、ＳＦなどジャンルは不問。商業的に未発表作品であること。
（同人誌や営利目的でない個人のWEB上での作品掲載は可。その場合は同人誌名またはサイト名を明記のこと）

選考 ガガガ文庫編集部＋ゲスト審査員 武内 崇

資格 プロ・アマ・年齢不問

原稿枚数 ワープロ原稿の規定書式【１枚に42字×34行、縦書きで印刷のこと】で、70～150枚。
※手書き原稿での応募は不可。

応募方法 次の3点を番号順に重ね合わせ、右上をクリップ等(※紐は不可)で綴じて送ってください。
① 作品タイトル、原稿枚数、郵便番号、住所、氏名（本名、ペンネーム使用の場合はペンネームも併記）、年齢、略歴、電話番号の順に明記した紙
② 800字以内であらすじ
③ 応募作品（必ずページ順に番号をふること）

応募先 〒101-8001 東京都千代田区一ツ橋 2-3-1
小学館　第四コミック局　ライトノベル大賞係

Webでの応募　GAGAGA WIREの小学館ライトノベル大賞ページから専用の作品投稿フォームにアクセス、必要情報を入力の上、ご応募ください。
※データ形式は、テキスト（txt）、ワード（doc、docx）のみとなります。
※Webと郵送で同一作品の応募はしないようにしてください。
※同一回の応募において、改稿版を含め同じ作品は一度しか投稿できません。よく推敲の上、アップロードください。

締め切り 2022年9月末日（当日消印有効）
※Web投稿は日付変更までにアップロード完了。

発表 2023年3月刊『ガ報』、及びガガガ文庫公式WEBサイトGAGAGAWIREにて

注意 ○応募作品は返却致しません。○選考に関するお問い合わせには応じられません。○二重投稿作品はいっさい受け付けません。○受賞作品の出版権及び映像化、コミック化、ゲーム化などの二次使用権はすべて小学館に帰属します。別途、規定の印税をお支払いいたします。○応募された方の個人情報は、本大賞以外の目的に利用することはありません。○事故防止の観点から、追跡サービス等が可能な配送方法を利用されることをおすすめします。○作品を複数応募する場合は、一作品ごとに別々の封筒に入れてご応募ください。